LES

LUNES POÉTIQUES

DES

DEUX - MONDES.

IMPRIMERIE DE KLEFER, A VERSAILLES.

Voïla Paris !!!

. . . . voilà Lutèce, au front une couronne,
Le matin dans la boue, et le soir Erigone,
Sur sa robe de gaze une chaîne d'airain,
La marque sur l'épaule, et la croix sur le sein,
La folie en avant, prodiguant ses contraires,
Les monstruosités, ses Hymens mercenaires,
Les galimatias, sublimes et fangeux,
Qui transportent notre âme, ou révoltent nos yeux !! . . .

Lith. d'C. Adrien, R. Richer 7.

LES
LUNES POÉTIQUES
DES
DEUX - MONDES;
CONTEMPLATIONS PHILOSOPHIQUES,
HISTORIQUES, MORALES ET RELIGIEUSES;

Par P. Cuisin,

ANCIEN MILITAIRE, HOMME DE LETTRES, AUTEUR DE DIVERS ROMANS ET OUVRAGES
D'ÉDUCATION, MEMBRE HONORAIRE DE LA SOCIÉTÉ FRANÇAISE DE STATISTIQUE UNIVERSELLE,
ET CONSERVATEUR DU CÉLÈBRE CABINET D'ANATOMIE DUPONT.

« Comme l'hirondelle, je rase la terre et j'effleure
sans cesse l'humanité; comme la cigogne, du haut
d'un palmier ou des minarets, je contemple les
beautés et les laideurs de la nature; et comme l'aigle,
enfin, je cherche à m'élancer vers le séjour céleste
de l'astre des nuits, pour lui demander s'il n'est pas
un des flambeaux des portes de l'éternité!! »

RÉCHIDI, *poète persan.*

PREMIÈRE PARTIE.

DÉDIÉ A LA JEUNE FRANCE.

ORNÉ DE TRENTE-DEUX JOLIES GRAVURES DES PREMIERS ARTISTES.

Paris,

POSTEL, LIBRAIRE, RUE DU ROULE, 4; ‖ MOREAU, PLACE DU PONT S.-MICHEL, 43;
JULES LAISNÉ, GALERIE VÉRO-DODAT, 1; ‖ L'AUTEUR, RUE MONTESQUIEU, 4.

VERSAILLES,
ÉR. KLEFER, IMPRIMEUR-LIBRAIRE, AVENUE DE PICARDIE, 11.

1836.

DISCOURS APOLOGÉTIQUE.

Sɪ je n'avais composé qu'un roman, ou quelqu'ouvrage éphémère, certes, il serait ridicule d'afficher en tête : *Discours apologétique;* cette emphase, cette solennité de mots eussent été fort déplacées.

Pour un livre crayonné avec la patte d'un papillon, il lui suffit, pour couverture, de son aile, et la gravité des phrases ne saurait s'allier avec la légèreté du sujet; mais, ici, pour mes Lunes poétiques, c'est bien différent; ne dois-je pas m'efforcer d'ailleurs de parer les premières flèches de la critique par des explications, par une apologie préliminaires, du moins, je veux dire, ces flèches que d'avance j'entrevois sur l'arc de mes Aristarques? hélas! il n'en restera que trop dans leurs carquois dont j'ignore la pointe aiguë, et qui ne manqueront pas de m'assaillir bientôt de toutes parts!...

D'abord, le premier acte de foi, le premier serment que je crois devoir faire devant mon siècle, enfin, la première parole d'honneur que je lui dois, c'est d'avoir composé cet ouvrage *de conviction,* de n'avoir exprimé que la pensée de mon esprit, que le sentiment de mon cœur, et loin d'avoir soupiré sur un luth spéculateur des rimes spéculatrices, de croire fermement à tout ce que je dis, à tout ce que j'avance, sans m'être jamais proposé pour but honteux de faire une œuvre commerciale.

Doué d'un caractère mondain, à mon printems, mélancolique, à mon hiver, il semble que le lever du Croissant a été pour mes esprits pénétrés une nouvelle aurore; dans ma jeunesse, les roses du plaisir, la danse et l'amour m'enivraient de leurs parfums, de leurs tyrses, de leurs caducées; maintenant, à mon âge mûr, mon imagination, comme pour se venger de ses pertes, s'est fait dans le ciel un jardin d'étoiles, du nuage un bosquet, et de l'astre des nuits, un flambeau électrique... Le foyer des rêveries les plus douces, et tous comptes faits, de mes plaisirs passés avec mes voluptés présentes, je crois encore avoir gagné au change.

En effet, dans la folle jeunesse, sans toutefois m'en faire ici le rigide censeur, ce n'est que bruit, vanité, prétention, présomption, orgueil excessif; rien n'est senti par le jeune homme fougueux, dédaigneux; dans son injuste appréciation, il mutile, il excède son coursier, qui expire pour un ingrat, sous les flots de son écume; il assassine son chien pour une faute légère à la chasse; il méprise sa maîtresse, la rose la plus belle de la vie; il vide brutalement le calice de la volupté, et brise le vase d'une main ignorante; mais dans l'âge mûr, tout est estimé à sa valeur, au-delà même de sa valeur!!... Le visage d'une femme jolie vient–il s'offrir à nos regards..... ce n'est plus une femme, ce n'est plus un être terrestre, c'est une divinité, c'est une sylphide qui, par sa présence, vient nous inonder de pensées, de sensations voluptueuses; le plus petit insecte de la création est pour le penseur, pour le philosophe éclairé par le phare du tems, un anneau d'or qui tient son rang dans la grande chaîne d'or des trois règnes; le philosophe, mûri par l'expérience, enfin, respecte tout, admire tout, le moindre ciron comme portant dans son organisation merveilleuse l'empreinte sacrée d'une naissance divine!

Telle est, par mon rapide parallèle, la supériorité prouvée de l'homme mûr sur le jeune homme; ce dernier prodigue sa vie, le second l'*écoute*, en compte les moindres battemens, et, réduit à ne plus voir que peu de soleils, il en recueille les moindres rayons d'une âme avare.

Cette digression, loin de m'éloigner de mon texte, m'y ramène : j'ai dit que j'avais composé *de conviction*, et je le proteste de nouveau par les comparaisons que j'ai posées; certes, et on peut l'affirmer, ce n'est pas au sein des folies du jeune âge, si ce n'est quelques rares exceptions, comme celle qu'on pourrait faire en faveur de Voltaire, de Jean-Jacques, de Volney,·de La Martine, de Casimir Delavigne, qu'on se plaît à se livrer *à des méditations nocturnes;* non pas que l'âme du libertin le plus dissipé n'ait ses momens de réflexion et de mé-

lancolie, et préfère parfois la solitude des bois au fracas éblouissant du bal, aux masques du salon; mais enfin, ce n'est pas le partage ordinaire de la jeunesse : la méditation, la contemplation, celles qui résultent d'un penchant entièrement naturel, n'appartiennent donc qu'à l'homme dont le front sérieux, et sillonné par les vicissitudes sociales, cherche le calme, le repos, tel qu'un marin, fatigué de naufrages et de tempêtes, se bâtit une cabane près du rocher où se brise le navire, et contemple du rivage l'Océan en courroux!

Ah! oui, j'ai écrit de conviction, puisque mon ouvrage m'oblige à parler de moi; certes, les infortunes ne m'ont pas manqué; et s'il ne fallait que du *malheur* et de la *calomnie* pour créer de beaux vers, je serais, à ce compte, le plus grand poète du siècle; mais j'ai trouvé ma meilleure amie, ma grande consolatrice, dans ma conscience, et j'ai éprouvé que c'était la seule qui tenait ses sermens, quand nous ne manquions pas aux nôtres envers elle.

Que m'importe, d'ailleurs, si mon livre n'a pas un grand succès, ma vanité ne l'a pas composé, elle ne saurait donc recevoir d'atteintes des traits de la critique ou de la satire; en mêlant toute mon âme aux silences, aux vapeurs de l'obscurité, en me promenant sous un dôme d'étoiles, étincelant et sublime, je me suis peu soucié de l'idée de m'y promener avec grâce, avec art, comme un acteur qui ne fait que jouer un rôle dont il quitte le costume quand le rideau est baissé; heureux si l'on juge que, sans avoir la prétention d'égaler les grands maîtres, parfois je les approche, et parfois j'ai trouvé, dans les sources de la vertu, ce qu'on ne trouve que dans celles du génie!

Voilà le premier point apologétique expliqué, passons au second:

La plupart des ouvrages que j'ai composés (si j'ose les décorer de ce nom), à l'exception de quelques livres d'éducation, dont les bons principes excusent la rapidité, l'ont été sous l'empire, très orageux pour moi, des circonstances; ruiné par des réactions politiques, jeté de la république sur le consulat, et du consulat sur l'empire, j'ai changé d'uniformes, mais jamais d'adversités et de tribulations; revêtu de la livrée des conscriptions, il m'a fallu servir *la fraternité homicide, la gloire et les lauriers*, et après avoir éparpillé ma vie en Europe, tomber enfin exténué, appauvri au pied *des lis, de l'autel et du trône,* comme un débris inaperçu du colosse impérial!...

Alors brisé, devenu coupable par mes services, aux yeux d'un système exhumé, qui n'estimait que le sang versé de Français à Français, je me mis à compter sur mes doigts ce qu'il me restait de ressources; que trouvais-je!.. un peu d'imagination avec un mois de licenciement; mais, hélas! pour achever de m'éloigner de la fortune, de profondes habitudes d'honnête homme! que me déterminai-je à faire de tout cela?... des romans! Qu'on juge de leur perfection, à trente francs la feuille in-12! de la gloire au denier dix, et de l'immortalité pendant un mois sur un terrain de vingt toises!

La nécessité, au joug de fer, me contraignit long-tems de subir cette littérature purement alimentaire, jusqu'au jour fortuné, où pouvant secouer le double despotisme de la librairie et du destin,

devenu maître de moi, maître d'élancer ma pensée libre sur un plus vaste horizon, je conçus le plan honorable que je viens d'exécuter. Ici, au moins, mes vers sont sortis de mon cœur; ils n'ont pas été débattus et tarifés d'avance, et je n'ai pas fait de la mélancolie in-8° au cours de la bourse poétique.

Ce livre est donc le seul livre que j'avoue, que je signe avec fierté; c'est, si je puis m'exprimer ainsi, le panorama rimé de toutes mes pensées, de toutes mes sensations; c'est le kaléidoscope qui résume mes voyages, mes observations, mes erreurs, mes plaisirs et mes infortunes: qu'une plume plus habile fasse mieux, on ne saurait me refuser du moins l'honneur d'avoir ouvert la lice nocturne aux beaux-esprits qui seront tentés de me suivre dans cette carrière, où le romantisme trouve d'ailleurs tant de mines fécondes à explorer; le seul défi que mon orgueil leur jette, c'est d'y apporter des intentions plus pures que les miennes!

Mais après ce long pèlerinage de 16,000 vers, pèlerinage que je devais en expiation à mes fautes, à mes inconvenances littéraires, je jette mon bâton et ma gourde de pèlerin, excédé que je suis d'un si grand voyage: heureux si cet *ex-voto* parvient à me faire amnistier devant l'opinion des casuistes, et que, touchés de ma confession et de mon testament, ils me fassent grâce en faveur de mes LUNES POÉTIQUES DES DEUX-MONDES!

J'aurais encore bien des choses à dire pour faire l'apologie de mon audace; car, vraiment, ne paraîtra-t-il pas présomptueux que moi, sans nom, sans gloire passée, seul avec mon livre, je vienne demander un nom, une gloire, et prendre mes inscriptions parmi les auteurs du premier ordre ?... Mais, messieurs, j'ai l'honneur de vous affirmer que je ne demande rien; j'avais pu laisser des impressions pénibles, je n'ai d'autre prétention que celle de les effacer par des *essais*, où toutefois l'on ne saurait disconvenir que le cachet de l'honnête homme est empreint dans chaque vers.

La calomnie s'est exercée à mes dépens; eh bien, je ne veux que la désarmer, en lui prouvant, par dix ans de travail, qu'elle est aussi injuste qu'absurde, et que le caractère qu'elle a osé me prêter n'est que dans sa perfide imagination.

Un seul homme toutefois m'a indemnisé de la cruauté, de l'injustice des hommes par ses bienfaits, par le doux spectacle de ses vertus, dont il arrêta souvent sur moi les plus douces émanations. Cet homme, qui est rempli de talens, qui est doué d'un esprit supérieur, c'est M. le baron M******, qui est à mes yeux toute une famille, toute une patrie; qu'il consente donc à recevoir cet hommage public et respectueux; il a daigné soulager mes infortunes; la première épitaphe qu'il doit lire au front de ma tombe...

C'EST MA PIEUSE RECONNAISSANCE.....

Maintenant je puis mourir content, ce livre doit me défendre, et je laisse un vengeur après moi; l'avenir me rendra justice; on ne gravera pas sur mon cercueil : CI GÎT UN GRAND POÈTE; mais on ne pourra, je pense, me refuser cette plus glorieuse épitaphe : CI GÎT UN HOMME DE BIEN, qui, dans ses poésies

chaleureuses, associant le monde idéal au monde positif, chercha à tirer du premier monde céleste des lumières brillantes pour éclairer le second, qui stygmatisant l'abus, d'un vers sanglant, indiqua à-la-fois le remède à l'abus.

Son ouvrage énergique et affranchi des liens de toute servitude, n'est pas un de ces encensoirs dont la puissance est obsédée, et dont chaque grain y escompte d'avance la vanité crédule ou le coffre-fort de l'homme en place; non, sa lyre est désintéressée, hardie; elle ne loue que la vertu, le talent, et ne connaît pas de couronne là où elle voit un crime.

Je ne disconviendrai pas, sous un autre rapport, qu'il est bien audacieux d'oser, après *Milton, Dryden, Pope, Helvétius, Addisson, le grand Joung*, soupirer des élégies sur les infortunes inhérentes à la nature humaine, de venir, après *Mercier* (qui, d'après l'expression de Rivarol, *trempa*, pour peindre Paris, *ses pinceaux dans le sang et la boue*), assouvir une philosophie grondeuse sur les monstruosités de la capitale, ressasser encore les mêmes homélies sur ces mêmes infortunes!!...

Mais, hélas! répondrais-je pour nouvelle apologie, les personnes et les choses n'ont-elles pas changé? DE JOUY même, l'élégant, le correct, le pur DE JOUY, qui fait qu'on ne sait ce qu'on doit le plus admirer dans ses œuvres de sa grâce ou de son esprit, ou de son esprit et de sa grâce, ne pourrait s'empêcher d'avouer qu'un grand nombre de ses tableaux ont perdu quelque peu de ressemblance; le stile seul est resté beau, les originaux ne sont plus les mêmes; ce Paris, ce serpent à brillantes écailles, ne changet-il pas de peau chaque mois, chaque jour, chaque heure, chaque nuit!... le cours des saisons est moins mobile.

Ainsi, mu par une pensée souveraine, réunissant en un seul faisceau trente ans de ma vie, me dépouillant, pour ainsi dire, de moi-même, rassemblant toutes mes facultés, toutes mes conceptions les plus mâles, pour m'en faire comme un instrument docile aux mélodies que j'entendais errer dans mon âme, j'ai donné essor à ces mélodies!...

De toutes parts, me suis-je écrié, de nouvelles théories, de nouvelles philosophies transcendantes tendent à développer les forces mentales de l'homme, empressons-nous donc d'apporter à cette ruche cosmopolite de l'esprit humain, notre léger butin de lumières, d'expérience et d'observations, et tandis que de tous côtés la haute industrie, les beaux-arts reçoivent une nouvelle émulation, de nouveaux et puissans véhicules, soit pour augmenter la dose de félicité que l'homme peut recueillir d'une alimentation, d'une salubrité publique, d'un domicile, d'un costume plus perfectionnés, soit pour élargir la sphère de ses sciences et de ses théories nouvelles, nous, philantropes diligens, examinons, sondons sans pitié la plaie des abus de l'artifice social, indiquons, autant que possible, le remède, et, fiers d'une aussi belle tâche, rendons-nous dignes d'un siècle de supériorité, de savoir et de splendeur, en produisant nos systèmes autant pour l'éducation individuelle et intellectuelle de l'homme, que pour son administration gouvernementale.

Il restera à juger la question la plus importante, celle de décider si des in-

PREMIÈRE PARTIE.

tentions aussi louables, si *mes phases nocturnes,* enfin, ont été exprimées par des poésies qui s'élèveraient à la hauteur d'un si noble sujet; à cet égard, j'attends, déjà soumis, l'arrêt irrévocable de l'opinion; mais, et comme je l'ai déjà dit, messieurs, je ne demande *ni nom ni gloire,* me bornant à celle d'avoir ouvert une lice où, sans contredit, je serai bientôt surpassé; c'est la seule palme que j'ambitionne;

« Et si de l'obtenir je n'obtiens le prix,
J'aurais du moins l'honneur de l'avoir entrepris. »

Epaminondas, à son lit de mort, disait à ses amis qui s'affligeaient que l'illustre Thébain ne laissât pas de postérité : « *Pourquoi ces regrets? ne laissé-je pas deux filles immortelles,* LES BATAILLES DE LEUCTRES ET DE MANTINÉE!?... »

Hélas! moi, je laisse *trente filles* dans MES 30 LUNES, et peut-être qu'aucune d'elles ne me donnera pas seulement un quart de siècle d'illustration!

Maintenant je puis me retirer de la chaire apologétique, que j'ai cru devoir occuper quelques instans, pour donner mes motifs; maintenant je vais attendre avec résignation le jugement de mes contemporains, les prévenant d'ailleurs que, dans mes *Lunes poétiques des Deux-Mondes,* je n'eus jamais l'intention satirique de personnaliser telle et telle classe de la société, de leur faire la moindre allusion qui pût froisser la dignité de leur profession ou bien leur vanité, puisque toutes mes Dissertations ou CONTEMPLATIONS sont en thèse générale : ainsi, quand je parle des abus qui blessent la sensibilité du philosophe à l'aspect des amphithéâtres, des dissec-

2

tions, je n'ai pas l'injustice d'envelopper dans l'amertume de mon âme MM. les étudians, la fleur la plus belle de la patrie, d'autant plus que beaucoup d'entr'eux ont déjà déploré l'existence de ces mêmes abus, et ne font enfin suivre, dans leurs études anatomiques, que les routines classiques depuis long-tems tracées par les réglemens; mes reproches, mes interpellations ne s'adressent donc jamais qu'à la coutume qui me semble vicieuse, et non aux personnes.

Ce sera ma dernière apologie, car pour le mérite poétique, je le répète, je ne saurais en faire; c'est à ma muse à se défendre de sa propre énergie, à prouver que si elle n'est pas électrisée par *ce sixième sens*, dont M. de La Martine prétend, dans son discours académique, que la génération actuelle est enrichie, par l'existence métaphysique du *progrès*, elle en a du moins reçu quelques commotions voltaïques, et que si, comme un pompeux aérostat, elle ne fait pas planer l'esprit de l'homme dans des régions vraiment supérieures, si elle ne s'assied pas au banquet des dieux, si elle ne lui met pas à la main la coupe de ces célestes ambroisies qui inondent l'âme d'émotions sublimes, elle ne lui en trace pas moins les routes célestes, mystérieuses de ces CONTEMPLATIONS douces, extatiques, où, quittant les vils intérêts de la terre, l'homme retrouve et les lueurs de sa grande origine, et à-la-fois le flambeau de son immortelle destinée!!

NOTICES

ASTRONOMIQUES ET PHILOSOPHIQUES

SUR LA LUNE.

Avant de me livrer à des spéculations poétiques et pittoresques sur cet astre, ne dois-je pas préalablement donner au moins une analyse des diverses opinions astronomiques qu'en ont portées les savans? A cet égard, je pense qu'on l'accueillera ici avec d'autant plus d'intérêt, que d'abord je l'ai puisée à des sources authentiques, entre autres l'Encyclopédie; ensuite que j'ai envisagé cette planète sous le double rapport DE LA RELIGION, c'est-à-dire du culte que des peuples lui ont rendu et lui rendent en-

core, et DE L'ASTROLOGIE JUDICIAIRE, autrement dit, la science des aruspices et des augures sous les Romains.

Ce sera donc sous ces divers aspects, soit à l'œil nu, soit à l'œil armé du télescope, que je vais révéler succinctement la forme géographique *de ce monde supposé*, parler de son cours, de sa distance de la terre, de son influence physique, de ses éclipses, et enfin de tous les phénomènes merveilleux dont il est le flambeau éternel.

ASTRONOMIE.

LA LUNE est un des corps célestes que l'on met ordinairement au nombre des planètes, mais qu'on doit regarder plutôt comme un satellite, ou comme une planète secondaire.

La *lune* est un satellite de notre terre, vers laquelle elle se dirige toujours dans son mouvement comme vers un centre, et dans le voisinage de laquelle elle se trouve constamment, de façon que si on la voyait du soleil, elle ne paraîtrait jamais s'éloigner de nous d'un angle plus grand que dix minutes.

La principale différence que l'on aperçoit entre les mouvemens des autres planètes et celui de la *lune* se peut aisément concevoir; car puisque toutes ces planètes tournent autour du soleil, qui est à peu près au centre de leur mouvement, et puisqu'il les attire, pour ainsi dire, à chaque instant, il arrive de là qu'elles sont toujours à peu près à la même distance du soleil, au lieu qu'elles s'approchent quelquefois considérablement de la terre, et d'autres fois s'en éloignent aussi à de grandes distances. Mais il n'en est pas tout-à-fait de même de la *lune;* on doit la regarder comme un corps terrestre. Ainsi, selon les lois de la gravitation, elle ne peut guère s'éloigner de nous, mais elle est retenue à peu près dans tous les tems à la même distance. Il est si visible que la *lune* tourne autour de la terre, que nous ne voyons pas qu'aucun philosophe de l'antiquité, ni même de ces derniers tems, ait pensé à faire un système différent.

De même que toutes les planètes premières se meuvent autour du soleil, de même la *lune* se meut autour de la terre; son orbite est à peu près une ellipse dans laquelle elle est retenue par la force de la gravité; elle fait sa révolution autour de nous en 27 jours, 7 heures, 43 minutes; ce qui est aussi le tems de sa rotation autour de son axe.

La moyenne distance de la *lune* à la terre est d'environ 60 demi-diamètres de la terre; ce qui fait environ 80,000 lieues.

On distingue un grand nombre de différentes apparences ou *phases* de la lune; tantôt elle croît, tantôt elle décroît; quelquefois elle est cornue, d'autres fois demi-circulaire, d'autres fois bossue, pleine et circulaire, ou plutôt sphérique. Quelquefois elle nous éclaire la nuit entière, quelquefois une partie de la nuit seulement; quelquefois elle est visible dans l'hémisphère méridional, et quelquefois dans le boréal; or, comme toutes ces variations ont été d'abord découvertes par Endymion, ancien Grec, qui a été le premier attentif à observer les mouvemens de la lune, la fable a supposé, par cette raison, qu'il en était amoureux.

La cause de la plupart de ces apparences, c'est que la *lune* est un corps obscur, opaque et sphérique, et qu'elle ne brille que de la lumière qu'elle reçoit du soleil; ce qui fait qu'il n'y a que celle des deux moitiés qui est tournée vers cet astre, qui soit éclairée, la moitié

opposant, conservant toujours son obscurité naturelle.

La face de la *lune*, qui est visible
pour nous, c'est cette partie de son corps
qui est tout-à-la-fois vers la terre, et
éclairée du soleil; d'où il arrive que,
suivant les différentes positions de la
lune, par rapport au soleil et à la terre,
on en voit une plus ou moins grande
partie éclairée, parce que c'est tantôt
une plus grande portion, et tantôt une
plus petite de son hémisphère lumineux
qui nous est visible.

Notre dessein, ici, n'est pas de nous
engager dans des démonstrations mathématiques sur la cause des *phases de
la lune;* nous n'avons uniquement en
vue que de donner un aperçu général
convenable aux gens du monde.

Comme la lune éclaire la terre d'une
lumière qu'elle reçoit du soleil, de même
elle est éclairée par la terre, qui lui ren-
voie aussi de son côté, par réflexion,
des rayons du soleil, et, en cela, en plus
grande abondance qu'elle n'en reçoit
elle-même de la lune; car la surface de
la terre est environ quinze fois plus
grande que celle de la lune, et par conséquent, en supposant à chacune de ces
surfaces une texture semblable, eu
égard à l'aptitude de réfléchir les rayons
de lumière, la terre enverra à la *lune*
dans cette supposition quinze fois plus
de lumière qu'elle n'en reçoit d'elle.
Or, dans les nouvelles lunes, le côté
éclairé de la terre est tourné en plein
vers la *lune*, et il éclaire alors par conséquent la partie obscure de la lune.
Les habitans de la lune, s'il y en a, doivent donc avoir *pleine terre*, comme, dans
une position semblable, nous avons
pleine lune; de là, cette lumière faible

qu'on observe dans les nouvelles *lunes*,
qui, outre les cornes brillantes, nous
fait apercevoir encore le reste de son
disque, et nous le fait même apercevoir
assez bien pour y découvrir des taches.
Il est vrai que cette lumière est bien
moins vive que celle du croissant, mais
elle n'en est pas moins réelle; la preuve
qu'on en peut donner, c'est qu'elle va
en s'affaiblissant à mesure que la terre
s'écarte du lieu qu'elle occupait relati-
vement au soleil et à la lune, c'est-à-
dire à mesure que la lune s'approche
de ses quadratures et de son opposition
au soleil.

Le docteur Hook, cherchant la raison
pourquoi la lumière de la lune ne produit point de chaleur sensible, observe
que la quantité de lumière qui tombe
sur l'hémisphère de la pleine-lune est
dispersée avant que d'arriver jusqu'à
nous, dans une sphère 188 fois plus
grande en diamètre que la lune, que
par conséquent la lumière de la lune
est 104,368 fois moins vive que celle du
soleil, et qu'ainsi il faudrait qu'il y eût
tout-à-la-fois dans les cieux 104,368
pleine-lunes, pour donner une lumière
et une chaleur égale à celle du soleil à
midi.

On a même observé que la lumière
de la lune, ramassée au foyer d'un miroir ardent, ne produisait aucune chaleur.

L'œil nu, ou armé d'un télescope,
voit dans la face de la lune des parties
plus obscures que d'autres qu'on appelle
maculæ ou taches.

A travers le télescope, les bornes de
la lumière paraissent dentelées et iné-
gales, composées d'arcs dissemblables,
convexes et concaves. On observe aussi

des parties lucides, dispersées ou semées parmi de plus obscures, et on voit des parties illuminées par-delà les limites de l'illumination.

La lune, d'après l'opinion générale des astronomes, est un corps opaque couvert de montagnes et de vallées; ses taches seraient des mers; il y a donc dans la lune des montagnes, des vallées et des mers. De plus, les parties lumineuses des taches doivent être par la même raison des îles et des péninsules.

La lune ayant son atmosphère fluide, élastique, a aussi ses pluies et ses rosées, conséquemment ses plantes, conséquemment enfin ses animaux. Ces preuves ne recevront-elles pas une nouvelle force, quand on réfléchit que notre terre est elle-même une planète, et que si on la voyait des autres planètes, elle paraîtrait dans l'une, semblable à la lune, dans d'autres, semblable à *Vénus;* dans d'autres, à *Jupiter*, etc.?

D'après cette série d'assertions, qui semblent d'une logique péremptoire, la lune serait donc habitée? de là, un philosophe prétendait qu'avec un télescope, dont il était l'inventeur, il voyait entrer majestueusement des vaisseaux à pleines voiles dans les ports de la lune : de là, les *aérolithes*, ou pierres qui tomberaient de cet astre : certain physiologiste semble aller plus loin; il avance que, vu la position de la lune, qui se trouverait plus près du soleil, d'un rapprochement de 80,000 lieues, les hommes, là, devaient avoir au moins quatorze pieds de haut; son assertion se fondait sur ce que la pupille de l'œil devait être aussi bien plus grande, pour soutenir, de bien plus près que nous, les rayons lumineux du soleil : la consé- quence que ce physiologiste nous donne, n'est-elle pas très ingénieuse?

Beaucoup de médecins ont parlé des *influences sublunaires* sur le cerveau, sur la constitution des femmes; en effet, il ne paraîtrait pas douteux que la pression variée plus ou moins grande de cet astre sur notre globe, augmente, diminue et modifie le fluide électrique qui influe puissamment sur nos nerfs.

Ainsi, l'homme frappé d'une aliénation mentale, sentirait, à certaine époque, au mois de mars, par exemple, un surcroît de folie porter de nouveaux troubles dans sa raison; la fille nubile, à l'époque de ses menstrues, éprouverait un nouveau malaise, plus d'irritation dans son système nerveux : si de ces rapides aperçus, je passe aux explorations de l'imagination à l'égard de cet astre, je pourrais, certes, en remplir de gros volumes; en effet, après le soleil, le prodige le plus imposant de la création, prodige qui fut divinisé par les Incas, qui eut ses temples, ses vierges, ses prêtresses, ses pontifes, la lune devait inévitablement avoir les siens; car si le soleil était la merveille des jours, n'était-elle pas à son tour la merveille des nuits??... Ne captivait-elle pas le cœur, l'esprit de l'homme de toutes les puissances, de toutes les magies de son trône aérien?—Peut-être même exerçat-elle sur nos sens un plus grand empire, pour peu que l'on considère qu'elle commence sa carrière imposante au milieu de la majesté et du silence des nuits, instant solennel où le génie de l'homme aime à se plonger tout entier dans la méditation et l'étude!—Ainsi ne sera-t-on pas étonné que des peuples de la Suède, du Danemarck, de l'Afrique, de l'Amérique, de l'Inde, aient adoré la lune, lui aient fait des sacrifices, et à l'époque d'une éclipse, la croyant, dans leur ignorance superstitieuse, aux prises avec un dragon furieux, aient conjuré leurs bons génies de la délivrer de cet ennemi puissant : les sauvages, eux-mêmes, pour parvenir à affranchir leur divinité tutélaire du monstre qui ose l'assaillir, se mettent à allumer de grands feux, lui adressent des holocaustes de victimes humaines, frappent tous ensemble sur des *tam-tam*, des tambourins, et s'imaginent que quand l'éclipse est passée, il faut en attribuer le triomphe à leurs superstitieuses conjurations : cette éclipse, d'ailleurs, a lieu quand la lune entre en *conjonction* avec le soleil ; alors sa face sphérique est plus ou moins voilée pendant plus ou moins de minutes, ce que les astronomes prédisent merveilleusement par leurs calculs mathématiques.

Quant à l'ASTROLOGIE JUDICIAIRE, ou la science de lire dans les astres, de les interpréter, d'en tirer des présages propices ou funestes, suivant leurs apparences, leur cours, cette folie, cette idolâtrie n'eut-elle pas son clergé, ses pontifes salariés à Rome sous la dynastie des empereurs, et même encore en France au 15e, au 16e siècle ? Marie de Médicis, tous les princes toscans, et surtout le fanatique, le superstitieux Louis XI, tous ne croyaient-ils pas aux chiromanciens, aux nécromanciens, et principalement aux *astrologues*, qui les accompagnaient sans cesse ! !...

Oui, Rome eut des prêtres pour annoncer des miracles astrologiques ; elle eut ses *augures* gagés, qui tiraient des astres, au moment d'une grande bataille,

des inductions favorables ou négatives : ces oracles portaient le bâton *augural*, qui, depuis, est devenu la crosse épiscopale. Le vol des oiseaux était aussi un indice de la plus grande importance, et la vue d'un aigle ne pouvait manquer d'annoncer une grande victoire.

N'est-il pas encore aujourd'hui grand nombre de charlatans qui prétendent prédire la destinée d'une personne d'après l'influence de l'astre sous lequel elle est née, inférer que, *sous le bélier*, ses passions seront fougueuses ; *sous la planète de Vénus*, elle aura les amours les plus heureux, et autres impostures dont la crédulité avide ne manque jamais de s'emparer ! !...

Ah ! gardons-nous bien de nous laisser égarer par ces folles croyances, et quoique je paraisse rendre un culte idolâtre à la lune, que le lecteur veuille bien être persuadé, que loin de la contempler en fanatique, je ne la considère jamais que comme le foyer matériel de ces grandes décorations lumineuses, fécondes en spectacles sublimes, et à-la-fois propice aux inspirations poétiques ! Ainsi, lui prêter, en métaphysicien, une âme, des sens, une volonté, de la pitié pour nos maux, pour nos tombeaux, n'est-ce pas, d'un autre côté, une fiction heureuse qui peut sécher quelques larmes !... Pour un cœur navré de regrets, il lui est doux de croire que la nature nocturne n'est pas sourde à ses soupirs ; il s'écrie alors, dans un élan élégiaque :

L'astre religieux, ami du cimetière,
Se plaît à réchauffer le lambris de la bière,
La terre du sommeil, la feuille du cyprès,
Le marbre du tombeau, miroir de ses reflets ;
L'haleine du trépas, de nos cercueils s'exhale :

La lune pâle accourt, ainsi qu'une vestale,
Sur nos couches d'argile, où croissent des pavots,
Par sympathie étend un rayon de repos,
Se fixe avec amour dans le pays des âmes,
Et d'un écrin de feu verse ses blanches flammes !

Majesté de la nuit, harpéges des déserts,
C'est à l'âme sans corps à goûter vos concerts !...

L'amant au désespoir, en proie à sa détresse,
Au mausolée a vu l'ombre de sa maîtresse ;
La suit de tombe en tombe, un souris dans les yeux,
Se repait des parfums que sément ses cheveux ;
Vivante, il la retrouve, et malgré son silence,
Le fantôme adoré n'a que plus d'éloquence ;
La lune, en ces instans, témoin de ce transport,
Unit sous ses flambeaux et l'amour et la mort ;
A cet hymen nocturne invite les ténèbres,
Et rend l'amant heureux de ces noces funèbres !...
. . . .
. . . .
La mère au désespoir, sur la tombe d'un fils,
Ressaisit ses soupirs au calice d'un lis ;
Dans la fleur virginale elle a vu sa prunelle,
Elle a senti sa main, sa bouche à sa mamelle ;
A travers le cercueil, son regard dévorant,
Comme sous un cristal, revoit le cher enfant ;
Si, pour le rendre au jour fallait ouvrir sa veine,
Il serait exhumé de sa dernière haleine !

La nuit !... quel bruit jamais sur le vaste Océan,
Quel fracas souterrain aux gouffres d'un volcan,
Pourrait la surpasser en terreur, en magie,
Quand les airs sont baignés de sa mélancolie,
Quand sur les flots la lune étendue en rayons,

Les met avec dédain au rang des nations,
Des trônes écroulés aperçoit les écailles,
Des peuples par milliers les longues funérailles,
Sur ses gonds éternels voit tourner l'avenir,
Et l'homme issu de l'homme, et renaître et mou-
                                              rir !!...
L'âme, à ce rêve immense, abattue et navrée,
Se fond sous ce soleil dont elle est dévorée,
Voudrait combler le vide en ses désirs mutins,
Et braver les enfers, pour savoir ses destins !

Qui n'admirerait pas ses lumières de neige
Sur cent cercueils de plomb, et que la croix pro-
                                              tège ;
De même qu'un vaisseau, dans le sable jeté,
Dont on ne voit qu'un mât, sur le flot agité,
Ainsi sur nos débris la croix poind et surnage,
Et dit l'écueil banal, où l'homme fait naufrage ;
Ce monde... c'est la mer, où des milliers de mâts,
De même que des croix, jalonnent nos trépas.

Musée éblouissant, mosaïque en étoiles,
Pour le sage la lune écarte tous ses voiles ;
Sans cesse il la contemple au sein de ce harem
D'astres toujours constans , qui briguent son hy-
                                              men ;
Vers le soir il la guette à son zénith et nue,
Sur sa virginité pour pagne... quelque nue,
Il la poursuit, brillante, aux sources d'un torrent,
Brisant en mille brins ses éventails d'argent,
Comme une lampe d'or au front des Amériques,
Versant à flots le feu de ses clartés magiques,
Caressant le palmier, le cèdre et l'ananas,
La hutte du Huron, le temple de l'Incas,.....
Et laissant aux humains leur stupide chimère,
Il s'enivre à longs traits des nectars de sa sphère!!...

EUROPE.

PREMIÈRE PARTIE.

EUROPE.

1ʳᵉ lune parisienne.

SOMMAIRE.

Contemplation ; les Dangers du Libertinage et du Luxe ; le Caissier frauduleux ; la Marque ; le Réchaud ; le Bourreau ; Tivoli ; la Dette ; le Bagne, et la Morgue.

2ᵉ lune parisienne.

SOMMAIRE.

Tableau nocturne de Paris ; Rendez-vous de deux Amans ; Contemplation ; Fantascopies prises sur la Colonne ; Un premier Suicide dans la Seine par le Jeu ; un second par l'Amour ; un Meurtre ; un Duel ; la Morgue ; la Profanation d'une Tombe ; une Opération césarienne ; deux Cercueils ; la Mère et l'Enfant ; les Femmes entretenues ; les Grisettes ; Mˡˡᵉ Dejazet, première actrice du Théâtre du Palais-Royal.

3ᵉ lune parisienne.

SOMMAIRE.

Régicide de Fieschi, 28 juillet 1835 ; Contemplation nocturne ; le Meurtre d'un Vieillard ; Luxe et Indigence ; Montfaucon ; le Gibet ; les Pendus ; un premier Baiser d'amour sur un dernier Soupir de mort ; DE LA ROCHE ; une Synagogue ; LA TÊTE DE RAMUS ; l'Enfant jeté sur une braise ardente ; et les Siècles personnifiés.

4ᵉ lune parisienne.

SOMMAIRE.

Contemplation nocturne; Assassinat du maréchal Brune; le Caisson de Bicêtre; l'Harmonie d'une Harpe; des Fragmens humains jetés à la borne; une Noce brillante..... la Mort, l'Opprobre!!..... l'Avenir de deux jeunes Mariés, et les Pistolets attachés avec des rubans roses, ou le Suicide bizarre de deux amans.

5ᵉ lune parisienne.

SOMMAIRE.

Description du Temple de la Mélancolie; le Bal de la Chaumière; Esquisse des Amours et du Cabinet d'un Étudiant en médecine; le Bal de l'Odéon; Apologie de MM. les Étudians en médecine; la Bourse; LES ACTEURS VENGÉS; l'Opéra; Mˡˡᵉˢ Taglioni; Julia-Eucharis; Le Gallois; Montessu; Noblet; Mᵐᵉ Cinti-Moreau; MM. Perrot; Nourrit; Lafont; Dérivis; l'illustre, le vrai philosophe Béranger, auteur de chansons immortelles; le grand Talma; Ligier, son héritier présomptif; Mˡˡᵉ Georges, Mᵐᵉˢ Dorval, Albert; M. Bocage, type du progrès, représentant la Jeune France; MM. Dumas, Locroy, Victor, Arnal, Dantan, célèbre sculpteur; Lafont (du Vaudeville), Mounier (de l'Opéra-Comique); Mᵐᵉ Casimir, Mˡˡᵉ Jenny-Colon; M. Martin, virtuose philanthrope; MM. Hugo, Balzac, Lepeintre, Odry; Mˡˡᵉ Plessy, légataire universelle de Mˡˡᵉ Mars; MM. Emma, Albert, Frédéric-Lemaître, Mˡˡᵉ Sauvage, etc., etc.

6ᵉ lune parisienne.

SOMMAIRE.

Contemplation; un Noyé; Aspect philosophique de LA CHAÎNE; deux Suicides, la Mère et l'Enfant; *le Cercueil de velours*; un Orage sur Paris; Esquisse finale.

7ᵉ lune parisienne.

SOMMAIRE.

Contemplation nocturne; LA PROSTITUTION; QUATORZE MILLE FILLES dans la Capitale, autant qu'on y crève de chevaux par an; Melcourt et Aspasie, Épisode; et JACQUES LAFFITTE.

8e lune parisienne.

SOMMAIRE.

Les Hôpitaux; la Pierre; le célèbre Docteur Civiale; l'Utérus; les Docteurs Lisfranc, Conté de Lévignac; les Sangsues; le célèbre Docteur Broussais; Clarisse mourante; l'Échelle mortuaire; les Guinguettes, et l'Équarisseur.

9e lune parisienne.

SOMMAIRE.

La Poseuse d'Atelier de Peinture, Description d'un Atelier de Peinture; Ruses des Élèves; Système d'Azaïs; le Suicide de Léopold Robert, peintre célèbre, et l'Avenir d'un Bal.

10e lune parisienne.

SOMMAIRE.

Physiologie du Mérite et des Attraits de la Française; la Française au Bal, au Bain; Dythirambe, etc., etc.

11e lune parisienne.

SOMMAIRE.

Tableau de l'Hiver; NOVEMBRE, Époque anniversaire des Dissections; LE GUILLOTINÉ; la Pile voltaïque; Éloge de MM. les Étudians en médecine; ANATOMIE; PHYSILOOGIE, etc.

12e lune parisienne.

SOMMAIRE.

Contemplation nocturne; Hospice du Midi; Portrait de la Débauche; une Opération; Cabinet d'Anatomie Dupont; Éloge de cet Artiste; l'Homme *clastique* de M. le Docteur Auzoux (rue du Paon, 8); la Jeune France; MM. Dumas, De La Martine, Balzac; le Temple de la Volupté; BIOGRAPHIE DE SADI, poète persan; et LE BONHEUR, OU LA CHEMISE INTROUVABLE.

13ᵉ lune parisienne.

SOMMAIRE.

Bonaparte, premier Consul, à Malmaison ; Napoléon, Empereur, à Sainte-Hélène ; le baron Fain ; Vœu général des Français, pour que la Dépouille de l'Empereur soit placée sous la Colonne, etc., etc.

14ᵉ lune parisienne.

SOMMAIRE.

Suicide d'Escousse ; Parallèle entre plusieurs Monarques ; Napoléon et Louis-Philippe ; les Horreurs de la Guerre et les Charmes de la Paix ; GYMNASTIQUE ; LAMOROS ; Mᵐᵉ MASSON DE LA MALMAISON, etc., etc.

15ᵉ lune parisienne.

SOMMAIRE.

Campagne de Russie ; Manuscrit de 1812, par le baron Fain, etc., etc.

PRÉMIÈRE PARTIE.

4

Ire LUNE PARISIENNE.

SOMMAIRE.

« *Per amica silentia lunæ.* »
VIRGILE.

Le luxe!!!.... Le carcan!.....

LES

LUNES POÉTIQUES

DES

DEUX - MONDES.

CONTEMPLATION.

FOYER inspirateur de douces mélodies,
Astre ou monde, propice aux grandes poésies,
Qu'une énigme sublime a fixé dans les cieux,
Phénomène éternel de la grandeur des dieux,
Jusqu'à toi je m'élève, échauffé par ta flamme,
Je m'attache à ton char par le lien de l'âme,
Et quittant la poussière, où rampent les mortels,
J'érige, en idolâtre, un culte à tes autels!

LES ÉCUEILS
DE LA VOLUPTÉ.

Que le vulgaire envie et l'or et les noblesses,
Que le voluptueux adore les mollesses,
Ou de quelque laïs la vénale faveur,
Source de repentir, écrou de son honneur,
Que, Phaéton galant, joyeux d'un héritage,
Au sein du vice un sot roule son équipage,
Et, criblé de sa chute, aux bains de Tivoli,
Il en porte l'empreinte à son front avili;.........
Pour moi, je laisse aux fous ces infâmes orgies,
Qu'illumine, à leur honte, un soleil en bougies!...

LES DANGERS
DU LIBERTINAGE.

Arrière ces poisons, ce fracas du plaisir,
Nuisible à la santé, s'il ne fait pas rougir!...
Arrière ces phrynés, bannales Coryphées
D'un public dédaigneux de leurs vils hyménées,
Dont le contact impur, le baiser malfaisant
Creuse sur le visage un cancer dévorant,

Le mine chaque jour d'une angoisse profonde,
En frappant d'un trépas..... mortel chaque seconde!!
. . . .
. . . .

La Débauche...
les Galères!

Voyez ces papillons, ces mandrins élégans,
De dettes, de larcins, d'ambre et d'orgueil fumans,
Dont l'aile frauduleuse, aux délits exercée,
Se brûle au fer rougi de Thémis courroucée.....;
Le poteau, pour divan, destine à leurs exploits,
Trois lettres à l'épaule, en guise de carquois!
Ces Valmont, châtiés de leur audace infâme,
Pour sentir ce fer rouge, ont retrouvé leur âme;
Le bonnet vert au front, disent aux jeunes gens
Toute l'ignominie où conduisent les sens,
Le ton, les gants glacés, l'orgueil, folle pagode,
Et le vernis coûteux des dandys à la mode,
Qui, d'un lorgnon masqués, le menton tout crépu,
Ricanent, en Piron, de la sotte vertu,
S'endorment sur l'abîme avec des Aspasie,
A leur réveil cloîtrés dans Sainte-Pélagie,
Des cachots sous leurs pieds, autour d'eux des forçats,
Sous leurs yeux des barreaux, des verroux, des soldats,
Des faussaires triés pour composer la chaine,
Et pour comble d'horreur, la dégoûtante haleine
De ce cloaque infect, des hommes qu'un réchaud
A marqués, au carcan, du timbre des bourreaux,
De ces êtres hideux, en place de compagnes,
Qui vont s'ensevelir dans le linceul des bagnes?...

Ah! terreur! Ah! remords! Ah! repentir trop lent!

Un Boudoir...
Bicêtre!!

Vois-tu ce beau jeune homme, et ses larmes de sang??...
Vois-tu, lecteur, son front vert d'une sueur froide,
Et sa main convulsive, épileptique et roide,
Son regard immobile, et ses ongles d'acier
Déchiquetant la paille, où l'a mis son geolier?...
A son aspect horrible a frémi tout ton être!...
Ce jeune homme est Saint-Phar, et demeure à Bicêtre *!!..
Le quartier du Helder, sa Capoue, à Paris,
A cet autre Annibal a montré ses laïs;
Adélia, charmante, à ravir immorale,
Séduisit sa candeur, plus belle que l'opale;

Le Caissier infidèle. Les cartes et la table, et les coursiers brillans
Le rendaient, riche alors, le plus cher des amans;
Cet or, né du viol d'une caisse forcée,
Était pour ses amours une proie assurée; ·
Le couple s'endormait du sommeil des plaisirs,
Heureux d'imaginer encor quelques désirs,
Jusqu'au jour où la lune, en des lumières sombres,
D'un lambris délateur vint répéter des ombres,
Trahi par ses clartés, livra le criminel,
Et fit d'un seul rayon un arrêt solennel!!

De l'Opprobre... Voilà du libertin et l'essor et l'ornière;
toujours! Il porte de Thémis la marque meurtrière,
Lègue à l'amphithéâtre un cadavre honteux,
Où le scalpel rougit de son sang odieux,
Et jusqu'en la province, où son père se cache,
De son délit ailé se propage la tache;
On se dit à l'oreille, en abaissant le ton:
C'est la sœur de Saint-Phar, qui rame dans Toulon!
Sa beauté vainement réclame un cœur fidèle,
L'hymen reste muet, l'infamie est jumelle;
Et le crime d'un frère, élastique linceul,
Met toute une famille au pilori d'un seul!

Trésors Ah! de mes voluptés le céleste calice
de la Sagesse. Craint-il de se souiller dans un tel précipice??.......
Pour moi la nuit est vierge, et vierge encor le jour!
A mon Phare splendide est borné mon amour;
Soit que, comme un vaisseau, sans ancre et sans boussole,
Affranchi du Trident, et des outres d'Eole,
Ou planète, ou fanal en arc diamanté,
Mu par l'attraction d'un fluide aimanté,
Il gravisse, monarque, en des nefs inconnues,
Sacré par les éclairs sur le trône des nues,
Soit qu'en boule de cuivre, ou semblable à l'acier,
Il sorte rafraîchi des volcans du Bélier,
Ou bien, majestueux, d'un cortége d'étoiles,
Il dissipe, en volant, l'épaisseur de ses voiles,
Sur une cathédrale arrête son rayon,
Centuple de splendeur pour la religion,

Voluptés
sans Remords.

Traverse des vitraux brillans de mosaïque,
Ou teigne en blanc les ifs d'une tourelle antique,
Se voie avec horreur aux portes du sérail,
De têtes au cordeau éclairer l'attirail ;......
Je deviens plus qu'un homme à ces grandes extases ;
Mon regard curieux le poursuit dans ses phases ;
Incas de ce soleil, de cet aérostat,
Je suppose en son centre un royaume, un état,
Où la vertu plus forte, et plus grande et plus chère,
Goûte un règne plus beau, que le sien sur la terre !

Ta pourpre est sans flatteurs, reine sans courtisans ;
Aux yeux du sage belle, et sans de vains clinquans,
Jamais tu ne revêts l'or ou les pierreries,
Pour éblouir nos sens de folles rêveries ;
Sous tes sévères lois tu promets le bonheur,
Mais non pas des hochets d'un métal imposteur,
De la débauche horrible et de son atonie,
Qui va boitant tout bas sa secrète agonie !!

Une Vieillesse
prématurée.

Que de Saint-Phar, hélas!.., à ta voix toujours sourds,
Se traînent, tout meurtris, de leurs sales amours....
De flanelle et de camphre étaient leurs cicatrices,
Et rampant en momie, emmaillotés d'éclisses,
Rouillent du praticien les secrets bistouris,
Avant, le soir, fardés, de solder des houris!!...

La Marque.

Que de *Castaing* encor à bésicles jumelles **,
Des rubis orgueilleux à leurs mains criminelles,
Dont le dos buriné par le poinçon fatal
Ne peut se mettre à nu dans un lit conjugal !
Le monde entier lira, trente ans après la plaie,
Les trois lettres de feu, dont le nom seul effraie ;
Le galérien lui-même, à travers ses forfaits,
Croit sentir le charbon, voit les affreux apprêts,
Le fourneau qui s'allume, et l'étincelle ardente !...
A ses esprits navrés elle est toujours présente,
La main qui se prépare à graver dans ses chairs
L'exil qu'on a forgé pour exclure un pervers ;

LE RÉCHAUD
DE L'IGNOMINIE.

Il la voit s'approcher cette main impassible,
Qui doit exécuter la sentence inflexible ;
La prunelle fixée, et le cœur haletant,
L'opprobre sur sa peau lui semble encor fumant !

Tel un tigre implacable, aux rives de l'Euphrate,
Découvre, en rugissant, sa gencive écarlate,
De sa quadruple griffe écartant les roseaux,
Nous paraît s'être ailé de l'aile des oiseaux,
S'élance sur sa proie, et d'ardentes blessures,
Burine à coups de dents l'écrit de ses morsures !

LES HORREURS
DE LA PLACE DE JUSTICE.

Du vice c'est l'écueil ; en un mot, sur ce plan,
Je ne compte qu'un pas de l'orgueil au carcan !
Quel horizon de maux se découvre et s'enchaîne
Au jeune homme imprudent que le plaisir entraîne !...
L'Europe est trop étroite à ses vastes remords ;
Tout semble le trahir dans ses sombres transports ;
Soit en songe, éveillé, contumace en Russie,
Soit dans le faste encore, et toute sa magie,
Une épaisse fumée, et le cri de la peau
Qui murmure, en brûlant sous le fer du bourreau,
Son épaule découverte au soleil, à la neige,
La charrette grisâtre, et son grossier cortége,
Et la pluie à torrens, qui tombait de côté,
En fouettant de glaçons son derme ensanglanté ;...
Ces horribles tréteaux, obélisques du crime,
Cachots aériens dressés pour son abîme,
Cette corde de chanvre, et ce brutal collier,
Qui sert depuis cent ans au cou du meurtrier,
Sans recevoir la mort, deux heures de supplice
Devant un peuple oiseux, qui s'en fait un délice,
Vient compter, pleur à pleur, sans pitié, curieux,
La larme qui jaillit, et tombe de ses yeux,
Ces mille morts enfin, dont une mort civile,
Chasse ce paria, banni de toute ville ;.....
Quel cœur assez perdu dans son aveuglement,
Se peindrait, sans frémir, un pareil dénoûment ! !...
Le galérien flétri, dans sa sourde démence,
Endure, à chaque pas, les douleurs de Mézence *** ;

LES SPECTRES
DE LA CONSCIENCE.

L'immensité des mers, l'haleine des printems,
Ne sauraient rafraîchir le feu de ses tourmens;
A la feuille d'automne, à la fleur renaissante,
Comme un spectre s'attache une idée infamante,
Une image funeste, une corde, un gibet,
Où l'échafaud figure en affreux farfadet,
De ses délits passés Euménides actives,
Sans pitié pour ses cris, pour ses douleurs plaintives!...
Le soleil dans son faste étale-t-il ses feux??...
Il faisait ce soleil à ce jour odieux!...
Et serait-ce la nuit, sous la fraîche charmille?...
La branche du lilas du palais est la grille;
Le jasmin si suave aux rêves d'un amant,
Lui semble, en ses terreurs, tracer son jugement;
Un rayon de la lune, en confident sensible,
Viendrait-il se glisser, caressant et flexible??..
Terrible souvenir!... l'astre, cette nuit-là,
En argentant ses fers, aux cieux les révéla!

PLUS D'AMOUR!

Pour rendre son horreur, que vous dirais-je encore!...
Dans un tendre abandon la beauté qu'il adore,
Vient-elle d'un souris lui révéler ses feux?...
Devant ses bras d'albâtre il recule honteux;
Il croit que sur son front est écrit son mystère;
Son carcan lui paraît remplir toute la terre;
Sa bouche se refuse au baiser de l'amour;
Nouveau Falkland, stupide au cri de son vautour,
Qui, comme l'homme-affiche, à son dos sa sentence,
Nourrit du repentir l'éternelle vengeance,
Comme un aliéné roule dans un cahos,
Et marche vers la Grève, escorté de bourreaux!!...
. . . .
. . . .
. . . .
. . . .

LE BAGNE.

Le fer est-il éteint;.... le bagne en perspective;
Un bicêtre nautique, à l'ancre sur la rive,

Inhume le flétri sous ses anneaux pesans,
Le flétri, mort alors, quelquefois pour vingt ans!...
Le remords convulsif, au sein de ces horreurs,
Vient-il à s'agiter, à verser quelques pleurs;
Un bruit sourd et profond de chaînes remuées,
Rebondit dans ce coffre, et s'échappe en fumées,
En vapeurs, en soupirs, qui, linceul vaporeux,
Déroule comme un crêpe, un voile de cheveux,
A travers les roseaux aux barbes reluisantes,
Va troubler la syrène aux écailles brillantes,
Et jusque dans Toulon répandant ses effrois,
De même qu'un battant fait vibrer les beffrois!

QUEL SONGE AFFREUX! Le galérien, parfois, d'une amante adorée,
Dans un songe pressant la bouche idolâtrée,
Savoure son erreur dans un boudoir charmant;
Cette amante, au sein nu, le nomme son amant;
Il goûte de l'amour la plus brûlante ivresse!!...
Quel horrible réveil, lorsque sa main ne presse
Que des anneaux d'opprobre, et qu'au lieu de ses bras,
Il se sent étouffé du collier des forçats,
Et qu'entre deux vieillards à l'haleine putride,
Il touche de son front le front d'un homicide!!...

Cette race amphibie, au demi-jour brumeux,
De même qu'un seul homme au regard soucieux,
Se lève en chariant sa chaîne accoutumée,
Commence sur les flots sa honteuse journée,
Sans qu'un signe de croix, offert à l'Eternel,
Témoigne un seul regret au cœur du criminel!...
Quand du bagne, au réveil, cette troupe écarlate,
Par cent trous à-la-fois se fait passage, — éclate, —
On dirait quelque squale, un phoque bondissant,
Qui, percé de cent traits, jette en caillots son sang,
Le lance, par ses bonds, de ses veines taries,
Et succombe, épuisé, sur les vagues rougies!
. . . . , ...
. . . .
Le bagne!...ah! que d'horreurs l'arche d'opprobre enferme!
Le bagne!... c'est du crime une horrible caserne;

C'est un vaisseau sans mât, un humide cachot,
Le rebut de la terre, et le rebut du flot!
La mer, avec dédain, à cette anomalie,
Dans des roseaux fangeux, ne jetant que sa lie,
La bat de son écume, et d'un flot teint de fiel,
La chasse de sa vague, où se mire le ciel.

HORREUR! HORREUR
POUR LE BAGNE!

Si son orgueil parfois dans son écume éclate
De lancer sur les airs une noble frégate,
Qui, superbe et folâtre en son cours élégant,
Semble, au loin, un bouquet que fait voler le vent;
Si de l'Inde un navire aux voiles opulentes,
A la poupe dorée, aux mâtures brillantes,
Comme un cygne pompeux creuse son sein soumis,
C'est encor de l'orgueil au front des flots amis;
Mais le bagne!... A ce son notre âme est indignée,
On croirait sous la dent mâcher une araignée,
Une araignée énorme, au corps noirâtre et lourd,
Un reptile hideux, qui croasse un cri sourd!

Dans la terreur des nuits, quand reposent ces chaînes,
Qu'une lampe de fer de lueurs incertaines,
Jette comme du sang sur le front des forçats,
Que le bagne sommeille, et suspend son fracas,
Que le garde-chiourme, à la barbe touffue,
Fait scintiller dans l'ombre une prunelle aiguë,
Que cinquante boulets, enfilés au cordeau,
Sont un rosaire en plomb qu'a rivé le bourreau,
Quel amas effrayant, que cette gémonie
De cent crimes roulés dans leur ignominie!

. . . .
. . . .
. . . .
. . . .

CONTEMPLATION.

L'ombre devient plus dense, et des flots de cheveux
Semblent rayer les airs, en me masquant les cieux;
La nuit presse mon cœur des spectres du silence:
Cette mort, sans mourir, vaut mieux que l'existence;

CONTEMPLATION.

Céleste léthargie, où nos nerfs comme nus,
Vibrent de volupté sous des doigts inconnus,
Où le cœur titillé d'un occulte anévrisme,
Se plonge avec ardeur dans ce noir magnétisme,
Se dilate en voyant couler son sang à flots,
Et sa vie en vapeurs, mêlée à des pavots !

SÉDUCTIONS
DU
SOMMEIL !!...

Là, l'âme-cantharide enfle à longs traits nos veines
De feu, de désespoir, de délire et de peines ;
Là, notre esprit onan, impudique en ses jeux,
Pollue en cent tableaux nos désirs amoureux ;
Notre vertu chancelle, et tour-à-tour surmonte
Ces écueils de la nuit, le front brûlant de honte ;
Nos sens sont des roseaux pliés au moindre vent,
Comme un flexible osier sous la main d'un enfant ;
De carmin et de neige une chair féminine
Etreint nos souvenirs, plus blanche que l'hermine,
Se jette dans nos bras, glisse dans le cerveau,
D'un bonheur idéal improvise un réseau,
Dans un cachot d'amour garotte nos pensées,
En humectant nos yeux de larmes embrasées !
. . . .
. . . .
Est-ce une vierge au lit, pourpre de chasteté ;
Un Djinn voluptueux, ardent de volupté,
Telle une abeille accourt avec son lot de cire,
Lui jette à son chevet un brandon de délire,
Des charbons enflammés sur ses seins ignorans,
Qui bondissent soudain de douloureux élans,
Et, parés à regret d'une rose fébrile,
Invoquent dans leurs bonds une bouche virile !...
. . . .
. . . .
. . . .
. . . .
La nuit est le divan de ces songes divins,
Sérail imaginaire au ciel des séraphins !
Le livre du passé développe ses pages,
Papyrus en lambeaux, et tout criblé d'orages,
Mozaïque de bronze, et de crime et d'erreur,
Où la teinte qui règne, est celle du malheur ;

CONTEMPLATION. Au bord de nos cercueils l'éternité s'installe,
Tel le caveau qu'on scelle au front de la vestale;
Cette vie est un pont dressé sur pilotis,
Le tems les rompt chaque heure, et les roule engloutis;

Ainsi, ce tems, armé d'éternelles faucilles,

Ce tems, père immortel de deux rivales filles,—
LA JOURNÉE ET LA NUIT..., à chacune un flambeau,
De tout le genre humain creuse donc le tombeau!!...
D'un soleil la journée a son front magnifique;
Par la lune, la nuit me semble plus pudique;
La voyez-vous courir comme une veuve en pleurs,
Blanchir les cieux, les mers de ses nobles pâleurs;
De même qu'une femme inquiète, éplorée,
Sortant d'un bal, jalouse, et la lèvre altérée,
Cherche à travers la foule un inconstant époux?—
Ainsi je la contemple en son tendre courroux!...
De ses rayons dardés en milliards d'aiguilles,
Elle suit le tartufe aux monts des Deux-Castilles,
Les couronnes du nord, le knout sur l'avenir,
Et la Discorde en deuil de son plus beau saphir,
Du froc mis en lambeaux dans la jeune Ibérie,
Comme un haillon puant au nez de la patrie,
Capuchon, hors la loi, du moine comédien,
Qu'écarte des autels le prêtre vrai chrétien!...
. . . .
. . . .

LES ASTRES NE SONT PAS Que de fleuves divers, où la lune adultère
INQUISITEURS!... Baigne en un lit païen sa nomade lumière,
Traite tous les mortels, ainsi que ses enfans,
Leur prête ses flambeaux, chrétiens ou musulmans,
Des roseaux du Danube, encor le sein humide,
Pour s'y plonger, s'élance aux gouffres de Carybde,
Musulmane au Bosphore, et chrétienne à Paris,
Donne au Tibre un baiser, à l'Euphrate un souris,
Se livre à l'univers en vierge toujours pure,
Dans un nocturne hymen, son éternel parjure,
Divise ses clartés sur cent religions,
Céleste apostasie, écrite en ses rayons,

Et saluant la croix, le croissant et le Gange,
Garde tous ses époux, quand sous ses yeux tout change!

. . . .
. . . .
. . . .
. . . .

TIVOLI.

Au sein de ces vapeurs, Tivoli m'apparaît;
Comme un rosier pompeux au fond d'une forêt;
TIVOLI, temple en mousse, où le genoux se plie
A cette ambre d'amour dont l'herbe est amollie,
Où la jambe avinée, et le cœur chancelant
Semblent chercher un lit, une alcove, un amant,
Où jetant ce Paris, et de boue et de gloire,
De son masque brumeux on laisse la mémoire;
Champêtre académie, opéra pastoral,
Où chaque groupe joue un joyeux madrigal,
Un proverbe sur l'herbe, en pantomine, en prose,
Improvisé soudain, brisé par une rose,
Un théâtre, un sorcier, qui, d'un tube en fer-blanc,
Vous prédit l'avenir, sans savoir le présent,
Où la nymphe en plein air, se jouant sur la plaine,
Eparpille en ses jeux sa joie et son haleine,
Son haleine embaumée, à travers le jasmin,
Qui parfois sert de cadre à sa joue en carmin,
Inonde de parfums cette nymphe qui vague,
Et de là va se fondre au tournoi de la bague!

. . . .
. . . .

LA DETTE.

LA DETTE, près de là, sous ses sombres barreaux,
D'un regard taciturne, inquiet, demi-clos,
Sur la grille, de pleurs chaque jour oxidée,
Sans cesse y tient sa main névralgique et guindée;
Sa toilette en désordre, et le front soucieux,
Entend le cliquetis de l'orchestre et des jeux,
De ces jeux, sa torture, et ses plus grands supplices;
Les dégoûts, la tristesse,... à côté des délices!...
Le cœur, d'espoir avide, aimable talisman,
Sur l'horizon lointain se dessine un cadran,
Où chaque sonnerie à son oreille vibre:
« Courage! prisonnier! demain tu seras libre! »
Chez elle un repentir n'entre presque jamais;
Ce n'est point pour délits que ces verroux sont faits;

LA DETTE.

Ici, l'erreur, le sort, des revers, l'infortune,
Se consolent entr'eux, et font cause commune;
Souvent le créancier, plus coupable cent fois,
Dans ce Tivoli même est à l'abri des lois;
D'un bilan protecteur, galérien contumace,
Il traîne le carcan sur le sable avec grâce,
Répond au galoubet d'un fredon caressant,
Et tournoie à son doigt un frauduleux brillant!...

Captivité funeste, où l'âme soulevée,
Voit le crime au salon, et la vertu rivée,
Où l'énigme du sort, toujours louche à ses yeux,
Punit la maladresse, et fait le vol heureux!

LES ANGOISSES
DE
LA CAPTIVITÉ.

Tout n'est pas désespoir dans ces cellules nues,
Toutes blanches de craie, et de soupirs repues;
Le prince philosophe, ou d'imprudens joueurs
Savent masquer leurs fers de corbeilles de fleurs,
Dans le cachot légal, affranchi d'étiquette,
Noyer dans les plaisirs les soucis de la dette,
A cette infortunée apporter des joujoux,
Charenton des huissiers, autre espèce de fous;
Aux coupes de Champagne, où le plaisir pétille,
Faire oublier le tems, l'avenir et la grille!
Ainsi, l'or de ses clés, chambellan dans les cours,
Partout fait pénétrer la joie et les amours;
Mais malheur au captif, qui, couché sur sa paille,
Les deux yeux attachés sur sa triste muraille,
Traçant sur ce vélin, plastron de ses soucis,
Sa douleur qui s'exhale en de sombres croquis,
D'un seul Napoléon n'aurait pas l'effigie,
Pour mettre un peu de fard au front de Pélagie!...
Il verra les objets comme de noirs géans,
Projeter sur son mur des groupes menaçans,
Et sa toile de craie, en lanterne-magique,
Crayonner sous sa peur un billot fantastique!
Vainement, son épouse, un permis à la main,
Passe sous le guichet quelques miettes de pain,
De pleurs et de baisers vient humecter sa joue,
Ce nouvel Ixion, enchaîné sur sa roue,

Ainsi que Plaute, à Rome, au comble de ses maux,
Tourne une meule en fer, qui n'a point de repos!...

. . . .

L'Or est le Sceptre du Monde.

La Dette a des attraits, quand, au lieu de menottes,
Le gant glacé, le musc, odorantes marottes,
Font incliner le front des guichetiers soumis,
Jusque dans leurs valets nous donnent des amis,
Habiles à flairer ce parfum d'opulence,
Ce fin muguet de l'or, qui brave la potence,
Qui brise, en s'exhalant, les plus épais verroux,
Et fait tomber la geôle à nos puissans genoux!!

. . . .

. . . .

Pourquoi cette rumeur!... C'est le feu d'artifice!...
La gerbe de signal fait frémir l'édifice :
La terre a des prisons, mais les cieux n'en ont pas;
Là, le regard est libre en ses vastes ébats;
Le ciel illuminé de soleils en salpêtre,
Quelques instans blanchit le toit de ce Bicêtre,
Et les Zéphirs amis des échos complaisans,
D'un orchestre enchanteur éparpillent l'encens;
De ce bonheur trop court, semblable à la fumée,
Tout l'avenir retombe en une âme enfermée,
Dont un éclair de soufre a troublé le repos,
Pour rendre plus obscur le guichet des cachots!...

. . . .

. . . .

Paris danse sur un Parquet de Cranes.

La walse recommence, et son timbre lascif
Va mourir sur la paille, au chevet du captif,
Se mêle à son sommeil, parmi des échéances,
Des billets protestés les gothiques sentences,
Le réveille en sursaut en face d'un recors,
Qui le guettait au gîte, et l'appréhende au corps!...

. . . .

. . . .

La volupté nocturne, heureuse et sans bougies,
Sous un rideau de fleurs a risqué ses orgies;
La lune pudibonde a laissé sans lueur
Quatre lèvres de feu, qui blessaient sa pudeur;
Sur cette herbe d'aimant l'épouse toujours pure,
Aux spasmes de minuit sent son cœur qui murmure,
Et la vierge elle-même, en ces obscurités,

Semble porter le poids de ses virginités;
On vit d'une autre chair, d'une fibre nouvelle,
Où l'âme, comme un punch, n'attend qu'une étincelle,
Un baiser, un regard, pour allumer ses feux,
Dans un duo d'amour, sous un dôme amoureux!!
Car, Paris, c'est un monstre, une statue informe,
De diamans, de fange, en sa grandeur énorme;
C'est un cadavre affreux, des rubis à ses doigts,
La morgue à son giron, à l'épaule un carquois;
La morgue, où se dégorge une infâme fistule,
De nos forfaits de nuit mystérieux scrofule!...

THÉATRE   Sous les mornes carreaux de ce froid cabanon,
TOUJOURS GRATIS...,   Où le trépas couché se pose à l'horizon,
LA MORGUE!   Sous ces vitraux de mort, blanchis par cent haleines,
A chaque instant ternis des soupirs de nos peines,
Où l'ami, l'âme émue, où le père tremblant,
Frémit de retrouver son ami, son enfant,
Où le cadavre vert souffle sa teinte verte...
Toute la plaie humaine à nos yeux découverte,
Veuve de son orgueil, en lambeaux dégoûtans,
D'un théâtre *gratis* ouvre les deux battans!...
L'œil sanglant de dédain, gît là le suicide,
Le front étiolé de la balle homicide,
Le joueur hydrophobe, avide d'en finir,
De noyer dans les flots sa fièvre et son soupir;
Une vierge au front noir de l'asphyxie athée,
Etale sur la pierre une chair infectée...
Victimes du sophisme, infernal séducteur,
Qui montre en l'autre monde un monde moins trompeur;
Pyrrhoniens criminels, faux prêtres de Voltaire,
Qui dans leur doute impie ont nié Dieu sur terre!!

TRAGÉDIES   L'oisif, la courtisane et le peuple hébêté,
PERPÉTUELLES.   A contempler du sang trouvent la volupté;
Un orchestre à la morgue..., un mélodrame en vie
Des boulevards jaloux singerait la folie;
La Seine, aux flots jaunis, livre chaque matin,
Sur un brancard banal, sa proie et son butin,
Et narguant ce Paris aux pompeuses écailles,

Tragédies
perpétuelles.

Rejette sur ses bords ses sales funérailles!...
Car Paris, c'est un crime, un bouc, un Genséric,
A la lèvre du miel, au cœur de l'arsénic;
Paris, c'est un sauteur, un acrobate immonde,
Qui court sans balancier, sur la corde du monde,
Qui de la guillotine aux quolibets d'Arnal,
Le soulier tout sanglant, passe sans fil d'archal;
Pharmacie effrayante, en poisons, en acides,
Où le froid nénuphar se mêle aux cantharides,
La morphine au lichen, la mauve à l'alkali,
Le trône à l'échafaud, la Grève à Tivoli!!

NOTICES

HISTORIQUES ET ANECDOTIQUES

SUR

LA PREMIÈRE LUNE PARISIENNE.

La FLÉTRISSURE, qui d'ailleurs est un supplice horrible à voir, consiste en ce que le bourreau, aidé de ses valets, ayant fait rougir à blanc, dans des fourneaux remplis de charbon, le fer dont il doit marquer le patient, prend ce même fer, et tandis que le criminel, détaché du poteau où il est exposé (un carcan de fer au cou, et l'écriteau de son crime sur la poitrine), est tenu ferme par ces mêmes valets, l'exécuteur des hautes-justices lui appose sur l'omoplate les lettres indélébiles d'une infamie à perpétuité : une fumée épaisse et puante s'élève de cette épouvantable scarification ; la peau crie, crépite, et la douleur doit être très-grande. Beaucoup de ces malheureux perdent connaissance. *Contrafacto* est tombé dans un long évanouissement. Lorsque le bourreau a apposé le fer de l'opprobre, un valet passe sur les lettres gravées dans la peau, un pinceau enduit d'une liqueur noire et très-caustique, afin que la trace ignominieuse ne s'efface jamais. Cependant on affirme, à cet égard, que le nègre marqué trouve le moyen de faire disparaître entièrement cette marque, par des sucs de plantes, dont il connaît seul la propriété.

Au bagne, à Saint-Lazare, les galériens, les femmes détenues, qui ont été marqués, s'amusent entr'eux et entr'elles à s'appeler *les hommes de lettres, les femmes de lettres*. En termes d'argot, un forçat libéré se nomme un *cheval de retour*, ou un *évadé du pré*.

La célèbre sœur *Marthe*, dont la poitrine était décorée de tous les ordres de l'Europe, dont la bienfaisance était encore au-dessus de tous ces honneurs, poussait la philantropie jusqu'à monter sur l'échafaud, et là, munie d'huile, elle l'étendait sur la plaie de Thémis, calmait le désespoir du condamné, essuyait ses larmes, et quand l'exposition était terminée, elle l'aidait à descendre, en le soutenant sous le bras, jusqu'à son retour à la prison.

On compte dans la rue Traversine, à Paris, près la place Maubert, plus de 500 forçats libérés, qui sont là, sous la surveillance immédiate de la police. Des patrouilles, jour et nuit, épient les moindres actions de ces ex-galériens.

Quand un forçat parvient à s'échapper du bagne, on tire du port un coup de canon, pour annoncer son évasion. A Verdun, on tire trois coups de canon de 36, et il y a une gratification de

100 fr. pour celui qui ratrappe le fugitif. A ce sujet, il n'est pas de moyens vraiment merveilleux que le galérien n'emploie pour briser ses fers ou les scier; il va jusqu'à cacher un ressort de montre *sous la peau même!*

En Danemarck, à Phalsbourg, deuxième ville capitale, les forçats ont une sorte de couronne de fer au cou, d'où partent, comme des girandoles en cuivre, chargées d'un grand nombre de petites sonnettes du même métal, et retentissantes; de sorte que le galérien, cherche-t-il à s'évader, son harmonieux carcan le trahit aussitôt, et il est d'ailleurs si solide, ce carcan, qu'il lui est impossible de se défaire de son joug délateur.

Là, chaque crime a sa couleur; c'est-à-dire que le forçat est revêtu d'un habit qui indique le délit qu'il a osé commettre; ainsi, *rouge,* pour l'homicide, *vert,* pour le vol, *bleu,* pour le viol, et ainsi de suite.

Un jeune homme de bonne famille ayant été marqué et condamné à cinq ans de travaux forcés, eut le courage, à sa sortie du bagne, de se faire enlever, par un chirurgien, *la marque,* c'est-à-dire toute la partie de la peau qui en était empreinte, puis il s'embarqua pour les Etats-Unis, entièrement régénéré dans son imagination.

A la Louisiane, à la Caroline, le supplice qu'on inflige au criminel est vraiment bizarre : enchaîné d'abord au poteau de l'opprobre, le bourreau le déshabille à peu près entièrement, puis il enduit sa peau de goudron, et le couvre de flocons de coton; c'est dans cet état grotesque qu'il reste deux heures exposé aux regards du peuple.

Enfin, LA FLÉTRISSURE, si nous remontons à des tems reculés, variait à l'infini. Chez les Romains, par exemple, on marquait au front, afin que la marque fût plus apparente, et l'ignominie plus grande; mais Constantin ordonna que les lettres dont on marquait les criminels ne seraient plus imprimées que sur la main ou sur la jambe. Autrefois, en France, la marque figurait une fleur de lys. Les voleurs sont marqués de la lettre V, et les condamnés aux galères, des trois lettres G, A, L.

Le cœur de l'homme, ses yeux, tous ses sens, son âme, n'étaient-ils pas déjà assez tourmentés par mille feux dévorans?... Non; son esprit féroce, *suivant la loi,* a imaginé des supplices extérieurs; il a voulu des souvenirs de douleurs inaltérables; il a su *gauffrer* sa peau d'un tourment qui ne s'efface jamais, qui le pique sans cesse de son aiguillon, même long-tems après la peine expiée!... L'immortel *Beccaria,* dans son Système de législation, est loin de penser ainsi; la loi, dans ses mains, n'a pas un glaive de mort; son code, loin d'être implacable, à l'exemple de Jésus-Christ, est magnanime et clément!

NOUVELLES

PARTICULARITÉS CURIEUSES

SUR LE BAGNE.

CE serait sans doute à la poésie à exprimer constamment tout ce qu'il y a d'horrible et de poétique à-la-fois dans un cachot *flottant*, qu'on a nommé *Bagne*. Qu'on se figure, en effet, un vaisseau sombre, armé d'une artillerie formidable, éloigné du rivage, comme un affreux Paria l'est de tout corps social ; vaisseau crénelé et bardé de guichets, de verroux, de barres de fer, où le bruit du fer, du boulet, sans cesse agité, est comme l'orchestre funèbre, l'harmonie effrayante de ce lieu plein d'horreur !...

Là, plus d'amitié, d'amour, de joie, de doux sourire, plus de frère, de sœur, d'épouse, plus de jolis visages, de filles jolies, de bouquets au printems, de toilettes de bal en hiver, de banquets de famille, d'orgueil, d'honneur, de parure, d'hymen somptueux, de théâtres électriques, et tout ce qui compose enfin les ivresses de la vie, les délires de l'opulence ; le Bagne !... le Bagne !... le Bagne ! c'est un sépulcre de cadavres affreux, qui ne marquent la vie que par le retentissement des fers dont ils sont chargés, que par le glossaire du crime qui souille sans cesse leurs lèvres infâmes ; la puanteur des mots est égale à la puanteur de ces épouvantables dortoirs !... Qu'on se figure une ténébreuse et vaste chambrée de casernes, plus ténébreuse, ou un lit de camp couvert de grossiers matelas inamovibles, où l'homme passant des fictions de l'existence à d'affreuses réalités, perd insensiblement, par le contact immédiat du vice et du crime, tout ce qui pouvait lui rester encore de pudeur ! La marque à ses yeux, d'ailleurs, l'a rejeté à jamais du cercle de la civilisation ; elle en a fait comme la catégorie spéciale du génie du mal, qui a gravé sur sa peau, d'un poinçon indélébile, le trait imprescriptible de sa propriété : cette sorte de conviction dans l'âme du forçat, le fait renoncer presqu'aussitôt au reste expirant de sa dignité d'homme, dont une moitié est restée au carcan, un tiers au ferrement, et le dernier et faible débris s'éteint dans le voyage de la chaîne : là, ce convoi effrayant, ce cachot qui se promène, lié, au milieu de la civilisation, achève sa dépravation complète ; le jeune homme égaré, qui n'avait fait qu'une faute, œuvre irréfléchie des passions, rêve à un forfait vétéran, se corrompt insensiblement de sophisme en sophisme ; la société n'est plus envisagée que comme une force brutale, qui accable le faible, et, au lieu d'un repentir profond, c'est une vengeance qu'il faut tirer de sa législation partiale!...

Tel est le paradoxe monstrueux qu'une chaîne tire d'un châtiment exemplaire, et tout cela faute d'un *tri* judicieux, qui classerait les délits, et tout cela, dis-je, faute d'un plus grand nombre d'aumôniers, qui prêcheraient le repentir et la saine morale, comme source de tout bonheur possible. Mais non, l'adolescence, coupable d'un délit passager, est liée à la vieillesse croupie dans les forfaits; un corps tout gangrené, avec une nature presque vierge!... Quel double aveuglement du magistrat, du législateur!... Dans ce pêle-mêle monstrueux, où les alliances les plus ennemies sont faites avec des anneaux de fer, où les *hymens* les plus révoltans de Gomorrhe sont rivés à coups de marteau sur une enclume, l'adolescent, au menton cotonneux, se trouve, de force, la proie du vieillard à la barbe blanchie; cette barbe acquiert même de l'autorité, une sorte de respect, à son imagination exaspérée; il cède bientôt aux faux raisonnemens de son séducteur; cette rougeur, cette conscience, qui, en l'importunant, ne laissaient pas de lui montrer le chemin du retour à l'honneur, à la vertu... sa conscience, il la sème, pour ainsi dire, sur la route de la chaîne, comme un vêtement incommode et ridicule dans le nouveau monde où il va entrer, et dès que Toulon se découvre, cette conscience exhale son dernier soupir!

Un rire forcé d'abord, erre sur les lèvres timides de ce jeune perverti, puis c'est enfin le rire désordonné, effréné de toute abnégation; c'est le chant érotique du scélérat consommé, quand il entre au bagne; au lieu de rougir, c'est lui qui fait rougir; au lieu de craindre, c'est lui que l'on craint; il a tout-à-coup changé les rôles; à ses yeux, le forçat n'est plus qu'un prisonnier de guerre, que les hasards du combat ont chargé de chaînes. Plus heureux une autre fois, plus favorisé de la victoire, c'est lui qui conduira en esclavage le geôlier qui l'a vaincu!

Voilà l'aspect funeste sous lequel le galérien envisage sa condamnation et l'interdiction qu'on lui a imposée de ses droits de citoyen, pour avoir nui à ses concitoyens : le bail de l'opprobre expiré, il revient comme un tigre déchaîné, avide de sang et de spoliations; une conviction terrible est comme l'arsenal où il puise; traqué sans cesse, il évite habilement le chasseur, et le tue sans remords, pour n'être pas tué par lui; il cherche ses semblables, et forme, au sein de la capitale, ces collisions habiles qui ont un chef, un mot d'ordre, un ralliement; c'est en quelque sorte une *guérillas*, dans chaque province, dans chaque ville, qui se rue sur le voyageur, sur le passant isolé, et s'empare de sa vie et de son bien, comme par de justes représailles!...

La loi me semble donc défectueuse; faites des tris, je le répète; que des utopies, sans doute ridicules, erronées, un égarement fatal, ne soient pas mêlées avec des délits médités longuement; ainsi qu'a dit M. de La Martine, le triomphe seul souvent montre seul les coupables d'un côté, les innocens de l'autre, jusqu'à ce qu'une réaction, comme nous en avons eues tant depuis un quart de siècle, renverse la question, et donne, à son tour, des couronnes aux coupables devenus des héros!...

Au bagne de Toulon, il n'y a que des forçats *rouges*, les *verts* sont à Brest, et les *bruns* à Rochefort. Ce costume, comme zébré de flammes, ne laisse pas d'être théâtral. Au nombre de trois mille, quand ils sont rassemblés sous les ordres des *Comes* (espèce de sergens, et grade au-dessus des gardeschiourmes), pour une exécution, par exemple, tous formant un parallélogramme autour de l'échafaud ; c'est un théâtre de la plus belle horreur !... Ces milliers de têtes nues, de barbes touffues, et toutes ces casaques écarlates, qui, par leurs légères ondulations, semblent des vagues de sang;... ce grave appareil de mort, donné en leçon au crime silencieux...; ah !... ce serait magnifique, si, là, le crime pouvait s'amender; mais loin de recueillir religieusement la sanglante leçon, le forçat sourit d'une ironie atroce, et méprise la mort comme une divinité sans pouvoir sur son scepticisme.

Sous un autre rapport, on ne saurait nombrer les ruses, les expédiens qu'emploient les forçats pour cacher de l'or; car ils ne peuvent pas posséder plus de 6 francs par jour, seraient-ils millionnaires. Ils ont donc des pièces creusées, de 10 centimes, qui peuvent contenir un double Napoléon, ou des ressorts de montre.

Quand l'heure du sommeil est venue, cinquante forçats doivent se coucher sur un vaste lit de camp, le pied droit alongé sur la barre du lit; là, une tringle articulée, fermée par un gros cadenas à son extrémité, passe dans les cinquante anneaux des pieds des forçats (cet anneau s'appelle *la chaussette*), et les tiennent captifs sous cette caution si douloureuse, si gênante pour le sommeil. Le boulet ne les quitte jamais, c'est comme un remords. Pour donner une idée de cette tringle, il faut la comparer à un baguenaudier, ou à cette petite chaîne à laquelle est enfilé un certain nombre d'éperlans.

Le forçat qui paraît pour la seconde fois au bagne, a la manche droite *en drap noir;* s'il y revient une troisième, alors, les deux manches de sa casaque sont de cette couleur; *ce sont les chevrons du crime!*

L'action de ramer, pour eux, est de conduire en rade des officiers de santé dans de légers canots, de transporter des pièces de bois d'un point à l'autre du chantier; mais quoiqu'on dise proverbialement : *c'est un métier de galérien,* on ne saurait disconvenir que le forçat travaille fort peu.

La nourriture, toujours la même, se compose de fèves et de pain tel que celui de munition. Toutefois, si le forçat a de l'argent, il peut augmenter sa table, puisqu'il y a cantine, vivandière, et qu'au moyen du tems qui lui reste, il peut faire de ces petits ouvrages dont il tire toujours quelque profit.

Dans ce ramas d'hommes de tout âge, où les *passions crient* d'autant plus, qu'elles sont condamnées au silence sous un cilice de fer, une plaie, un ulcère affreux multiplie à l'excès ses révoltans ravages, et on peut avancer sans hyperbole, qu'autant de bagnes, autant de villes de Sodôme!!... De là les hôpitaux sont infestés de ce cancer honteux, qui résulte encore de l'*attelage* et de l'agglomération de tous les vices, de tous les forfaits, de tous les âges.

Le forçat à l'hôpital *Salandry*, à Toulon, y est encore enchaîné. En effet, son état de maladie ne saurait devenir aux yeux de la loi une nouvelle garantie de sa soumission et de sa sagesse. Une chaîne, qui part de son pied droit et va se rendre à un poteau, à quelques pas de son lit, l'empêche donc de s'évader : à ce poteau, aboutissent une douzaine de chaînes, de douze lits (six en face de six), et quand le forçat expire, son cadavre subit encore quelques instans la vie de l'opprobre. Ce poteau est donc comme une potence à six bras de fer, qui s'étend, menaçante, jour et nuit, sur ces couches criminelles!!

On a fait cette remarque judicieuse, que jamais corporation n'éprouve autant de pertes que celle-ci, ce qui fait que les squelettes sont à très-bon compte dans l'amphithéâtre d'un bagne, et qu'on en envoie des cargaisons à Paris, aux vendeurs d'os. Les côtes seront mises avec les côtes, les rotules avec les rotules, les têtes de même, les vertèbres ensemble, et le tout ensaché, ficelé, vous recevez par le roulage ou par la mer, un seizième, un huitième de bagne ostéologique, qui, après avoir traîné du fer, sert de mannequin à l'élève en médecine, ou au sculpteur.

Le squelette de *Gravier*, ce bossu qui fit éclater un pétard au Château des Tuileries, pour troubler la grossesse de la duchesse de Berri, est à Toulon, orné de rubans et de fleurs.

Le galérien aime beaucoup être employé à l'amphithéâtre; chaque squelette qu'il fait lui vaut 20 francs.

Dans le bagne, il y a la secte des *discrets*, au nombre de quatorze forçats. Par un serment dont la violation entraînerait la mort du parjure, ils s'engagent, treize, à fournir au quatorzième, des moyens d'évasion. Ce quatorzième est-il parvenu à s'échapper, un nouveau chef est tiré au sort, et toujours même serment, même concours auxiliaire. Ce forçat a-t-il franchi le bagne, a-t-il gagné un bois, il épie un voyageur, pour lui prendre ses habits, et l'assassine, s'il résiste. Les premiers pas de sa rentrée dans le monde sont donc tachés de sang; n'a-t-il pas appris à l'école du bagne à ne pas l'épargner pour sa sûreté même? Il y était entré voleur, corrompu, mais là, par une putréfaction graduée, il en sort assassin!

(**) Mézence, roi des Tyrrhenciens, surpassa peut-être en barbarie tous les monstres de l'antiquité.

. . . .
« Comment peindre l'horreur de son règne odieux!
Puisse tomber sur lui la vengeance des cieux!
Ce monstre, joignant l'art avec la barbarie,
D'un tourment tout nouveau repaissait sa furie :
Des vivans joints aux morts, sur des lits inhumains,
La bouche sur la bouche, et les mains sur les mains,
Tout dégoûtans d'un sang qui faisait ses délices,
Mouraient d'un long trépas dans ces affreux supplices ;
Et le monstre, auprès d'eux, goûtait tranquillement,
De ces corps déchirés l'horrible accouplement.
Son peuple, enfin, lassé du poids de tant de crimes,
S'arme contre un tyran, et vengeant ses victimes,
Égorge ses amis, assiège son palais,
Et livre au feu vengeur ce séjour de forfaits.

ÉNÉÏDE.

En résumé, *les bagnes* sont une anomalie monstrueuse dans l'application des peines infamantes; car leur régime, au lieu de convertir le scélérat, ne fait au contraire qu'ajouter à sa per-

versité; car cumuler beaucoup d'élémens putrides ensemble, n'est-ce pas
en quelque sorte souffler sur le foyer
d'une plus grande putréfaction!...

Je conviens, d'un autre côté, qu'on
ne saurait entourer de trop d'opprobre
le criminel, afin, d'abord, de jeter dans
la société le salutaire effroi, la terreur
exemplaire de son châtiment; mais
faites aussi que ce même criminel s'y
amende, s'y achemine vers un avenir
de repentir et de bons principes!

Je crois donc qu'il serait possible,
facile même de parvenir à faire du forçat un homme moral, laborieux, qui
vous reviendrait changé à son avantage, comme au vôtre, ce serait de *le
caserner* par chambrée de cinquante au
plus, de le faire travailler, chacun suivant son industrie; de lui ménager, à
l'expiation de son ban, une somme,
fruit des économies que vous auriez
faites pour lui, en prélévemens succes-
sifs; de faire surveiller chaque chambrée, non par un farouche, par un brutal garde-chiourme, mais par une sorte
d'aumônier, de directeur de conscience,
d'ami des hommes, qui, par ses discours
édifians, paternels, le ramènerait insensiblement à la vertu, sans secousses
violentes, sans punitions terribles, sans
qu'on soit forcé enfin d'employer la ressource toujours nuisible, toujours im-
puissante de ces corrections, de ces
coups douloureux pour le corps, mais
qui ne font que révolter l'âme, et la
disposent plutôt à la vengeance qu'au
repentir : alors, le forçat rentrerait
dans le monde, non pas en *vengeur,*
mais en homme réfléchi, qui avoue ses
torts, et trouve son châtiment *bien pro-
portionné* à sa faute; car c'est la seule

disproportion des peines qui fait d'un
petit voleur un grand brigand; c'est
l'impunité accordée à un riche agent de
change, banqueroutier frauduleux, qui
révolte le bon sens d'un voleur de mou-
choirs de poche, et lui fait considérer
la loi, d'après la comparaison même de
Montesquieu : « comme une toile d'arai-
» gnée, où les petits moucherons restent
» pris, mais où les gros passent à travers.»

Toutefois, si je me permets ces réflexions, je ne les hasarde qu'en simple
philantrope, sans jamais prétendre m'é-
riger en censeur des lois régnantes, en
critique des actes du gouvernement;
mon seul but, loin de vouloir réformer
la législation actuelle, est de faire naître
dans l'esprit du législateur l'idée d'apporter des modifications qui me parai-
traient plus conformes au bien général
de l'humanité; si je me trompe, ma
justification n'est-elle pas toute entière dans mon dévouement au bonheur
public!!... Si je me trompe, eh bien!
je conviendrai, ce qui est arrivé souvent, que les plus belles théories sont
nuisibles dans la pratique.

Bicêtre ne ressemble-t-il pas un
peu, à certains égards, à un grand seigneur, devenu, par les vicissitudes du
destin, d'abord portier de son propre
hôtel, ensuite, le balayeur du quartier
dont il était le suzerain orgueilleux! —
En 1300, château-fort; en 1400, maison
de campagne de Jean, évêque de Vin-
cester, cette centine actuelle des immondices de l'ordre social, de *Bischêtre*
qu'elle s'appelait, *se momifia* enfin sous
le nom ignoble de Bicêtre. Je dis *se
momifia,...* car, en effet, son front et
sa ceinture hideuse de murailles cou-

leur de boue, ne semblent-ils pas recouverts d'un bitume âpre et repoussant !...

Ainsi Bicêtre est comme la marque nominale de ce monstre brumeux, dont la gueule et la dent de fer broient tout ce qu'il y a de plus impur dans le genre humain. Louis XIII en fit un hôtel des Invalides, Louis XIV un asile pour les mendians ; j'ai donc raison de dire que ce château, tout féodal d'abord, fier ensuite d'avoir prêté son toit hospitalier à des héros, dégénéra de telle sorte, qu'il n'est plus, en définitive, qu'un des cent égoûts où se dégorge la lie de nos passions.

Là, tout revêt une teinte lépreuse ; là, tout est gris,... murailles, voûte d'entrée, costumes, barbes, visages, cheveux, mains, sabots, pantalons, bas,... tout a la couleur du pou ! jusqu'à l'atmosphère, des vapeurs continuellement grisâtres, pèsent comme une lourde toile d'araignée sur les yeux, sur l'imagination, soit par la raison que ce cachot immense serait dans un fond, soit parce qu'il aurait la funeste faculté d'attirer le nuage, tant il y a, qu'on le voit sans cesse comme coiffé d'une enveloppe vaporeuse, sombre, humide, à travers laquelle on le distingue au loin, comme un monceau de cendres, sur lequel on aurait fiché des poteaux de carcan.

Situé à une demi-lieue de Paris, hors la barrière de Fontainebleau, on entrevoit à l'horizon sa porte cintrée (revenez à la gravure). Cette porte cintrée est en vieilles pierres, grugées par les rayons de sept siècles de soleils et de lunes, et chaque pas qui nous approche de ce hideux fossile du moyen-âge, de

cette momie silencieuse, comme encroûtée de poix-résine, comprime le cœur, triple ses battemens, décolore le front, en plongeant à-la-fois l'âme dans ce malaise qu'on ne manque jamais de ressentir à l'aspect d'un séjour dont la funèbre ceinture de fer n'enferme que malheur, indigence, perversité, vieillesse et opprobre ! !...

Que de jeunes gens de famille, que de *Saint-Phar* ont passé sous cette horrible voûte, pour aller s'ensevelir, *après le ferrement*, dans la tombe du bagne !

Ce n'est pas qu'il serait uniquement consacré à recéler les peines infamantes ; car la prison est séparée d'un hospice qui contient plus de 4,000 personnes et plusieurs ateliers ; mais il n'en est pas moins vrai que cette casematte du crime, s'impose, de tems immémorial, à tous les esprits, sous l'idée noire et sépulcrale d'une morgue vivante, d'un lieu d'ignominie, où l'homme condamné à y vivre seulement vingt-quatre heures, se sent aussitôt déshonoré pour la vie !...

Car Bicêtre, c'est le transit du forçat qui se rend au bagne !... Car Bicêtre, c'est la Babel de toutes ces effrayantes aliénations, qui nous présentent l'espèce humaine sous des grimaces, sous des contorsions, sous des dégradations si hideuses !...

Car Bicêtre, c'est la sombre chapelle, c'est le dernier cachot, où l'assassin, condamné à mort, doit se recueillir sur une dalle humide, dalle sur laquelle se sont fixés, une dernière fois, comme des rayons brûlans, les derniers regards de tant de criminels ; c'est, chargé d'un cilice de trois cents livres de chaînes, que le coupable, après avoir entendu son arrêt, doit mesurer l'éternité et les rigueurs sanglantes de l'échafaud, sous le triple poids de son forfait, de son repentir et du remords!...

Car Bicêtre, c'est l'assemblage de toutes les immoralités qui expient, sous la sentence des lois, leurs excès monstrueux!...

Car Bicêtre, après les cachots de Venise, sous le conseil des Dix, après les cachots de l'Inquisition, à Madrid, sous Philippe II, c'est le cachot le plus profond de l'Europe civilisée!...

Quand la lune éparpille quelques rayons blancs sur ces noires toitures, sur toutes ces portes ferrées et fermées par des verroux énormes, sur tous ces guichets, auxquels des faces de galériens et de fous se collent comme un vélin immobile, on dirait un damier noir et blanc, encadré d'une laine grise.

Rien n'est plus ingénieux que la manière dont les prisonniers se parlent au moyen de petits miroirs : une jolie femme entre-t-elle dans les cours, aussitôt ils en font le signalement, se communiquent leurs pensées, leurs sensations, avec la langue pittoresque de ces petites glaces, aussi vite qu'avec la parole.

La chaîne, terme moyen, peut être de 400 forçats par an ; ainsi, en un quart de siècle, Toulon, Rochefort, Marseille, recevraient *dix mille coryphées de bagne!!* Dix mille crimes sur un seul point!! Faites le calcul pour l'Europe entière, et vous verrez que le cœur humain a encore bien de l'espace à parcourir pour que toutes ses fibres ne vibrent que pour la vertu!!...

Mais quel est le Caron, mais quelle est la barque qui conduit à ce Ténare??... Un cachot ambulant, trillagé, *un Bicêtre à deux roues,* qui marchera bientôt à la vapeur, nommé trivialement par le peuple, *panier à salade.* Les coupables sont chariés de la Conciergerie à Bicêtre, et de Bicêtre à la Conciergerie, dans ces caissons hermétiquement fermés, et *la chaîne anniversaire,* quand les forçats débordent, jette sur le littoral de la Méditerranée des milliers de criminels, dont les squelettes reviennent bientôt par cargaisons, pour instruire l'étudiant en médecine, qui achète ces ossemens, *au prix de fabrique.*

Il est peu de Parisiens, il est peu de provinciaux qui n'aient été frappés d'admiration à l'aspect du puits de Bicêtre, construit en 1733, par M. de Bernière. Ce puits a 133 pieds de profondeur et 15 de diamètre ; les seaux en sont énormes, et ne descendent et ne remontent qu'au moyen d'une manivelle ; mais, quant à moi, loin d'exciter mon admiration, il ne m'inspire que de l'effroi : il me semble y voir l'antre, le trône mystérieux de quelque génie infernal, dont les sujets se composent d'insensés et d'assassins.

Ah! lecteur, qui que tu sois, évite les écueils qui amènent là : tu en mourrais! La morsure d'une femme entretenue pourrait bien t'y conduire ; un faste inconsidéré y a plongé plus d'un banquier frauduleux ; en un mot, médite bien sur ma gravure :

Le Luxe..... Le Carcan!!...

TIVOLI,

RUE DE CLICHY, CHEMIN DES BATIGNOLLES.

Si la lave du Vésuve, en rampant sur le sol brûlé, comme un boa de soufre, met en deuil toute la végétation flétrie de la terre napolitaine, quelquefois elle semble oublier une fleur, un bluet qui survit à ses ravages, et même s'embellit de son passage électrique; de même, TIVOLI, bluet né des laves de la révolution, a crû dans le sang et les pleurs d'une épopée immortelle de quarante années, qui se couronnait alors de trophées, de drapeaux autrichiens, de proscriptions, de triomphes et de guillotines!

Oui, ce fut dans les premières années de la révolution, que des entrepreneurs de voluptés pastorales imaginèrent cette parodie du Tivoli, bâti par les fées, près de Rome; la terre s'ouvrit donc sous la bêche d'un architecte théocrite; les alcôves de lilas se drapèrent, les bosquets de roses, les charmilles d'aubépine, les cloisons d'acacias élevèrent leurs corbeilles balsamiques; mille pampres s'arrondirent en voûte, les bouquets de bois se laissèrent traverser de sentiers émaillés de violettes et de réséda, la mousse se gonfla en divan fatal à la vertu..... Enfin, tous les jeux prirent possession de ce séjour de volupté, et si ce n'est le soleil, le ciel de Rome, que Messieurs les entrepreneurs ne purent importer et fixer, comme leurs verres de couleurs, avec des fils

d'archal, au plafond de leur Tempé, ils n'en eurent pas moins un joli petit lambeau d'Italie, de banlieue, à raison de 1 franc 50 centimes d'entrée par personne.

Au premier aperçu topographique, jeté, aux vapeurs de l'aurore, sur la cité-monstre, du haut du télégraphe de Montmartre, cette petite vallée de folie, cette corbeille semblerait un bouquet fiché au côté d'un cadavre. En effet, lorsque des pelouses verdoyantes de cet Elysée, l'œil passe brusquement aux brumes des rues, la pupille se contracte péniblement; déjà, on entre dans le dédale des douleurs; la pensée, engagée dans ce cylindre de tribulations, y fait bientôt passer l'âme entière; le front se plisse; le cœur est comprimé comme sous une voûte de tourmens, qui menace de s'abîmer sur vous!... C'est sans doute à cause de ces affections profondes, qui s'emparent de l'homme dans le voyage fangeux de Paris, qu'on le voit partir pour Tivoli avec tant de joie; car, là, il se dépouille, du moins pour quelques heures, de toutes ces cangues que le sublime ordre social a rivées sur ses épaules.

Hélas! près de ces orchestres enchanteurs, qui exhalent leurs mélodies avec le parfum des roses, s'élève, d'un aspect solennel, *le tertre tumulaire de Montmartre;* des marbres blancs, tigrés, tachetés d'épitaphes, se dressent, à deux pas des danses, comme des fantômes qui se demandent quel est l'audacieux voisin qui, par ses chants indiscrets, vient insulter à leur repos éternel??... Que de vierges, fraîches comme Tivoli, n'ont mis qu'un intervalle de quelques lunes, pour passer de ces pelouses voluptueuses sous le gazon du tombeau!!...

La physionomie de ce bal agreste a changé suivant les tems : terre classique du feu d'artifice, là, Ruggieri est le mélodramaturge en limaille de fer de ce théâtre aérien, comme l'était Pixérécourt, en talens dramatiques, de celui de la Gaîté. Ainsi, sous la république, les belles *Récamier, Tallien, Sainte-Amaranthe,* beautés historiques, étaient les Armides de ce jardin phosphore ; sous l'empire, ce ne fut qu'un boudoir licencieux, où l'herbe gémissait de trop d'audace... Aujourd'hui, plus sage, la mousse n'est plus foulée que par la secousse jumelle du *galop,* qui, malgré sa vitesse et son délire, et les mauvais conseils de son complice, le cornet à piston, ne laisse pas de se contenir dans de décentes limites.

Tivoli jouit d'ailleurs du privilége d'étaler constamment son affiche gigantesque de cinq pieds de haut ; la carte de ses jouissances y est prolixement détaillée en grosses majuscules, et si le plaisir s'y mesurait sur la longueur des lettres, cela irait jusqu'à la frénésie, jusqu'au *tétanos.* Heureusement qu'il en est de ces annonces pompeuses comme des récits d'un voyageur, des promesses d'un homme de cour, ou d'un portrait de femme fait par son mari, au premier mois de mariage.

Vers les dix heures et demie, les gerbes, les artichauts, les soleils roulent, puis le bouquet, qui met le spectateur émerveillé, comme sous le dôme étincelant d'astres nouveaux. Bientôt la foule se dissipe, les danses cessent... Quelques couples lents, accablés d'une tendre lassitude, se donnent encore un baiser d'adieu sur ces gazons de bonheur ; l'opulent landau part avec fracas, la grisette folâtre jusqu'au boulevard des Italiens ; et enfin, il ne reste de ce paradis nocturne et surtout du feu d'artifice, qu'une hideuse carcasse, mobile, roulante, image trop fidèle des illusions et des fantascopies de l'esprit humain !

IIe LUNE PARISIENNE.

SOMMAIRE.

« *Quæ tantæ insanæ cives!...* »
VIRGILE.

Ce n'est qu'un. épisode nocturne de la Capitale ! . . . . . .
Une nuit de Lutèce,. . . . . . est un siècle de crimes !. . . . .
Sous ces voiles de sang, je ne vois que victimes !. . . . .
Là, sur ce grès broyé sous le fer des chevaux,
Une vierge mourante accuse ses bourreaux :
Ici, sous le forceps la jeune épouse expire ;
Le duel assassin professe son délire ;
Sans patrie et sans ciel, le suicide affreux,
Athée en sa fureur, perce le sein des dieux,
Et son dernier soupir déchirant le nuage,
Comme un poignard sanglant, a marqué son passage !!

After del.   Lith. de C. Adrien, R. Richer 7.

*

*   *   *

*

TABLEAU NOCTURNE DE PARIS.

THÉATRE de folie, et d'horreur et de deuil,
Sur tes sens le sommeil a jeté son linceuil;
Paris,... tu dors,... tu dors au rouet des mollesses;
Mille alcôves d'amour exhalent les tendresses;
L'épouse, au lit d'hymen, à l'ombre des rideaux,
D'un amour légitime effeuille les pavots,
Rougit de son délire, en sa pudeur sévère,
Et ceint, dans son bonheur, la couronne de mère!
L'amant mystérieux, inquiet, sur l'orteil,
Vole un baiser nocturne, en un sombre appareil;
De silence entouré, le pouls pressé de crainte,
L'haleine suspendue, avide d'une étreinte,
Il espère,... il désire,... il possède,... et jamais
Ne se peut assouvir dans ses galans forfaits!
Sa bouche ne dit mot; mais dans sa pantomime,
Il traduit ses ébats,... son extase est sublime!
Dans les yeux de doux pleurs, il s'exprime en soupirs,
Epuise par ses feux l'Océan des plaisirs,
Embrasse son amante, idole de sa vie,
Et la voit comme un ange, au sein de sa magie!

Voluptés d'un amant, pourquoi ce songe heureux,
Dans un siècle d'amour ne clot-il pas ses yeux??...
Pourquoi, dans le réveil, ses bras, veufs de tendresse,
Cessent-ils de presser le sein de sa maîtresse,
Et voit-il succéder aux transports les plus doux
L'absence, ou le regard de quelque argus jaloux??...

RENDEZ-VOUS DE DEUX AMANS.

CONTEMPLATION.

D'un nuage, en ces nuits, la teinte diaphane
Couvrait alors de zinc le flambeau de Diane,
Redoublait ses pâleurs sous un masque d'étain,
Qui jetait dans l'esprit un malaise soudain,
Par rideaux découvrait cette sphère étamée,
En lui donnant parfois tous les tons du camée;
A nos esprits émus spectacle harmonieux,
Qui prête une aile à l'âme et la transporte aux cieux,
La détache du sol, où sa chaîne est rivée,
Et lui transmet la nuit le pouvoir d'une fée!...

FANTASCOPIES PRISES SUR LA COLONNE.

C'était mon rêve, enfin, magnétique et puissant!
Sur LA COLONNE assis, près du bronze-géant,
Je contemplais au loin Paris, ses perspectives,
Ainsi qu'un ruban d'or, la Seine et ses deux rives
Reflétant des charbons à demi consumés,
Que de pâles fanaux contenaient enfermés :
Tantôt le fleuve d'or, en ses anomalies,
Offrait des tourbillons de vagues rembrunies,
Tantôt, comme une lave, immobile en son flot,
La rivière, d'argent semblait un long lingot,
Et, miroir onduleux, variant ses lumières,
Réfléchissait mon astre, ou bien les réverbères,
Les maisons, les palais, par les rayons tremblans,
Ainsi que des croquis sous ses eaux transparens!...

Banquet délicieux!... nectar divin de l'âme!
Poète, je voguais sur l'éther et la flamme;
Au-dessus d'un mortel, je voyais les mortels,
Ramper sous ma pensée, en mes chants solennels,
Et, m'unissant à Dieu, des vœux de la prière,
Je secouais de l'homme une vaine poussière,

Un Suicide.   . Quand soudain sur un pont formé de cinq cerceaux,
Un fantôme mouvant brise le cours des eaux;
L'onde de s'entr'ouvrir sous le djinn qui succombe,
Et de couvrir d'écume une mobile tombe;
Le fantôme surgit, épuisant son effort;
Il plonge, il reparaît!... mais vaincu par la mort,
Ses destins sont fermés dans ce cercueil humide,
Qui s'écoule, impassible, aux cris du suicide!

Un autre Suicide.   Le second pont, encor, présentait le tableau,
Où l'homme furieux, de lui-même bourreau,
Déchirant le mandat qu'il reçut de la vie,
Se cache, sacrilége, en un trépas impie!
Ici, c'est par le jeu,... mais là c'est par l'amour!
Chaque homme a son démon qui l'obsède le jour;
La vengeance, l'orgueil, la faim et l'indigence,
Criminels conseillers qui tuent sa conscience,
Egarent sa raison, allégent son forfait,
En peignant le néant comme un dernier bienfait!

De crime en crime, hélas!.....dans ce grand belvédère,
Je planais sur des maux qui mouillaient ma paupière;
L'échelle d'un brigand, la main d'un meurtrier,
Qui du sang d'un rival abreuvait son acier,
Un Viol,   Le rapt d'une beauté, demi-morte, éperdue,
un Meurtre!!.., Couvrant de ses cheveux sa pudeur demi-nue,
Demandant à grands cris le secours du trépas,
Plutôt que de livrer ses nubiles appas,
Ses genoux chancelans, sur qui tombaient ses larmes,
Dans ce tumulte sourd, l'étincelle des armes!!...
. . . .
. . . .
Ah! voyez-vous sous l'ombre un bloc de quatre corps,
Dont l'œil est un poignard, qui se roule en dehors,
Agitant quatre fronts, ébouriffés de crime,
Puis,... rien dans le ruisseau,... si ce n'est la victime!..
. . . .
. . . .
Les monstres!... sa douleur, son désespoir, ses cris,
Et son sein virginal, teint de rose et de lis,

Ses grands yeux noirs, jetés vers la voûte céleste,...
Rien ne peut contenir leur passion funeste!...
Ce chef-d'œuvre d'amour, bientôt sanglant, affreux,
Il est là,... palpitant sur un pavé fangeux!
Ces formes qu'un amant eût sans cesse chéries,
Et de boue et de sang sont maintenant flétries!!...
. . . .
La lune impartiale éclairait de lueurs
De ce corps profané les livides couleurs;
Sur la bouche un rayon errant avec tristesse,
De l'émail de ses dents augmentait la richesse;
Et ces lèvres, écrin de perles, de coraux,
Se taisent pour jamais, closes par des bourreaux!
Et ces contours d'albâtre et ces formes soyeuses
Sont gisans sur le grès, sous des teintes cuivreuses!...
Le crime s'est enfui des ailes du remords,
Sentant déjà sa pointe et ses secrets transports,
Son cortége d'esprits, de monstres fantastiques,
De spectres ensanglantés, de têtes chimériques,
Vapeurs d'un cauchemar qui survit au sommeil,
Que tout criminel voit, même après son réveil!

Mon âme était muette, oppressée, haletante!

UN DUEL.   Que ne puis-je arrêter, dis-je, plein d'épouvante,
Ces horribles excès, la honte des humains!...
Entre frères faut-il compter tant d'assassins??...
Mais, que vois-je!... un duel aux clartés de mon astre,
Signale en cette rue un douloureux désastre;
Une lame en triangle a passé comme un trait;
Un corps reste étendu, traversé d'un fleuret!

. . . .
. . . .
LE BOIS DE BOULOGNE.   Dans le bois de Boulogne, arène toujours chaude,
Le point d'honneur se rend, passe à la grille en fraude,
Devant quatre témoins, à ces jeux familiers,
Chacun procède au meurtre, honnêtes meurtriers:
L'herbe, toujours humide à ces sourdes batailles,

Heureux fils des enfers!.... du crime enfant gâté,
Satan à tes forfaits plaçait sa volupté!.....
Meurtrier à seize ans,.....à cet âge candide,
Déja tu te parais du sang de l'homicide,
Déja, sans nul remords, de flots de sang humain
Tu baignais, sans frélir, ton poignard et ta main!....
Sous tes Dix-neuf délits, bel-esprit, Lovelace,
A frapper un sein nu, tu mettais de la grâce,
Et de musc imbibant tes poinçons aiguisés,
Chez toi l'assassinat portait des gants glacés!.....
Mais, enfin, la voila cette tête à Système,
La hache à résolu son infernal problème,
Et le Djinn, ricanant au nez du perverti,
Vole jetter sa tête aux jeux de Frascati!!......

Lith de C. Adrien, R. Richer 7.

Croît touffue en ses brins, féconde en funérailles;
L'écorce du vieux chêne, archiviste du bois,
De cent plombs incrustée,... opprobre de nos lois,
Par le sang diaprée, et moirée en cervelles,
Est le noble arsenal de ces luttes cruelles!
. . . .
. . . .
Là, brave par orgueil, Arthur, au pistolet
Offre son front sans Dieu, ses mamelles sans lait;
L'époux déshonoré par son ami, sa femme,
Y succombe, percé d'une loyale lame,
Et le feu de la poudre, en épurant le tort,
Met la victoire au crime, à l'offensé, la mort!
Tribunal philantrope, où, pour Thémis, l'épée
Ecrit avec du sang une loi détestée,
Où le maître d'escrime, un fleuret à la main,
Devient le Montesquieu de tout le genre humain!
. . . .
. . . .

UN PARRICIDE.   Quoi! le fils, de sa mère, en ces lieux d'opulence,
D'une main parricide a brisé l'existence,
Et Gomorrhe et Sodome effacés par le feu,
Renaissent, sans rougir, d'en décliner l'aveu!!...
Partout, partout le meurtre a promené sa lame;
Le frère incestueux donne essor à sa flamme,
Et pour quelque peu d'or, des cercueils ignorés,
Qu'aucun mortel n'a vus par un astre éclairés,
Sous la terre enfouis, recélant la victime,
Ont scellé pour cent ans l'impunité du crime!

Voilà donc, dans la nuit, la reine des cités!!...
Toujours du sang, du sang se mêle aux voluptés!
Les tables de la morgue, au rivage du fleuve,
Ne lèguent que des pleurs, qu'un cyprès à la veuve,
Un cadavre à Thémis, ou des membres épars,
Anonyme effrayant, que scrutent ses regards!...

LA MORGUE.   Entrepôt d'ossemens, écume de la vie,

La morgue m'apparaît, repoussante élégie,
Comme un égoût légal où le limon des jours,
Dans ce récipient se voit subir un cours;
Du choc de nos erreurs c'est la lie exprimée,
Qu'on a mise en flacon pendant une journée :
Oui, le législateur, en traçant ses budgets,
A d'avance prévu le nombre des forfaits;
Chaque saison lui doit verser tant de chairs cubes;
Tel qu'un chimiste a vu le philtre de ses tubes,
L'observateur inscrit, par les progrès croissans,
L'influence des lois sur le cœur des méchans,
L'effet de la vertu, de la saine morale,
Et voit, moins pleine alors, cette tombe banale !
. . . .
. . . .

Inventaire honteux des crimes que Phébé
N'éclaire qu'à regret de son disque argenté,
D'un chiffre épouvantable apprend à l'honnête homme
Combien est rare, ici, sa modeste couronne;
Cent rois dans l'univers, pour éblouir nos yeux,
Se plaquent de rubis, de saphirs orgueilleux,
L'honnête homme indigent, mais riche par soi-même,
Domine tous les rois de son seul diadème,
De l'Eden éternel voit les arcs lumineux
S'ouvrir pour recevoir son esprit vertueux,
Et de leurs sceptres d'or dédaignant la magie,
Il dit : *J'ai fait du bien ! — Voilà mon ambroisie !* »
. . . .
. . . .

Un Cimetière.   Mais du sombre horizon, que perce le croissant,
Je n'ai dépeint encor qu'un lambeau pâlissant:
Qu'ici le mausolée est beau de poésie !
Sur ce dôme la lune étale sa magie,
Et de sa flèche d'or en émaillant le dard,
En fait comme un épi, qui charme le regard:
Si j'admire jamais ses jeux et sa lumière,
C'est quand elle domine en reine un cimetière,
Couve de ses rayons cet appareil du deuil,
Assiste en ombre pâle aux pâleurs du cercueil,
Passe d'un site obscur sur la mousse blanchie,
A travers mille morts vient promener sa vie,
Se plaît sur le tombeau d'une jeune beauté,

Se mire dans l'iris d'un lézard arrêté,
D'une nappe de neige enveloppe une tombe,
Egare sa tristesse aux lieux où tout succombe,
Garde un profond silence, et caresse à-la-fois
Et la bière du pauvre et le marbre des rois!!...
. . . .
. . . .
Au cercle de Paris, ainsi jetant ma vue,
Le trépas se glissait dans mon âme éperdue ;
Tant de milliers de morts, sous l'herbe ensevelis,
D'un concert sépulcral effrayaient mes esprits ;
Je voyais en vapeurs s'exhaler leur haleine ;
Mon cœur était lié, je respirais à peine,
Et de Dieu le pouvoir, à l'aspect du néant,
Jamais ne m'apparut ni plus beau, ni plus grand!

Tout n'est donc, ici-bas, que prestige et que bulle ;
La mort!... la mort!... voilà les colonnes d'Hercule !
Cumulez à grands frais de l'Indus les trésors,
A travers mille écueils abordez à cent ports,
Pâlissez sur un vers dont la rime vous tue,
D'un astrolabe épiez l'étoile dans la nue,
Ou ceignez votre front d'un laurier belliqueux,...
Ce faste d'un moment, éclair fallacieux,
Comme un bruit qui s'éteint, vient mourir à l'oreille ;—
Un squelette!... voilà la plus grande merveille ;
En hideux ossemens réduits en quelques jours,
En cendre sont broyés la gloire et les amours!!...
. . . .
. . . .

LE TRÉPAS D'ALMACIS.   Almacis était belle, et sa peau douce et fine
Egalait en blancheur la blancheur de l'hermine ;
Son œil brillant et noir, sous un cil aussi noir,
Allumait dans les sens tous les feux de l'espoir ;
Quand sur le clavecin courait sa main d'albâtre,
La bouche était muette, et l'oreille idolâtre ;
Si l'œil apercevait de son sein quelques lis,
De ses trésors secrets à sa pudeur surpris,
Des pleurs de volupté coulant comme une flamme,

Brûlaient sur votre joue, et transportaient votre âme ;
De son haleine encor, vous eussiez désiré
Conserver le parfum et le nectar ambré ;
Oui, tout dans cette nymphe était divin, sublime !...

. . . .

D'un fléau monstrueux elle devient victime,
Livide, elle se fond : — ses nerfs séditieux,
De ses doigts en fuseaux, en font des doigts noueux ;
Cette bouche si fraîche, au baiser destinée,
De ses feuilles de rose est veuve et dépouillée ;
Son regard plein d'effroi, miroir de ses tourmens,
Scrute dans vos regards, et vous poursuit long-tems !...
Enfin la mort sur elle a déployé sa rage ;
Ce corps, plein d'harmonie, a subi son ravage,
Jusqu'à ses cheveux blonds qu'adoraient les zéphirs,
Les amours en ont fui, cherchant d'autres plaisirs,
Et la terre inhumaine, en prison transformée,
Sur son dernier soupir s'est à jamais fermée,
Créant de ses débris sur cet objet de deuil,
Et le gaz du cadavre et le ver du cercueil,
Mutilant à plaisir un chef-d'œuvre adorable,
Lorsque d'une autre main elle en fait un semblable,
Produit d'autres beautés de ses creusets féconds,
Des essaims d'Almacis du jeu de ses limons !...

. . . .
. . . .

EXHUMATION CRIMINELLE. Pourquoi ces fossoyeurs, guidés avec mystère,
La lanterne à la main, ont-ils fouillé la terre ??...
Grand Dieu !... quel sacrilége ! en son linceul un corps
Exhumé sans respect, est attiré dehors !...
Dans ce crime odieux, la tombe est violée ;
D'un rideau de douleur la lune s'est voilée ;
Les aquilons plaintifs agitent le cyprès,
Le marbre de la tombe a perdu ses reflets,
Et la chauve-souris, de son aile velue,
Accuse, en mugissant, cette troupe inconnue !
Tout dénonce le crime, et la lune et les airs !...
Pour le poursuivre encor, on voit de sourds éclairs,
Comme un serpent de feu, lézarder le nuage,
S'ouvrir, dans l'éthérée, un foudroyant passage,

Et d'un bruit sourd, terrible exprimer cette horreur,
Que la nature éprouve, et sent au fond du cœur,
Quand, brisant un cercueil, la bêche criminelle
Vient arracher le mort de sa couche éternelle,
Profane son repos, deux fois le fait mourir,
Et remet dans la vie un être sans soupir !...
. . . .
. . . .

Mais l'énigme soudain me paraît éclaircie,
La vierge qu'on enlève est pour l'anatomie ;
Et l'art ambitieux, l'œil sec et sans pudeur,
Le scalpel à la main, d'un regard scrutateur,
Interroge et dissèque, et d'une chair meurtrie,
Implacable, il poursuit l'énigme de la vie,
Tranche ces flots d'azur, qui sur un sein de lis,
Circulent transparens, sous deux roses conduits !...
. . . .
. . . .

Hélas ! rien ne suspend sa recherche insensible !
Sous son acier la vierge... (autrefois inflexible !!...)
A perdu ces rigueurs, et ces sévérités,
Qui retenaient l'amant dans ses témérités ;
Au grand jour ces secrets, que l'amour divinise,
Ces teintes de carmin, d'une finesse exquise,
Ne sont au praticien que vulgaires ressorts !...
Cet ensemble enchanteur, les beautés de ce corps,...
Vrai limon éphémère à son matérialisme,
Sous ses yeux ne sauraient toucher son stoïcisme !...
. . . .
. . . .

O siècle de la science ! ô savoir merveilleux !...
Tombeau d'illusions !... l'homme est-il plus heureux ??...
Du bandeau de bonheur que lui-même il déchire,
Il obtient peu de chose, et n'a plus de délire !...
. . . .
. . . .

Ah ! laissons ce tableau, qui fatigue les yeux ;
Abandonnons la vierge à ses bourreaux joyeux ;
Ce n'est plus elle-même ; en lambeaux dispersée,
Sa tête de son corps lâchement séparée,
Ces doigts que des anneaux d'opale et de rubis,
Avaient, pour le concert, tant de fois embellis,

9

VOULEZ - VOUS   Et ce pied espagnol, aussi blanc que l'albâtre,...
VOUS DÉPOUILLER   Tout traîne, ensanglanté, dans un amphithéâtre;
DE TOUTES LES ILLUSIONS Des Juifs ont spéculé sur ses os précieux;
SOCIALES,   On la crie à l'encan pour ses dents, ses cheveux,
ENTREZ   Et cet être divin, orgueil de la nature,
DANS UN AMPHITHÉÂTRE, Pour la seconde fois est mort sans sépulture,
ET   En fragmens divisé, chez quelque sot traitant,
CRAIGNEZ DE GLISSER, Devient le texte affreux de son rire insultant,
EN MARCHANT,   Ou bien sur un navire, ainsi qu'une denrée,
SUR   Squelette, elle franchit la Méditerranée,
DES FOIES, DES COEURS Sous un autre climat reçoit d'autres affronts;
ET DES INTESTINS!!... Ses membres, pleins d'alcool, gisent dans des flacons,
                     Et ses lèvres de mort, dans l'esprit conservées,
                     Semblent de cet outrage exprimer les pensées,
                     De cet excès d'horreur s'indigner à jamais,
                     Et là, pour dénoncer ce genre de forfaits!

. . . .

. . . .

L'OPÉRATION CÉSARIENNE. De la belle *Florvel*, qui ne connaît l'histoire!
Son trépas, bien long-tems, vivra dans la mémoire:
Au grand monde effrayé quelles sombres leçons!
Florvel, de son cercueil, jette un crêpe aux salons,
Sur les lèvres éteint l'égoïsme et le rire,
Et malgré nous, nous lie à son affreux martyre!
La jeunesse en ses traits brillait avec douceur;
Un époux!... une fille!... Ah! c'était le bonheur!
De l'esprit sans orgueil, du talent sans jactance,
De la vertu sans faste, ainsi que sa constance,
Ajoutaient à sa grâce, et son regard charmant
Attirait les amours, mais refusait l'amant;
Sans nul projet parée, au jeu de ses toilettes,
Dans un bal elle aimait à semer des paillettes,
Sans esprit de conquête étaler ses attraits,
Plaire par passe-tems sans y songer exprès:
De ses perfections on vantait l'assemblage;
Florvel par ses talens faisait mentir son âge,
A cet âge électrique, avide d'un tendre aveu,
Où le cœur se débat comme un crin sur le feu,
Où de ses hameçons une femme jolie,
Malgré sa pudeur même, use avec perfidie!
—Parlait-on de l'amour, c'est toujours son époux;
Sage dans ses penchans, ses goûts,... étaient ses goûts!

Dans un long avenir elle lisait la vie,
Pliait sous la raison les vœux de la folie,
Et, quoique le front ceint des roses du printems,
Ce front était penseur, et ses calculs prudens.
Du monde elle savait combien l'aile est légère ;
Loin de se rendre esclave aux nœuds de sa chimère,
Elle effleurait ses jeux, sans rien approfondir,
Et sans l'épine avait la rose du plaisir !
Dévidant le fuseau de jours tissus de soie,
Au sein de ses devoirs Florvel goûtait la joie,
Portait avec orgueil le fruit de son amour !...
Fruit fatal, assassin, implacable vautour,
Qui, dévorant le sein, qui lui donnait la vie,
Avec la mère meurt d'une double agonie,
Parmi des flots de sang vient au monde en lambeaux,
Et veut, pour deux trépas, deux horribles tombeaux !

. . . .
. . . .

LE FLANC D'UNE FEMME Toujours à mes pensers cette horreur se retrace !...
ENCEINTE OUVERT ; ... Le sang qui rejaillit sous l'acier plein d'audace,
QUEL Dix médecins frappés de stupeur et d'effroi,
HORRIBLE TABLEAU !!... De leur art confondu méconnaissant la loi,
Tremblant devant la mort, qui sur Florvel s'avance,
Le désespoir fougueux, au regard de démence,
Du lit de la victime, écartant le linceuil,
Repoussant par ses cris l'affreux apprêt du deuil,
D'un époux le silence, et la muette rage
Accusant Epidaure, et son cruel ouvrage ;
La terreur et l'espoir !... jusqu'à ces nudités
Qui, sans des cris de mort, auraient des voluptés,...
Ces nudités de femme aux regards de dix hommes,
Pour lesquelles dix rois donneraient dix couronnes,
Et le forceps brisé d'un inutile effort,
Aux flancs de la mourante abandonnant la mort;...
Quel tableau douloureux je confie à ma rime ;
Que n'a-t-elle l'éclat, le prix de la victime !!
Que ne puis-je élever mes vers à ses appas,
Et les rendre touchans, ainsi que son trépas !...

. . . .
. . . .
. . . .
. . . .

ELLE A RENDU
LE DERNIER SOUPIR
AVEC
LA DERNIÈRE
GOUTTE DE SANG!!...

De son dernier regard on a senti la flamme;
Son dernier cri fait naître un écho dans chaque âme;
L'œil hagard et stupide, immobile et sans voir,
Sous des traits variés marquant le désespoir,
Chacun cloué, sans voix, près d'un corps qui se glace,
Voudrait fuir ses regrets, et s'enchaîne à sa place;
Un seul, de ce sommeil sortant avec douleur,
Prend un long voile blanc, qu'appelait la pudeur,
Et couvrant de Florvel la plaie encor saignante,
Fait ses derniers adieux à la mère expirante,
S'incline,... et brusquement quittant cet échafaud,
Secoue en vain le cri de ses tourmens nouveaux,
Tremblant que tout Paris n'impute à l'ignorance
Sa mort énigmatique, écueil de la science!...

. . . .

Hélas! dans ce grand drame, époux infortuné,
Pour elle, tout ton or!... Ah! tu l'aurais donné;
Troquant avec délire, au sein de tes détresses,
Contre mille lingots l'objet de tes tendresses,
Heureux, dans cette nuit, de pouvoir rendre au jour
Et l'être de ton choix, comme de ton amour!...

. . . .
. . . .

LE CALME DE LA MORT!

Va, regarde-la bien;... admire sa souffrance,
Avant que le cercueil brise toute espérance;
Dans l'immobilité de ses yeux effrayans,
Tu reconnais encor le feu de ses accens;
La morne volupté qui sur son sein respire,
Vivante, était pour toi le trône du délire!...
Une larme à ses yeux paisibles, demi-clos,
Te dit qu'après l'orage, a paru le repos;

. . . .

Cette larme d'adieu va provoquer tes larmes,
Sur ton cœur elle tombe, augmente tes alarmes!...

. . . .
. . . .

Mais ta fille te reste!... un ange!... elle a ses traits!
Une rose naissante aux ombres des cyprès;
La mort en te privant d'une épouse chérie,
A du moins épargné cette fleur qu'elle oublie!

. . . .
. . . .

ELLE REVIT
DANS UNE FILLE !

Ainsi, par la tempête un navire battu,
Sur un rocher se brise, en deux moitiés fendu;
Mais parmi ses trésors, ensevelis sous l'onde,
Sur la rive une perle échappe à cette tombe,
Brille d'un doux éclat, et montre aux matelots
Quel est le seul bijou qui survécut aux flots!...

. . . .

Oui, regarde ce front, et ces lèvres sans vie;
Au lieu d'affreux tourmens, c'est la mélancolie,
Sylphide langoureuse, au front ceint de cyprès,
Qui se plaît aux douleurs, leur prête des attraits,
Et par ses talismans change le mausolée,
Cachot sans soupirail, en un doux élysée!

. . . .
. . . .

Baise encor cette main, où l'anneau nuptial,
Aux autels, a serré le lien conjugal;
Laisse-lui cet anneau, souvenir, tendre gage,
Qu'au port de son repos, Florvel prit au naufrage;
Ce nœud de vos sermens, ce contrat des hymens,
Te pourrait adoucir la rigueur des destins,
Intervenir pour toi dans un monde perfide,
Et, ton ange gardien, te tenir lieu d'égide!

. . . .
. . . .

LE BRUIT DU MARTEAU
QUI CLOUE LE CERCUEIL...

C'en est fait!... le cercueil est cloué pour toujours;
Dans un étui grossier reposent tes amours!
Inanimé, sanglant, au visage stupide,
Sans vêtement, *ci-gît* tout l'orgueil de Gnide;
Déjà, d'un cri funèbre, on entend un beffroi
Dans tous les cœurs émus répandre un morne effroi,
Des esprits les plus forts déchirer les entrailles,
Et d'une rose morte offrir les funérailles!!...

. . . .
. . . .

Va, cours au mausolée, et prodigue des fleurs;
Va, mouille le cercueil d'un déluge de pleurs;
Courbe de peupliers la branche sépulcrale,
Change la bière obscure en tombe triomphale,
D'un dôme de tuyas arrondis le berceau!...
Que la belle Florvel, heureuse en son tombeau,
Sente encor la chaleur de l'époux qu'elle adore,

LE BONHEUR SERAIT : Et voie à son déclin une nouvelle aurore,
DANS LE CIEL!!... Une ère de bonheur, où, réunis un jour,
         Tous deux vous revivrez d'un éternel amour !

Malheureux cœur humain, jeté nu sur la terre,
Sous ses pieds le hasard te foule et te lacère ;
L'Amour sur ton soupir piétine avec fureur,
De ta fiole rouge absorbe la liqueur :
L'orgueil, l'ambition, l'intérêt, l'espérance
Comblent tes Océans des pleurs de la souffrance ;
L'Amour te joue au dé sur quelque sein de lis,
Perd tout ton avenir sur ce brûlant tapis !
— Un sein de femme!!... — C'est une feuille d'ivoire,
Qui cache un grand abîme à l'honneur, à la gloire ;
Ces deux mondes d'amour s'emparent de nos sens,
Ainsi que Laocoon, serré par vingt serpens !...

LE SOLEIL NE SE LÈVE   A peine à l'orient, le front du crépuscule
QUE POUR ÉCLAIRER NOS   Du jour fait entrevoir la blanchâtre pendule,
TOURMENS.   Répand sur la cité sa livide pâleur,
         Que s'allume à-la-fois le flambeau du malheur ;
         Le chagrin toujours noir de sa mélancolie,
         Comme un spectre debout, se pose dans la vie,
         Spectre affreux de *banquo* (1), squelette aérien,
         Géant pour le remords,... pour l'honnête homme,... nain!
         . . . .
         . . . .
         . . . .
         . . . .
         . . . .
         . . . .
         . . . .

Il existe des maux, mille douleurs muettes,
Des drames enfouis sous de riches toilettes,
Des désespoirs fardés de soie et de clinquans,
A l'insu de l'époux de sourds baisers d'amans,

(1) Dans Macbeth.

A PARIS,

DES JOIES SUR LE FRONT,

MAIS

D'HORRIBLES TOURMENS

DANS LE COEUR!

Que l'œil ne peut saisir, — que le cœur d'une femme —
Dérobe avec terreur dans le coin de son âme!
— Le sang coule en Asie,... — à Paris sont les pleurs;
Des roses sur le front y masquent les malheurs!!...
Une vierge immolée à l'or, à sa manie,
Sur l'édredon achève une lente agonie;
Elle ronge ses chairs, couvertes de velours;
Le regret la consume au deuil de ses amours;
Si le visage est rose,... au sein de sa poitrine
Est un baiser de plomb, qui la tue et la mine;
Sa vie est un mystère, et son cœur,... un tombeau,
Où de crêpes l'Amour s'est fait un noir berceau;
Un époux positif, un être tout matière,
Lui-même attise ici les feux de l'adultère! —
Hélas! un Antoni,... rêve de cet amour,
Pour la tendre Elodine est un fatal vautour,
Qui dévore son âme, et de son aile noire
Ternit ses jours, son faste et ses nuits et sa gloire! —
Antoni sait aimer, il fait des vers charmans,
Et la morne pâleur de ses traits languissans,
Et ses abstractions, que du progrès il tire,...
Tout dans cet autre Oswald de nerfs semble une lyre! —
— Davigny,... (c'est l'époux) n'est qu'un calculateur,
Qui cote à six pour cent son seul cours de bonheur,
Un être qui digère, ignare en mélodie,
Moderne Turcaret, type de comédie.

. . . .
. . . .

ON PARAÎT HEUREUX

A PARIS,

MAIS CE N'EST

QUE DU FARD SUR LA JOUE

D'UN CADAVRE.

Voilà le monde, hélas! sous un paillon brillant!
L'âme d'une Corinne expire lentement
Dans une tombe d'or, un lit de palysandre,
En linceul pailletté, lourd de douleur et d'ambre!

. . . .
. . . .

Apparence trompeuse!... — On y croit le plaisir,
Dans ce luxe d'Asie,... éblouissant martyr,
Tous ulcères secrets, pansés par l'opulence;
Des souris officiels donnés par ordonnance...

. . . .
. . . .

Mais l'épouse constante aime-t-elle l'époux? —
Le monstre est un ingrat, dans un hymen si doux;

LE LIBERTINAGE SE GLISSE
DANS
LES PLUS BELLES UNIONS.

A ce cœur vicieux il ne faut que des vices,
Dans l'alcôve immorale il trouve des délices;
Le délicat, l'honnête, affadissent ses sens;
Il veut des nœuds d'amour, comme des guet-à-pens,
Au vase de Vénus ne boire que la lie,
Et ne jouir qu'en bouc aux boudoirs d'Idalie!
A ce Fronsac hideux, pour ses excès cité,
Le sein nu, l'œil lascif, accourt l'obscénité,
LA FEMME ENTRETENUE, araignée élégante,
Chenille diaprée, à la voix agaçante,
Qui, dans chaque famille étendant ses filets,
Y pompe le bonheur d'un dard ceint de muguets!

LES
FEMMES ENTRETENUES.

LA FEMME ENTRETENUE!... — Ah! quel fléau funeste!...
Des plaisirs vertueux, de l'âme c'est la peste;
Courtière de Vénus, monstre à front féminin,
Elle vend de l'amour, la balance à la main,
Escompte ses baisers, tarife son sourire,
En beaux deniers comptans donne au mètre un délire,
Et, cupide à l'excès, sur son banal comptoir,
De ruiner un sot s'impose le devoir.
— Le sentiment est cher dans cette pharmacie;
Quelques grains,... vingt mille francs! — c'est sa diplomatie
— Faudrait-il imiter la femme à passions??... —
Mille louis, au moins, coûtent ces fictions; —
L'étourdie enjouée, ou la simple innocence?... —
Ces rôles, prix courant, sont facturés d'avance,
Tout se solde, et regards, et baisers, et sermens,
Sur ses sofas brisés sous le poids des amans!...
En place des amours, dans cette synagogue,
La déesse qui tient le sceptre de la vogue,
N'y reçoit que des juifs, des mylords, des banquiers,
De ventrus fournisseurs, de gros banqueroutiers;
Chacun de ces faquirs, en baisant sa patène,
Sent sa bourse rouler aux mains de la syrène,
Et son temple enrichi de cent présens divers,
Est comble des tributs d'un galant univers!
Malheur à l'honnête homme, au père de famille,
Surpris au trébuchet de l'infâme torpille,
D'un cœur de crysocalque amant extasié,
Des gaz de la coulœuvre il tombe asphyxié!

BADINAGE MEURTRIER   Dorville était heureux; sa moitié, jeune et belle,
D'UNE   Remplissait les désirs de son âme fidèle;
FEMME ENTRETENUE!...   Deux filles qu'on admire, au printems de leurs jours,
VRAI   Témoignaient du bonheur de ses sages amours...
MÉTIER D'ASSASSIN.   Une Laïs paraît... (endémique vipère!...)

Eclipse, à force d'art, cette épouse si chère,
Culbute dans sa honte opulence et bonheur,
Précipite au néant plus de trente ans d'honneur,
Et riant aux éclats de son bel homicide,
De ses propres forfaits se crée un nom splendide,
Se pavane au théâtre, avec ce sang aux mains,
En mêlant de remords ses baisers assassins!...
L'épouse, en vain, cent fois à ses pieds, la supplie
De ramener un père en proie à sa folie;
Vainement, en grand deuil, ses filles, elle en pleurs,
L'implorent d'arracher l'époux à ses erreurs;...
L'implacable Phryné, de sa main infernale,
Repousse ce saint vœu, qu'excite son scandale,
Contemple avec orgueil la vertu dans ses nœuds,
Et le trône du monde... au plus audacieux!!...
Oui, tel est ce vampire, à l'estomac d'autruche,
Se gorgeant de notre or, comme de miel une ruche,
Digérant des lingots, des financiers, des rois,
Et pouvant engloutir vingt banques à-la-fois!

LES GRISETTES.   LA GRISETTE plus vraie, en son heureux cynisme,

Sait masquer l'avenir d'un léger stoïcisme,
Sur l'humide scalpel festonner ses bluets,
Prêter *tout ce qu'elle a*,... sans prendre d'intérêts,
Au nid étudiant hirondelle coquette,
Accrocher son corset au frontal du squelette,
De l'âge d'une rose éparpiller les jours,
Entre du punch, des os, le jeûne et les amours!...
Du cornet à piston contemporaine aimable,
Son cœur bondit sans cesse au théâtre, à la table,
Aux bals de Montesquieu, gymnase du galop,
Où le nectar des sens se distribue au broc,
Où, tel un cantalou, la volupté sous verre,
Mûrit d'un coup d'archet, comme dans une serre;
Délire sans appel, extase sans regret,
Qu'accompagne en bémol le cri du galoubet!... —

UNE GRISETTE   Le trône vaudrait-il un soir de cette vie,
GOUTE PLUS DE VOLUPTÉS Qu'un amant Ganimède arrose d'ambroisie!!...
            DANS   Ninon de troisième ordre, accorte Frétillon,
L'ESPACE D'UN CARNAVAL, Avec un cœur sans clé, l'âme d'un papillon,
      QU'UNE REINE   De DÉJAZET-ARNOULD le séduisant modèle,
        TRENTE ANS   Sans beauté véritable, elle en paraît plus belle!!...
    SUR UN TRÔNE!!...

Mlle DÉJAZET,   DÉJAZET!!... — Je m'arrête à son heureux souris,
PREMIÈRE ACTRICE   Comme un Indien charmé, qui trouve un beau rubis!
    DU THÉÂTRE   DÉJAZET!... DÉJAZET!... — Ce nom charmant veut dire
DU PALAIS - ROYAL.   Ce qu'il y a de divin dans la grâce et le rire! —
                       — Jusque dans son silence, un regard demi-clos,
                       Laisse échapper le feu qui s'en répand à flots;
                       Le parterre enchaîné sous ses réseaux de soie,
                       Pour ne point perdre un mot, sait comprimer sa joie;
                       Il s'enivre tout bas de ce jeu naturel,
                       Qui déborde, piquant, comme un fleuve de sel,
                       Craignant de laisser perdre une seule saillie
                       De son regard fripon, de sa bouche jolie!...
                       Vert-Vert, elle séduit, et *sylphide*, un seul soir,
                       Elle a dans tous les cœurs un caressant miroir;
                       Heureuse hermaphrodite, en *tambour*, en *marquise*,
                       Ah! qu'importe le sexe!... Déjazet est exquise;
                       Déjazet, sans orgueil, sous un masque grivois,
                       Fait jaillir le talent jusqu'au bout de ses doigts;
                       Atlas de son théâtre, et sa forte colonne,
                       Malgré sa modestie, elle en a la couronne,
                       Se range aux immortels, dans un long avenir,
                       Et cueille des lauriers sur le char du plaisir!

NOTICES

HISTORIQUES ET ANECDOTIQUES

SUR

LA DEUXIÈME LUNE PARISIENNE.

LES suicides, hélas! ne sont que trop communs dans ce Paris immense, populeux, où le crime et la misère viennent assaillir la vertu chancelante de l'homme; mais c'est surtout par *les maisons de jeu,* que cet acte de désespoir se commet le plus souvent. On a plus d'une fois ramassé, depuis le n° 113, au Palais-Royal, jusqu'au parquet du Pont-des-Arts, des fragmens de cartes déchirées, qui ne révélaient que trop la cause funeste de la mort que se donnait, dans sa rage, un joueur malheureux. Dans sa fureur, il mettait en lambeaux ces cartes infâmes, instrumens assassins de sa perte, et jetait, avant de mourir, cette sanglante accusation, ces reproches éloquens à nos lois, à nos mœurs, qui tolèrent ces affreux précipices.

———

Il n'est que trop vrai, malgré l'habileté de la police, qu'on enlève de jeunes beautés pour en abuser d'une manière infâme. En 1834, une jeune demoiselle très-jolie, d'une famille distinguée, fut surprise, autour de l'église Saint-Méry, par deux hommes masqués, qui, ayant étouffé ses cris avec un mouchoir appliqué fortement sur sa bouche, la jetèrent dans une voiture, qui roula long-tems, sans qu'elle pût jamais conjecturer le lieu où on la conduisait, puisqu'on lui avait noué un second mouchoir sur les yeux. Elle ne revint chez ses parens que deux jours après; mais son honneur lui avait été ravi, au sein des souillures et des licences les plus cruelles. — Une autre, peut-être plus heureuse, fut non-seulement violée, mais encore assassinée. Les monstres abandonnèrent son corps presque nu et sanglant dans la fange de la rue.

———

L'inceste et le crime de Sodome ne sont que trop communs à Paris; les adeptes de ce dernier et horrible égarement des sens, errent la nuit, soit aux Champs-Elysées, soit dans une allée solitaire, à l'extrémité méridionale du Luxembourg. C'est une secte qui a ses mots d'ordre, ses attouchemens symboliques, et, loin de rougir de ses goûts monstrueux, les avoue en riant. Beaucoup de jeunes gens qu'on voit briller par la toilette, mais sans fortune, n'ont pas d'autres moyens d'existence, et vivent, à cet égard, comme *des femmes entretenues.* On prétend que Saint-Pétersbourg est infesté de cette nature de débordemens, de même que l'Italie, et principalement dans la haute classe.

Tout individu, quel que soit son rang ou son sexe, qui meurt sur le pavé de la capitale, s'il n'est reconnu aussitôt par quelqu'un de sa famille, doit figurer sur les tables de la Morgue; mais serait-il reconnu sur-le-champ, alors, le parent ou l'ami doit payer 300 francs, pour que le mort n'aille pas à la Morgue. Grand nombre de ces cadavres, qui ne sont jamais reconnus, sont destinés aux dissections : c'est un grand bénéfice pour le concierge, à qui d'ailleurs les dépouilles de ces corps appartiennent. Il peut aussi disposer de leurs dents, de leurs cheveux, dont on fait un grand commerce. Les dents sont passées à l'esprit-de-vin, à la chaux, ou l'acide hydro-chlorique, et figurent ensuite dans la bouche d'une jolie femme, après avoir grincé le désespoir, et s'être couvertes de l'écume d'une agonie hideuse!...

Le parent ou l'ami qui retire le corps, doit payer une amende de 50 francs.

Ce bâtiment sépulcral, *la Morgue*, construit en forme de tombe, est situé tout près du Pont-Saint-Michel, dans l'île de la Cité; un des murs pose directement sur la rive droite de la Seine.

Maintenant, à chaque cadavre, on place *un pagne en cuir*, en losange, sur sa pudeur. Tous les corps des deux sexes sont donc nus, si ce n'est la ceinture, qui est couverte de ce pagne banal. En faisant un calcul approximatif de quarante cadavres par mois, terme moyen, ces pagnes funèbres serviraient par année, à quatre cents quatre-vingts sujets, tant suicides que personnes as-

sassinées ou mortes de morts tragiques, sur la voie publique, ce qui ferait juste, pour un quart de siècle, douze mille victimes de la perfectibilité de l'ordre social!... On conçoit que l'hiver fournit plus que la belle saison.

La Morgue, approvisionnée d'ailleurs par les filets de Saint-Cloud, qui tendent leurs hameçons sur la Seine, au pont de Neuilly, a été restaurée à neuf pendant l'été de 1835. Le but des architectes du gouvernement a été principalement d'assainir cet *égoût* indispensable. On ne saurait, sans contredit, donner trop d'éloges à ces mesures d'hygiène, dont le bienfait est principalement pour les vivans qui demeurent auprès de ces putréfactions quotidiennes; mais la philantropie est-elle entièrement satisfaite? n'a-t-elle pas encore un devoir à remplir sur ces immondices de nos passions?... La religion, cette fée céleste, qui pose son cachet de grandeur et d'éternité sur le cadavre le plus infect, n'a-t-elle donc rien à faire, rien à dire à la Morgue??... — Tout se bornerait à des soins de *petite voirie;* et une fois que le commissaire de police aurait rempli son ministère, que son *brancart nocturne* aurait déposé la victime, tout serait accompli!!... — Oh! non, non; législateurs superficiels, vous êtes dans l'erreur, et pour construire une société *toute de matière*, vous la verrez bientôt tomber en ruines; en vain vous crierez à la tribune : « *La société se défait; il n'y a plus de croyances; la presse mêle et trouble toutes les intelligences!* » — Le philosophe vous répondra : — « *A vous la faute!* » car il est un autre ciment qu'un ciment de sable et de chaux;

C'est le ciment de la religion et de la philosophie!

C'est peu d'élever de beaux monumens, de restaurer, d'améliorer des édifices publics, il faut encore appliquer sur leur front comme une empreinte divine, comme le sceau magique du merveilleux, les placer sous les auspices d'un immortel avenir; car alors vos monumens publics imprimeront à leur tour ce saint respect qui resserre à-la-fois les liens moraux de la société; car faire éprouver pour le mort (quelle que soit d'ailleurs la cause de sa fin), ce recueillement profond dont il est digne, c'est, je le répète, faire naître à-la-fois dans l'âme ces sentimens de bienveillance et d'humanité dont les pauvres vivans ont un si grand besoin entr'eux!!

Je voudrais donc, pour expliquer ma pensée, que la Morgue fût éclairée d'un certain nombre de lampes, sans cesse allumées comme dans une chapelle ardente; que son entrée fût celle d'une église, où chacun, mouillant son front de l'eau sainte versée dans un bénitier, se placerait, dès le premier abord, sous les auspices de la religion de l'état.

Je voudrais que les corps étendus dans des cercueils de plomb, présentassent le moins de nudités possibles; car les traits de la face ne suffisent-ils pas pour reconnaître un ami, un frère, un fils, une sœur, une épouse, un parent!...

Je voudrais qu'on plaçât, à chaque chevet de tombe, une couronne d'immortelles, des fleurs, une palme, un cyprès, suivant la nature du martyre qu'aurait subi le défunt ou la défunte.

Je voudrais un linceul blanc pour les femmes; un linceul noir pour les hommes; une barrière qui séparât les sexes.

Je voudrais un Christ au fond de ce sanctuaire de la mort, modèle des plus grandes souffrances; le Christ inspirerait aux visiteurs cette résignation sublime qui communique sa force céleste aux plus grandes calamités!... ainsi, l'on parviendrait à dépouiller la Morgue de cette ignominie traditionnelle, de cet opprobre prestigieux, dont ses murs eux-mêmes semblent à jamais enduits; ainsi, le cadavre dans sa boueuse et sanglante nudité, ne serait plus, là, un objet de dégoût, de mépris et d'horreur; victime épurée de la fatalité, des catastrophes inhérentes à l'espèce humaine, en cessant d'appartenir à l'opinion, il aurait passé dans une région supérieure, où l'on serait gravement disposé à respecter et son infortune et son trépas!!...

Je voudrais, à son frontispice, un drapeau noir barré d'une croix blanche, un cimetière attenant pour l'inhumation des corps; une cloche, pour sonner l'arrivée de chaque entrant; un ministre pour desservir cette chapelle mortuaire!...

Je voudrais que la Morgue ne fût plus jetée, comme un navire brisé de mort, sur la rive de la Seine, au milieu d'un marché, et pour surcroît d'infamie et de ridicule!!... ne vît pas ses murs chamarrés d'affiches de spectacle, et de cent autres placards ironiques!... (comble de la plus cruelle dérision!...) mais que, reléguée au-delà des barrières, dans un enclos de très-hautes murailles, au fond d'une allée de peupliers et de cyprès, elle fût, là, comme un temple grave, fécond en profondes contemplations!...

Alors l'enfant, le désœuvré, la fille sans pudeur, n'iraient plus, là, en se pro-

menant, pour y trouver une distraction,
une émotion coupable; car toute les ser-
vantes y vont; la Morgue est leur Melpomène, leur Talma, leur Crébillon !

Vous n'auriez plus sous les yeux, au
tems brumeux des hivers, aux belles
matinées du printems, ces appareils horribles de *civières,* qui, sous leurs linceuls mystérieux, en colportant en plein
jour les victimes du drame de la nuit,
flétrissent toutes les fraîches pensées du
matin; car la couverture rayée de la civière n'est-elle pas tachée de plusieurs
sangs!!...

Sang du duel;

Sang de l'asphixie par le charbon;

Sang du meurtre;

Sang du noyé;

Sang du suicide par l'arme à feu !

Et tous ces sangs varient de teintes,
suivant leur date; c'est la carte figura-
tive de nos superbes mœurs et du bonheur des hommes!...

Plus d'haleine sous la civière, que
l'haleine de la putréfaction!...

Au moins, vous ne verriez plus un
père, une mère s'arracher les cheveux,
étaler leur désespoir dans le vestibule
de ce lieu d'horreur, à la vue du cadavre d'un fils, d'une fille!...

Au moins, le peuple ne s'endurcirait
plus l'âme à l'aspect continuel de ces
lambeaux sanglans, qui lui sont offerts
comme en moquerie de nos projets de
félicité individuelle, comme la montre
du restaurant de l'humanité!

On cherche à deviner l'emplacement
où fut bâtie la Tour de Nesle ; mais la
Tour de Nesle existe toujours, c'est la
Morgue; il ne lui faut plus qu'une *Marguerite de Bourgogne* avec ses amours, ses
bourreaux, ses orgies et ses cadavres!

En vain on m'objecterait que cette
sorte de fléau inévitable doit être au
centre d'une ville immense, de Paris
enfin!... — Faux raisonnemens!... Sans
doute, vous avez raison, quand vous
n'envisagez que *le service matériel,* et
que vous comparez une Morgue à un
bureau de passe-ports; mais si vous
voulez faire de la philosophie, elle *construit* beaucoup mieux et n'expose pas
les générations à crouler à la moindre
secousse, ainsi que les couvens d'Espagne par leurs excès : par mon plan, vous
élaguez le curieux, vous évincez cette
foule oiseuse, qui entre à la Morgue avec
autant d'indifférence qu'elle s'arrête
devant un bateleur de place, se fami-
liarise avec le sang, avec le crime, et
traduisant mal la pensée du progrès,
croit que l'esprit-fort consiste à se jouer
du meurtre, du suicide, de l'assassinat;
et pour le malheureux qui cherche un
ami, un parent, vous lui imposez comme
un saint pèlerinage qui ennoblit sa douleur, et la nécessité du devoir que le
sort lui prescrit.

— Non, plus de Morgue, plus de dissections dans la capitale; plus de bagnes
sur la rive des mers, plus d'échafauds
sanglants!... toutes ces *constructions*
se ressentent de la barbarie du moyen-
âge, où elles ont pris naissance. Sous
le règne de Louis-Philippe, c'est l'âme
qui doit manier le compas et l'équerre!

Cependant il ne faut rien brusquer;
et comme Sa Majesté l'a dit avec autant
d'esprit que de profondeur, en novembre 1835, dans son discours aux israé-
lites :

« *La goutte d'eau qui tombe continuel-
» lement sur la pierre, finit par la percer.* »

— De même aussi le tems, en suivant

le sens de cette figure sublime, finira par percer à jour le voile qui obscurcit encore un grand nombre de nos institutions; et ce que la violence et la précipitation ne sauraient faire, le plus grand art des rois, l'art de Fabius, l'art de temporiser, en viendra à bout.

Ainsi, plus fier de votre être, vous ne diriez point tout bas : « Peut-être » un jour la rigueur, les caprices du » destin me conduiront à la Morgue, » pour servir comme un vil débris au » scalpel de la médecine!... — Mais » noblement résigné d'avance, si jamais, » penseriez-vous, un grand malheur » me jetait à la Morgue, comme une » tempête précipite un naufragé sur la » plage, eh bien! mes restes y seront » respectés, honorés; un prêtre m'y » rendra les honneurs funèbres; un re- » gret, une larme tomberont sur mon » cercueil; le passant ne viendra plus » se repaître de mes cicatrices, pour » satisfaire sa curiosité stupide et bar- » bare, sans ressentir à-la-fois un pro- » fond sentiment de piété et de res- » pect; car l'austérité, l'appareil saint » du lieu, et l'hommage de la pitié pu- » blique,... tout l'obligera de rentrer en » soi-même, et d'honorer mes débris, » au lieu de cette frivolité sceptique » que l'homme du jour affecte de jeter » comme un rire dédaigneux sur toutes » les images du néant humain ! »

Législateurs, honorez les morts, quels qu'ils soient, et la société cessera de se dissoudre.

OUI, VOILA CE QUE JE VOUDRAIS !

L'histoire de *madame de Florvel*, épouse d'un riche banquier, n'est que trop vraie d'un bout à l'autre. Cette femme malheureuse a subi l'opération césarienne, dans un accouchement laborieux. Cette opération consiste, pour le chirurgien, à faire une large incision sur le côté de l'abdomen, ou bien ce qu'on appelle, en termes de l'art, *sur la ligne blanche*, et à en tirer le fœtus, qui n'a pu sortir par les voeis naturelles; mais presque toujours cette opération est mortelle. J'ai pourtant connu une première danseuse du Théâtre Royal de Londres, qui l'avait subie deux fois, jouissait d'une parfaite santé, et était encore grosse au moment qu'elle me faisait sentir ses cicatrices.

Jules-César n'est venu au monde qu'au moyen de cette opération, qui fut la première de cette nature, à Rome; mais il coûta la vie à sa mère.

LE
FORÇAT OPULENT,

TRAÎNANT UN BOULET D'OR,

ET

L'AGONIE COMMUNE

D'UNE FEMME ENTRETENUE.

« *Ab una disce omnes* »
VIRGILE.

LE BAGNE n'est-il pas comme un vivier fécond, où le plongeur littéraire peut pêcher en eau trouble, drames, tragédies, comédies sentimentales, vaudevilles larmoyans, forfaits *gymnasés*,... enfin, toutes les dégradations humaines à leur plus haut degré de putréfaction,... sur ces figures spectriennes ! !... Car un bagne, c'est une cuve où fermente la lie du cœur humain ; c'est un berceau immense, où l'on entend bégayer les premiers vagissemens du crime, où l'on le voit enfant, un bourrelet sur le front, et vieillard, en cheveux blancs; et depuis le chevalier d'industrie, qui se fit passer pour archevêque, qui, comme *Coignard,* poussa la science des travestissemens, au point de faire la partie d'échecs avec un roi, jusqu'au filou de poche, jusqu'au *Lacenaire,* qui ne recule pas devant dix palettes de sang à verser,... tout est là, dans un *grouillant* répertoire;... oui, tout est là, et, si ce n'est le costume, les rôles, les caractères sont abondamment répartis! de cette sorte qu'on pourrait avancer que le boulevard du meurtre est tout entier dans un bagne, et qu'au lieu de l'imitation, le crime, la matière première de toute composition dramatique, est ici, *en chairs vives,* tout pantelant, tout palpitant de sa réalité.

Dans ce moment-ci, par exemple, le théâtre de la Gaîté représente une pièce sous le titre de *la Tache de sang,* pièce dans laquelle, par parenthèse, un artiste de distinction, M. Chéry, a su créer un rôle plein de profondeur, de mordant et de finesse; eh bien! dans un bagne, ce n'est pas une simple *tache,* c'est un vaste baquet, où l'on peut largement tremper ses pinceaux.

Conservatoire funeste des rôles les
plus dangereux, au bagne, le plus mauvais comparse apprend, dans cette terrible école, à devenir *un premier sujet.*
N'est-il pas toujours en scène? ses pro-
fesseurs ne sont-ils pas toujours près de
lui, pour lui souffler ses réparties? coulisses infernales, dont il s'élance, non
avec un poignard de fer-blanc, mais
avec un véritable stilet trempé d'acier
et d'audace, tenu par une main épileptique, qui a appris, pendant un bacca-
lauréat de cinq ans, à ne poser aucun
frein à la perversité!

Les 1ᵉʳᵉ et 2ᵉ Lunes ayant en quelque
sorte retenti sans cesse du bruit des chaînes
du bagne, je les croirais incomplètes, si je ne
les terminais par l'histoire d'un Forçat et
celle d'une Femme entretenue, histoire dont
l'homme du monde peut d'ailleurs tirer une
grande leçon.

La DÉPERNON était, en fait de femmes galantes, une de ces beautés célèbres qui remplissent l'imagination du
nombre prodigieux de leurs amours, de
l'excès de leurs dépenses, du faste de
leurs appartemens, et du cynisme de
leur manége. Vingt banquiers, traitans
ou généraux étaient tombés ruinés au
pied de ses sophas, et des princes étran-
gers s'en étaient retournés à pied, avec
un bâton blanc à la main, entièrement
dévalisés par cette syrène. Malheur à
qui recevait une étincelle de ses grands
yeux, un sourire magnétique de ses
lèvres de carmin, l'infortuné, dès-lors,
ne s'appartenait plus, et tel l'oiseau qui
s'approche de certain serpent, tombe
asphyxié sur son dard, tel l'imprudent
séduit, se sentait pris dans ses liens,

d'un nœud indissoluble. Je tairai
fantaisies coûteuses, son luxe effrén
le plus succinct récit occuperait
pages entières; car se nettoyer les dei
avec des perles pulvérisées, se faire d
papillottes avec des billets de banqu
et prodiguer l'or à pleines mains, po
d'inutiles bagatelles, n'était pour La
thénie Dépernon qu'un badinage
tous les jours. Fidèle d'ailleurs à s
principes de femme entretenue, La
thénie se faisait tirer les cartes tous l
jours par une sorcière célèbre, laissa
mourir de faim son pauvre père, sou
flettait ses femmes-de-chambre, ava
pour intime amant un franc coryph
de galères, et chaque soir noyait sa ra
son dans des flots de punch.

Ce monstre, ce Satan féminin, revêt
d'une enveloppe céleste, ne se montra
pas pourtant une seule fois en log
sans jeter la séduction dans quelqu
cœur ingénu, qui, hélas! ne pouva
soupçonner tant de perversité, tant d
machiavélisme sous tant de grâces!...

Un soir qu'elle se faisait admirer a
grand Opéra, que toutes les jumelle
étaient braquées sur sa beauté et sa pa
rure, à peine avait-elle mis le pie
dans sa loge, que son éventail, orné d
riches diamans, vint à tomber dans l
parterre, sur l'épaule d'un très-beau
jeune homme. A ce léger objet qui l
frappe, il lève les yeux, prend l'éventail, et se dirige avec empressemen
vers le balcon d'où l'éventail étai
tombé. Davelinés (c'était le nom du
beau jeune homme), parvenu à la log
de Lasthénie, avait déjà sur les lèvre
un à-propos plein d'esprit; mais ébloui
par tant d'attraits, il ne sait plus que
balbutier, et remet d'un air gauche cet

ventail funeste, ce joujou fatal, qui evait être l'instrument de son déshon-eur et de sa ruine.

Nous abrègerons le récit des moyens e séduction qu'employa l'infernale ircé, pour faire tomber dans ses em-uches la candeur même, la vertu l'homme la plus pure, la plus virgi-ale; comment résister aux poisons écevans que distillait sa bouche? Sa angue ne ressemblait-elle pas à un tilet caché sous des feuilles de rose!!... En un mot, Davelines, l'infortuné Da-velines, est tellement enivré de sa con-quête, qu'aucun sacrifice ne lui coûte pour lui plaire dans le moindre de ses ruineux caprices. Caissier d'un banquier opulent (M. de Fargelles), il puise à pleines mains dans ses coffres, pour sa-tisfaire à toutes les fantaisies du luxe de sa scandaleuse maîtresse. En vain la fille de ce banquier est promise à sa tendresse, en vain Amélie, la plus ai-mante, la plus aimable des femmes, le supplie, par le seul langage de ses pleurs, de revenir de son criminel aveu-glement; Davelines, avec la frénésie d'un joueur, joue comme au dé toute sa renommée, sa fortune, l'amour d'Amé-lie,... tous les plus beaux projets d'hy-men, sur le sein d'une Borgia, qui l'at-tend à sa dernière pièce d'or, pour lui arracher sans pitié le bandeau qui cou-vrait ses yeux!

La catastrophe ne pouvait se faire at-tendre; plus de cinquante mille écus de déficit dans sa caisse!!... Davelines ne saurait faire prendre plus long-tems le change à son chef; des serrures avaient été forcées, des traites reçues sans red-dition de comptes,... tout se sut enfin. La justice parut, le bagne se découvrit,

menaçant, dans un sombre horizon; et l'imprudent comptable, qui s'était folle-ment reposé sur la prétendue ten-dresse de sa fausse idole, n'en recueillit que souris dédaigneux, que mépris ou-trageans, quand il vint, sur la foi des plus ardentes protestations d'amour, mendier la cent millième partie des offrandes qu'il avait mises à ses pieds!

Quel coup de foudre!... Comment exprimer les déchiremens de son cœur brisé, quand l'infâme Dépernon laissa tomber son masque!... La perfide!... Habile à écarter avec art ses nombreux amans, pour laisser croire à Davelines qu'il est seul le maître souverain de son cœur, elle avait jusque-là fasciné son âme des illusions les plus douces; mais que le réveil d'un si beau songe fut épouvantable!

Il était minuit; une obscurité pro-fonde, une brume épaisse répandaient dans les rues une humide obscurité; Davelines, en proie au désespoir, à pied, sans tilbury, sans domestique, marchait au hasard, après avoir perdu son dernier napoléon au n° 113. Aller encore implorer les bontés inépuisables d'Amélie, c'eût été inutile; Amélie n'a-vait-elle pas vendu jusqu'à son dernier diamant pour satisfaire aux pressantes sollicitations d'un infidèle, d'un ingrat, indigne de son amour!!...

Dans cet état de perplexité, Dave-lines se dirige une dernière fois vers l'hôtel de la Dépernon. — « Allons, se » dit-il, dans sa sotte crédulité, lui » peindre les horreurs de ma position, » de mon avenir; car n'est-ce pas pour » elle que j'ai troqué la plus belle espé-» rance contre l'opprobre!... Son âme » est sensible; elle s'attendrira, quand

» elle me verra fugitif, ne sachant où
» reposer ma tête, croyant voir dans la
» moindre vapeur le geolier qui doit me
» plonger au cachot, le garde qui doit
» me jeter aux galères!... »

Davelines, en effet, monte, éperdu,
pâle, défait, harassé, et sonne à l'appartement de sa maîtresse... Zoé, sa
femme-de-chambre, ouvre; mais en
apercevant entrer le malheur personnifié, loin de le faire entrer chez *Madame*, elle le tient insolemment dans
l'antichambre, lui donne de fausses excuses, se débarrasse de ses importunités
par une défaite, et, muette ainsi qu'une
statue, devant les larmes de Davelines,
qui tombaient, lourdes comme des gouttes de plomb fondu, sur la mosaïque de
l'antichambre, Zoé finit par le pousser
dehors...

Là, immobile, pétrifié comme par la
tête de Méduse, Davelines, l'œil fixe,
n'éprouvant d'autre indécision que dans
le genre de mort qui devait dignement
couronner une telle agonie, semblait
demander à l'air de se changer en poudre, afin de lui brûler la cervelle. Dans
ces tortures inexprimables, il put encore entendre de sa place les éclats de
rire bruyans d'une magnifique orgie,
dans laquelle la Dépernon jouait parmi
vingt satyres le rôle d'une Erigone demi-nue et couronnée de fleurs; Davelines, dis-je, put voir, réfléchie sur les
carreaux des fenêtres, la flamme du
punch, où s'enivrait la plus déhontée
des bacchantes!...

Enfin, son pied tombe lourdement
sur une marche, puis sur une autre;
chacun de ses pas retentissait dans l'escalier, richement éclairé et sonore; il
sortit. Le concierge, qui naguère ouvrait
les deux battans de la porte-cochère,
pour laisser passer son galant équipage,
lui tire le cordon d'une main dédaigneuse. Davelines, comme un spectre,
revoit la rue à travers les ténèbres;...
cette rue de Paris, effrayante pour le
coupable, cette rue sinistre, à une heure
du matin, où l'assassinat semble errer
comme un fantôme sur une toile grise,
s'élancer d'une allée, ou se coller sur la
muraille; désormais sa seule douleur est
de savoir la Seine encore loin, car il se
trouvait alors dans le quartier du faubourg Poissonnière. Que de pas cruels à
faire encore avant de mourir! — Il s'acheminait donc dans la direction de la
rue de Richelieu, quand, en face même
de Frascati,... (Frascati, qui l'avait vu si
brillant!...) quatre hommes de grande
taille, à chapeaux ronds, rabattus, en
redingottes brunes, de longues cannes
à la main, lui ordonnent de les suivre
au nom du Roi!

Est-il nécessaire maintenant d'achever ce drame d'ignominie? le bagne en
fut le dénouement; mais Amélie, au
sein de ces horreurs, n'avait pas cessé
d'aimer. Son père n'existant plus, héritière unique d'une fortune considérable, elle poussa l'héroïsme jusqu'à rejoindre son amant à Brest; là, habillée
en homme, elle eut le courage de pénétrer dans ces lieux effrayans, où le
bruit des chaînes répand l'épouvante
dans l'âme, et fait un long écho sur le
rivage. De quel dévouement, de quel
sacrifice n'est pas capable l'amour d'une
femme!... Là, dis-je, elle adoucit autant qu'il fut en son pouvoir la captivité de Davelines; loin d'ailleurs de
lui faire des reproches sur ses cruelles
inconstances, elle se convainquit, à

chaque entretien, que la fatalité seule, sous les traits suborneurs d'une Laïs, l'avait entraîné à sa perte, sans détruire en lui l'empreinte de la vertu qui y était ineffaçable, et seulement comme une glace, avait été ternie pendant quelque tems de prestiges, par le souffle du vice. Amélie, enthousiaste dans sa passion, alla jusqu'à faire changer en chaînes d'or les chaînes de son cher galérien; son costume d'opprobre fut remplacé par les étoffes les plus fines, et jusqu'au boulet creux, en vermeil, qu'il traînait, enrichi de pierres précieuses, contenant son portrait, ses cheveux et sa première lettre d'amour, devint à ses regards, à son âme exaltée, comme l'instrument sacré du martyre d'un saint, d'un héros, qui, loin de devoir en éprouver de la honte, pouvait au contraire s'en enorgueillir.

A l'expiration de sa peine, les deux amans partirent donc ensemble pour les colonies, où ils s'unirent pour jamais. Là, ils passèrent les jours les plus heureux, au sein de l'opulence et d'une tendresse inaltérable; là, loin de regretter l'Europe, ils firent le serment de ne la plus revoir. Fixés à la Louisiane, Amélie, fille pieuse, fit ériger un mausolée superbe à la mémoire de son père; une chapelle recueillit religieusement les chaînes fatales qu'avait portées son époux; tous deux allaient les adorer, comme une épreuve par laquelle Dieu avait effacé les erreurs du caissier, et quoiqu'ils y apprirent par les papiers publics la fin déplorable de la Dépernon, qui, peu de tems après leur départ de Brest, était morte à l'hospice, couverte des plaies de la débauche, loin de sourire à cette juste vengeance du destin, ils repoussèrent de leurs souvenirs cette ombre infernale, indigne de les distraire un seul moment de leur paisible bonheur.

CAISSIERS INFIDÈLES, OPULENS IMMORAUX, QUI GAGEZ DES FEMMES ENTRETENUES, MÉDITEZ SUR CETTE GRANDE LEÇON, ET, METTANT UN TERME A VOS ERREURS, TACHEZ DU MOINS DE VOUS AMENDER, ET DE FINIR COMME DAVELINES!

IIIe LUNE PARISIENNE.

※❦※Ⅰ※❦※

SOMMAIRE.

Un premier soupir d'amour sur un dernier soupir de mort !

Ces Lunes de trépas, ... ces heures de la nuit,
A travers ses serpents, ... Méduse les vomit ! .....
Dans cette cité monstre, où le crime s'installe,
Le sommeil est compté d'une horloge infernale ;
La Nymphe du néant, secouant ses flambeaux,
La buvez-vous planer, avide de tombeaux ? ?
Fieschi de sa torche enflamme un régicide !
Lacenaire rougit de n'être qu'homicide !!! .....
En se pâmant d'amour, le luxe meurtrier
Ecrase le malheur sous son essieu d'acier,
Et d'un crâne en lambeaux souillant son équipage,
Cueille la volupté sur des sanglots de rage !!!

Lith de C. Adrien, R. Riche 7,

CYPRÈS

ET LAURIERS.

« *La poésie rafraîchit du vent de ses ailes le front de la douleur et des regrets.* »

EDDIN, Poète persan.

TENTATIVE D'ASSASSINAT
SUR
LA PERSONNE DU ROI,
A LA REVUE
DU 28 JUILLET 1835.

———

La Machine infernale, montée par *Fieschi*, était placée au troisième étage de la maison n° 50, du boulevard du Temple, en face le Jardin Turc.

QUE cent rois féodaux, rois par la sainte ampoule,
Trôniers de père en fils, hallucinent la foule,
Rois superstitieux, copistes de Clovis,
Aient pour diadème un peu d'huile et des lis,
Leur règne coutumier, par la divine grâce,
N'est pour l'historien qu'une vaine grimace ;
On rit de ces *princiers*, qui, charlatans pieux,
Prétendent attacher leur sceptre dans les cieux,
Et se forgeant un cœur d'une essence divine,
Font descendre du Christ leur céleste origine !...
J'aimerais mieux la Fable, et l'erreur des Persans :
« *L'âme des rois*, croient-ils, *passe aux éléphans blancs.* »
Le Musulman encor, dans sa folle chimère,
Pense que son sultan est l'astre de la terre,
L'étoile d'Orient, le soleil des mortels,
Comme à Dieu, qu'on lui doit un culte et des autels !...
. . . .
. . . .

Hic ossa manent,
sed mens ad supera volat.

De ces préjugés vains, dont l'Asie est esclave,
Nous avons su briser l'imposture et l'entrave ;
Le monarque est un homme, et son cadavre, hélas !
Est soumis aux arrêts, aux horreurs du trépas ;

« Et la garde qui veille aux La lime du cercueil, malgré l'ambre et la myrrhe,
» barrières du Louvre,   Sur ce front détrôné vient creuser son empire ;
» N'en défend pas nos rois! »   Sa Majesté pourrit comme un bon citoyen,
Malgré le vain alcool qui lui sert de gardien !
Ah ! sous la faux du Tems que fait une couronne??...
C'est l'épi le plus haut des épis qu'il moissonne ;
Mais l'unique prestige, aux regards des Français,
C'est la seule vertu, qui ne périt jamais,
Qui laisse au souvenir, sous sa simple parure,
Des restes plus vivans, que sous un vain chlorure !

. . . .

. . . .

JUSTE ÉLOGE DU ROI.   Ainsi, LOUIS-PHILIPPE est roi selon nos vœux ;
S'il excède en pouvoir, c'est pour nous rendre heureux.
Fait monarque au soleil d'une charte suprème,
Sous un dais de fusils, naquit son diadème ;
Par la grâce des bras de héros combattans,
Il fut baptisé roi des larmes des tyrans,
Et le sang qui coula dans la royale enceinte,
Fut son sacre de Reims, avec son huile sainte !

. . . .

. . . .

Mais dans la paix féconde, un présage cruel
Veut de nos libertés briser le saint autel,
Et, portant l'épouvante au milieu de nos fêtes,
Faire voler pour fleurs des cyprès sur nos têtes !...

. . . .

Tels, on voit dans l'Indus, sous des roseaux brillans,
S'abreuver de limons des faisceaux de serpens,
Puis lever tout-à-coup une crête rebelle,...
S'émeut des factions la bruyante crecelle ;
On fait du meurtre un droit, glorieux meurtriers,
C'est dans l'assassinat que sont les vrais lauriers !!...

. . . .

FIESCHI, RÉGICIDE.   Aux mains d'un *Fieschi*, soudain le régicide
S'organise à l'encan d'une ligue perfide ;
Sur les pas de LOUIS, gardé par ses vertus,
Part en torrens de mort un infernal obus,
Une hydre à mille dards, aux fulminantes serres,
Qui vomit le trépas de ses vingt-cinq tonnerres,
Condor épouvantable, Etna bourré de mort,
Suicide à-la-fois dans son fatal effort,

Vautour de feu, de nitre, en sa vaste envergure,
De même qu'une trombe, effroi de la nature,
Dévorant, foudroyant comme le feu grégeois,
Mortel,... si ce n'est au plus sage des rois!

. . . .

PRÉSAGE SINISTRE!... Les échos effrayés, dans leurs grottes profondes,
Répètent du volcan les clameurs vagabondes,
Et la Seine troublée en ses paisibles flots,
Redoute pour son cours l'orage des complots!
L'azur des cieux terni d'un nuage funeste,
Semble alors obscurci des crêpes de la peste;
Ce nuage sanglant, bitumeux, épais,
Est le souffle typhus du plus noir des forfaits!...
FORFAIT EXÉCRABLE! Le monstre s'est vidé de ses noires entrailles;
UNE JEUNE VIERGE Le monstre de ses dents creuse cent funérailles,
ASSASSINÉE!!... Frappe de cent lingots, aveugle en sa fureur,
Un front de quatorze ans, paré de sa pudeur;
Il massacre en vampire une vierge innocente;
Il jette à nos douleurs sa dépouille sanglante,
Sa bouche virginale, où la mort, pour toujours
Implacable, s'assied, aux regrets des amours!...
Cette bouche, où l'hymen eût cueilli des délices,
Révèle à nos terreurs l'excès de ses supplices;
Un sang noir y bouillonne, il jaillit sur son sein,
Ardent à dénoncer le plomb de l'assassin,
Ardent, dans son écume, à demander vengeance;
En traits brûlans de pourpre, il grave la sentence!!

. . . .

Sur le sol étendu, ce beau corps, où Pradier
Eût vu pour son ciseau quelque nouveau laurier,
Gît là, sans mouvement, sous les regards d'un père!...

. . . .

Serait-ce, se dit-on, du Seigneur la colère,
Et Paris-Babylone, en cet affreux festin,
Devrait-il sous ces coups achever son destin!...
Dans cet orage horrible et de plomb et de poudre,
Sous un ciel d'Italie, où pétille la foudre,
On fuit épouvanté!... Les cadavres épars
Augmentent la terreur du peuple et des fuyards!
QUATORZE VICTIMES,... MORTIER, le vétéran de nos plus belles gloires,
QUATORZE CERCUEILS! Dont le bâton ducal comptait tant de victoires,
Vainqueur en Helvétie, à Vienne, à Badajoz,

GLOIRE ÉTERNELLE
AUX BLESSÉS!!

Succombe traversé de foudroyans lingots;
La Chasse–Vérigny, Blin et tant de victimes!...
Que ne puis-je vous faire un temple de ces rimes!!...
Sur ce théâtre en feu, le sang coule à grands flots :
Dans ce groupe de gloire, et fécond en héros,
Comme un rocher résiste à la vague en furie,
Le monarque et ses fils font tête à cette pluie;
Dans un cercle magique enfermés par un Dieu,
La mort court sur leurs fronts, sans brûler un cheveu;
Par le ciel préservés au milieu de l'abîme,
Ils sont toujours debout sous les balles du crime;
Sur l'île d'une fée, inaccessible aux coups,
Ils bravent du forfait les impuissans courroux!
On nous dit qu'en ce jour, de mémoire funeste,
Un bras d'ange a tendu son bouclier céleste,
Que cent plombs ont volé sur ce rempart divin,
Pour rebondir au front de l'infâme assassin!

. . . .

FERMETÉ DE CARACTÈRE
DU ROI.

Comme Napoléon, PHILIPPE, en ce désastre,
Se rit d'un vain complot, confiant dans son astre;
Son front est radieux de gloire et de valeur;
Pour lui, ce boulevard devient le champ d'honneur;
Et sans pâlir jamais, poursuivant sa carrière,
Il fait d'une revue une arène guerrière,
Un cirque de victoire, où la face d'un roi,
Devant cent plombs mortels, ne montre aucun effroi!

. . . .

Des dangers à venir, magnifique présage!
PHILIPPE, à l'ennemi, quel serait ton courage,
Si, vaillant dans la paix, des périls dédaigneux,
Tu gardes ton sang-froid, quand tout tombe à tes yeux!

. . . .

CONDUITE HÉROÏQUE
DU
GÉNÉRAL HEYMÈS,
AIDE – DE – CAMP DU ROI,
BLESSÉ
LE 28 JUILLET 1835.

HEYMÈS, j'ai réservé pour ma plus chère rime,
Ta blessure d'honneur, ton dévoûment sublime;
L'amorce qui partit sur ton front ceint d'exploits,
Ne cherchait que le cœur du plus cher de nos rois!...
Tous, vous avez reçu, cuirasses triomphales,
Les trépas destinés à cinq têtes royales;
Chacun de vous peut dire, heureux en ses regrets :
« Ces plombs qui m'ont percé, tuaient tous les Français;
» Une horrible anarchie, à la main le pillage,
» Sur notre belle France étendait son ravage;

» La fureur des partis, Némésis pour Drapeau,
» Eût fait de frère à frère, un Marat,... un bourreau! »
Mais lorsqu'un jour guéris d'une plaie aussi belle,
En montrant à vos fils son empreinte immortelle,
Vous direz, pleins d'orgueil : « Blessé! — Ce n'est pas moi,
» Cette balle appartient à la tête du Roi ;
» C'est un présent royal que m'aura fait Bellone;
» Elle a cru sur mon front voir briller la couronne!... »

. . . .
. . . .

QUELLE CRUELLE INCERTITUDE POUR LA REINE ! Et vous, reine AMÉLIE, épouse tour-à-tour,
Trouverais-je des vers pour peindre votre amour,
Les sanglots échappés à vos lèvres brûlantes,
Vos filles près de vous, timides et tremblantes,
En pleurs, désirant et craignant à-la-fois
De revoir teint de sang le meilleur de nos rois!...
Le régicide vibre au fond de leurs pensées,
Comme un serpent d'airain sur des roses brisées :
Quel est celui d'entr'eux, qui, parmi les mourans,
Ne peut plus être étreint dans leurs bras caressans!...
Tous auraient-ils péri, royales hécatombes; .
Ne doivent-elles voir que cinq morts et cinq tombes,
Cinq fronts chéris, percés par le plomb d'un Louvel,
Ne répondre à leurs cris que d'un regard mortel!...
C'est en vain qu'on les flatte, et qu'on tarit leurs larmes,
Il leur semble que du sang tache toutes les armes,
Que le tambour funèbre en ses sourds roulemens,
D'un prince assassiné dit les derniers accens,
Que de *quatre-vingt-treize* une autre saturnale,
Va leur faire subir le destin de Lamballe,
Et qu'enfin un roi mort, Henri-Quatre nouveau,
Dans une fête auguste a trouvé son tombeau!...

. . . .
. . . .

LE ROI ET LES PRINCES SONT SAUVÉS !!... Mais non, séchez vos pleurs, vous le verrez paraître,
Maître des factieux, de lui-même le maître,
Ainsi qu'un roi de France, un souris dans les yeux,
Moins occupé de soi, que d'un coursier fougueux ;
D'un baptême de plomb l'immersion sublime
Le grandit de cent pieds sur les tronçons du crime!!...
Le voyez-vous superbe au milieu des soldats,
Comme un Dieu qui préside au destin des combats,

Ne montrer sur son front qu'un calme magnifique,
Et laisser au vulgaire une terreur panique,
Secouer ses habits par le plomb émaillés,
Ses insignes royaux par le fer mitraillés,
Fier d'avoir survécu, sous ces Fourches-Caudines,
A travers le torrent de mille chevrotines!!...
. . . .
. . . .

DE LA GLOIRE
POUR LES VIVANS;
DES FÊTES FUNÈBRES
POUR
LES MORTS!!

Tandis qu'à ce miracle on voit Paris entier,
Déposer aux autels un cyprès, un laurier,
Dans des caisses de plomb les victimes gardées,
Reliques de la France, à grands frais embaumées,
Présentent le front noir de quatorze cercueils,
Dont la douleur publique a paré les linceuls;
Trésor national, précieux sarcophages,
Du livre de Clio quatorze belles pages,
Dans le temple de Mars, religieux dépôts,
Reposez, immortels, au séjour des héros!
. . . .
. . . .

LES POMPES DU CORTÈGE. J'entrevois ce trophée, au plumage d'ébène,
Mille gerbes d'acier protégent sa carène;
Navire de la mort, imposant au soleil,
Qui promène en criant son lugubre appareil:
A sa tête de neige, un touchant mausolée;...
C'est une vierge enfant, vers les cieux envolée;
Son centre harmonieux, pavoisé de tuyas,
Solfie, en soupirant, des hymnes de trépas;
De cent mille schakos la vague tricolore
Semble au loin deux rubans diaprés de phosphore;
Aux ondulations que subit le convoi,
Le cœur est comprimé d'un douloureux effroi;
Ce trophée orgueilleux, fécond en poésies,
S'escorte sur ses flancs de tendres élégies,
Sylphides de la mort, prêtresses du néant,
Comme un groupe d'albâtre, à l'horizon mourant... —
Les voyez-vous voguer entre des chars funèbres,
Dont le plumage noir augmente les ténèbres??...
De colombes ce groupe est aux yeux un essaim,
Le plus haut corbillard, un aigle souverain... —
. . . .

HARMONIES RELIGIEUSES. Tout-à-coup un soupir de sombres harmonies,

HARMONIES RELIGIEUSES
ET
SÉPULCRALES.

S'exhale dans les airs comme cent agonies,
Résonne sur ce flot calme et silencieux,
Telle, la foudre meurt dans le vide des cieux ;
Un beffroi qu'on tourmente en son bassin sonore,
Exprime par son cri le regret qui dévore,
Et ses sons, comme un crêpe étendu sur ce flot,
Semblent d'un peuple entier le déchirant sanglot !
Sur les côtés, la foule en espaliers de têtes,
Se tait, morne et pensive, à ces lugubres fêtes ;
Des pleurs que le soleil fait briller en rubis,
S'échappent en encens des regards attendris.
La France toute entière, en ce grand parricide,
A reçu droit au cœur la balle régicide ;
Chaque citoyen voit dans les morts un parent,
Son frère, son ami, victime d'un Clément,
Et vient pour cette plaie, à son flanc élargie,
De cette apothéose appliquer la charpie !
. . . .
. . . .

QUATORZE TOMBES
CREUSÉES
PAR UN SEUL HOMME !...

Le Sarcophage approche, austère et somptueux,
Le faste, ici, du deuil impose à tous les yeux ;
C'est le corps d'un héros,... une tombe immortelle ;
Un demi-siècle en gloire est étalé sur elle ;
L'essieu frémit,... il geint de l'immense fardeau
De cent combats d'honneur qu'il transporte au tombeau ;
Vers le centre du char, dans un morne délire,
On croit entendre encor les boulets de l'empire,
Du Danube au Tormès rouler près de Mortier,
Se changer tout-à-coup chacun en un laurier,
Et jonchant le cercueil du héros homérique,
L'offrir devant Clio comme un guerrier antique !...
Il s'écoule à pas lents devant les chapeaux bas,
En boitant, son coursier, suit le char du trépas ;
Ses ordres en trophée,... — et son épée est nue,
Cette épée est magique, et fascine la vue ;
Au sein de son veuvage elle brille d'orgueil,
Semble encor menaçante aux ombres du cercueil,
Et quoique le trépas soudain la paralyse,
Tout sur sa lame apprend qu'elle fut à Trévise !
. . . .

ENCENS DES VIERGES.

Vierges, marchez en tête avec vos blancs rubans ;
De vos cœurs ingénus faites jaillir l'encens ;

Sous ce ciel bleu, tendu comme un drap mortuaire,
Sous les cierges brûlans d'un soleil funéraire,
A la tendre victime adressez vos adieux ;
Faites de vos rubans une chaîne de nœuds,
Qui l'attachant à vous du lien des caresses,
Consolent ses douleurs du jeu de vos tendresses !

Cette colonne en deuil a repris son essor ;
Brille dans le lointain l'église au casque d'or,
Le parvis immortel, où Minerve blessée,
Goûte en paix le repos d'une gloire passée ;
Sur un divan couchée entre des arsenaux,
Des boulets, des obus,... l'ombre de cent drapeaux,
Pour les arts bienfaisans dénouant son armure,
Elle préfère à Mars le bonheur d'Épicure...
Sous son dôme a vibré le canon sépulcral ;
Elle gémit, hélas ! de ce tocsin fatal,
Quand la douleur au front, le souverain lui-même,
Couvrant d'un grand cyprès l'éclat du diadème,
Respectueux, s'incline au-devant du convoi,
Et laisse pleurer l'homme, en détrônant le roi ! !...

Adieu!. . Adieu!!... Ensevelissez-vous, victimes triomphales,
Couvertes de lauriers et des ondes lustrales ;
Vivez de votre mort dans un long avenir,
Le monde a recueilli votre dernier soupir ;
C'est en vain que le Caire est fier des pyramides,
Les nôtres,... c'est ici,... l'hôtel des Invalides,
Lazareth des guerriers, qui, plus grands qu'Osiris,
Vont embaumer vos cœurs de sublimes esprits,
Eterniser vos corps de riches bandelettes,
De gloire et d'aloës remplir les cassolettes,
Dans des châsses d'honneur vous sceller à jamais,
Comme dans une Mecque, idole des Français,
Et gardant sous leurs murs vos âmes endormies,
Aux cendres des héros confondre vos momies !

. . . .
. . . .

. . . .
. . . .
. . . .
. . . .
. . . .

LE CACHOT DE DAMIENS. Sous les cieux obscurcis déjà tout est muet,
Déjà dans un cachot la lampe du forfait,
Au front de Fieschi, que la douleur déchire,
Eclaire en traits de feu les nuits de son martyre;
Sa flamme brille à peine en ce lieu plein d'horreur!... —
— Comme un serpent roulé d'une énorme grosseur,
Voyez-vous ces anneaux, dont les pesantes mailles
Semblent du criminel étreindre les entrailles,
Le river dans sa couche, et graver sur sa peau
Le verdict de nos pairs,... quaterne du bourreau!

GUÉRIR,... Sur ce front abhorré, mais que Némésis guette,
POUR MOURIR!... Epidaure à grands soins pose sa bandelette;
Soins cent fois plus cruels que le dernier soupir;
Vie horrible, odieuse, où l'on meurt sans mourir,
Où la main qui guérit, en fermant une veine,
De mille autres douleurs la rend féconde et pleine!!...

Attachée à sa proie, avare de son sang,
Thémis veut s'y baigner, en verser le torrent,
Et pour nourrir ce sang, dont sa hache est avide,
Place sur l'édredon le cou du régicide!

A-T-IL DES COMPLICES? Encadré dans le fer qui pesa sur Damiens,
Par Ravaillac porté,... ce sont mêmes liens;
Teintes du sang des rois, ces chaînes séculaires,
Des sueurs du remords cilices funéraires,
Arsenal des bourreaux, malgré le poids des ans,
N'ont rien perdu du poids qui punit les méchans!...
Ainsi qu'eux, Fieschi, célèbre parricide,
Le crâne encor béant d'un demi-suicide,
Sur ses lèvres retient, ou plutôt ne sait pas
Le fil, premier moteur de ses noirs attentats;
Si l'or le fit agir, l'or peut de ce mystère

Révéler au grand jour la trame meurtrière,
Et d'une aveugle main écartant le bandeau,
Surprendre en de hauts lieux le crime en son berceau!...

LES CONTRASTES.

Non loin du meurtrier quatorze tombes closes!...
Paris, spectre solaire en ses métamorphoses,
Mosaïque bizarre et sublime à-la-fois!
Là, c'est un grand concert, ici, sont des beffrois;
La flamme au dard sanglant, aux ailes dévorantes,
Ainsi qu'un tigre rouge, aux griffes flamboyantes,
Dévore ce palais!... — Près l'incendie,... un bal!...
— Des cloches de la mort le timbre sépulcral!...
A pas mystérieux, une patrouille sombre,
Saisit un assassin, qui s'évadait dans l'ombre!...
Mais que fait ce vieillard parmi ces scélérats??...
Il chancelle, éperdu, succombe à ses ébats;
Déjà le fer coupable a menacé sa vie;
Un jeune homme, un héros, soudain se sacrifie,
Et malgré le poignard sur son sein suspendu,
Il arrache au trépas ce vieillard éperdu!

. . . .
. . . .

LES CRIS DE LA FAIM,...
PRÈS DES
SOUPIRS DE VOLUPTÉ!!...

Dans cet hôtel, où luit une vive lumière,
Les laquais sont gorgés!... — Au grenier la misère!
Des enfans demi-nus, sur la paille gisans,
Exhalent de leurs maux les soupirs innocens,
Implorent le bienfait d'un sommeil famélique,
Tandis qu'un tilbury, dans son roulis magique,
Vole chez Mélanire, où le vin de Tokai,
Le nectar embaumé des rubis de Volney,
Ajoute aux talismans d'une Laïs charmante,
Qui, le sein demi-nu, d'une bouche agaçante,
Mendie, en souriant, un baiser amoureux,
Puis, le refuse après, d'un doigt capricieux;
Où le fat enivré du nœud de sa cravate,
D'un gilet lamé d'or, de velours écarlate,
S'étend, éperonné, sur un divan moelleux,
Et lui parle d'amour, en clignottant des yeux,
Déclame quelques vers dans le goût romantique,
Fredonne l'air nouveau de l'opéra-comique,
Exalte le jarret de son coursier brillant,
Et ravit un baiser, en tournoyant son gant!!!..

ÉGOÏSME.

Temple des voluptés, voisin de l'indigence,
La déesse, en ces lieux, pleins de magnificence,
Sans raison, sans besoin, gaspille en une nuit,
Pour nourrir un village, au désespoir réduit;
Au chien qu'elle chérit cent fois plus que son père,
La patte du faisan ou du coq de bruyère;
Et, riant aux éclats pour un cristal brisé,
D'un billet de la banque, en losange frisé,
Son corset sans rubans, tourne des papillottes,
Donne à ce cher Azor des biscuits, des compottes,
Et refuse à sa sœur, réduite à sa vertu,
De son faste impudent l'odieux superflu!
Mais nous serons vengés de ce scandale infâme;
Son étoile fantasque aux remords la condamne,
A la honte, à l'opprobre, enfin à l'hôpital,
Où Thémis doit frapper de son glaive fatal,
Où ce corps, autrefois, des banquiers le caprice,
Deviendra du scalpel la proie et le délice;

CHATIMENT MÉRITÉ!

Cadavre curieux pour l'art épouvanté,
Qui cherche en ses débris vainement sa beauté,
Et, plein d'effroi, demande à ses chairs typhoïdes,
Quel philtre aurait détruit tant de roses splendides,
Quel est l'affreux poison qui pût jaunir ses dents,
Fit tomber ses cheveux, culte de vingt amans!

. . . .
. . . .

Envers mon astre ingrat, j'ai quitté sa tutelle,
Sous ses yeux caressans lorsque tout me rappelle,
Lorsque toujours Protée, en son magique essor,
Pour plaire, elle revet le diamant ou l'or,
Comme un trône en vermeil, dans le vide domine,
D'un crêpe noir se couvre, ou se pare d'hermine,
Elégie ou turban, complice de l'amour,
Souveraine des nuits, plus belle que le jour,
Pour varier ses traits, ne connaît point d'obstacles,
Chaque phase est nouvelle, est féconde en miracles,
Et jusques au gibet, accordant des lueurs,
Exhume l'échafaud du sein de ses horreurs,
De ses cheveux d'argent perce à jour une nue,
Ou comme un spectre rond regarde dans la rue!...

. . . .
. . . .

LES
FOURCHES PATIBULAIRES
DE
MONTFAUCON.

Le gibet!... Montfaucon!... au faubourg Saint-Denis,
Où, strangulé, mourut l'inventeur Marigny,
Victime des amours honteux de Marguerite!...
Supplice épouvantable, où la rage à sa suite,
Avant, pendant, après,... martyrise le mort,
Et le rend le jouet des cruautés du sort,
Des aquilons glacés, de brûlantes haleines,
Eternise l'opprobre au cliquetis des chaînes,
Offre au vautour vorace, avide de trépas,
Sa prunelle qui louche, à son premier repas,
Enfin, raréfiant l'homme en sèche momie,
Aux regards perpétue une infâme agonie,
Dont l'aspect odieux nous suit dans le sommeil,
De corde et de potence effrayant appareil!...
Des antiques forfaits, muséum populaire,
Où la sybille prend son clou patibulaire,
Biographie osseuse, où sur quatre poteaux,
On devient immortel du lacet des bourreaux;
Où la raison s'égare, où le crime s'expie,
Où le cœur arrêté se refuse à la vie!...
Où les yeux révoltés n'ont pas même de pleurs,
Pour étancher la plaie ouverte dans nos cœurs!...

. . . .

. . . .

LES
HORREURS DE CLAMART.

Que de fois, à Clamart, sous des lunes brumeuses,
Le cœur fut lacéré par ces mines hideuses,
Ces débris révoltans, qui n'ont plus rien d'humain,
Que des os desséchés, couverts d'un parchemin!...
La brise murmurait entre ces os blanchâtres,
Et la lune y jetant quelques teintes grisâtres,
Sur un linceul de neige, en mobiles rideaux,
Que venaient rembrunir des trombes de corbeaux;
L'âme désespérée, alarmée, éperdue,
De ce spectacle affreux se cachait dans la nue,
Dans le flambeau des nuits cherchait quelque secours
Contre l'horreur du site et le bec des vautours,
Une main qui pansait sa blessure béante,
De ce morne tombeau vint la tirer vivante!...

. . . .

Malheur au criminel, au coupable opulent,
Qui dans son équipage étendu mollement,
Passant près du gibet émaillé de squelettes,

LE REMORDS NE S'ÉTEINT Entend du choc des os d'étranges castagnettes!!...
QU'AVEC   Aussitôt son forfait, escorté de remords,
LE DERNIER BATTEMENT D'un souvenir sanglant a touché les ressorts;
DU   Un frisson glacial se glisse en ses entrailles,
COEUR COUPABLE!   Un djinn sous ses regards creuse ses funérailles,
                 Lui déchire le cœur de son ongle de feu,
                 De sa lèvre tremblante arrache un sourd aveu,
                 Lie autour de ses mains une pesante chaîne,
                 Jusqu'au pied du gibet le mutile et l'entraîne,
                 Et dans ce cauchemar, dressant vingt échafauds,
                 Jette en sa conscience un millier de bourreaux!!...
                 . . . .
                 . . . .

UNE   Qui produit au lointain l'effet d'une crecelle??...
ESQUISSE NOCTURNE. Un tilbury de joncs sur le grès étincelle;
                 Son vernis délicat, brillant comme un miroir,
                 Réfléchit le rayon de l'étoile du soir,
                 Tel qu'un char fabuleux, qui vogue dans l'espace,
                 D'un vol olympien ne laisse aucune trace,
                 Si ce n'est un sillon d'azur, de pourpre et d'or,
                 Qui dore le nuage, en marquant son essor;
                 L'équipage entraîné par deux coursiers d'ébène,
                 Comme un cerf aux abois a dévoré l'arène;
                 La file de fanaux derrière lui laissés,
                 Me semble un chapelet de charbons enlacés;
                 Sur lui-même il bondit d'un ressort élastique,
                 Et paraît un vaisseau battu sur la Baltique,
                 Plutôt une gondole aux canaux vénitiens,
                 Qui prête ses sophas aux plus doux entretiens:
                 D'un ongle armé de fer, les chevaux pleins de vie,
                 Font voltiger le char sur le pavé qui crie,
                 Se détourne et serpente en de sombres chemins,
                 Propices à l'amour autant qu'aux assassins:
                 Mais sur ce tourbillon, la lune s'est plaquée,
                 Comme une flamme blanche à sa proie enclouée,
                 L'accompagne en son vol, de son rayon constant,
                 Fait de sa roue en or une meule d'argent,
                 Et le moyeu rapide en ses anomalies,
                 Semble de ses rayons faire autant de bougies.
                 Un feu blanc, vif, pyrrhique, en spirale, enchanteur,
                 Qui de quelque génie a reçu sa chaleur!

. . . .

. . . .

Un Sopha a deux roues Dans ce boudoir roulant, une plume de neige,
sur un front Révèle des amours le fortuné cortége,
d'homme brisé!... Et le feu du délire, empreint dans deux beaux yeux,
Ne dit que trop encor que le couple est heureux!...

. . . .

. . . .

Un Tandis que des chevaux la vigueur se consume,
premier Baiser d'amour, Qu'ils se parent d'orgueil, d'énergie et d'écume,
sur Hélas! un malheureux, de faim à demi-mort,
un dernier Soupir Se traîne dans la fange, en maudissant le sort;
de mort!!... Le char, toujours aveugle, a roulé sur sa tête;
L'amour, pendant ce meurtre, apprêtait quelque fête,
Il prenait... (j'en rougis!...) quelque lascif baiser,
Quand de ce vagabond le crâne allait craquer;
Par un contraste horrible unissait l'agonie
Aux plus brûlans transports d'une tendre Uranie!...
Voilà ce sanctuaire et du crime et des arts,
Où le luxe à la mort s'unit de toutes parts,
Offre à l'observateur l'alliance adultère
Des ondes du Pactole aux pleurs de la misère,
Des prostitutions, des vertus, des talens,
Et du cadavre infect aux roses des amans,
Où l'honnête homme, à pied, furtif et dans la boue,
Sous le char du fat tombe,... expire sous sa roue!

. . . .

. . . .

Voila Paris! Mais de ces voluptés qu'on ne peut exprimer,
Au plan que j'ai conçu, Paris est le foyer;
L'astre que j'ai choisi, me tient lieu d'une lyre;
Ai-je besoin d'un vers, un rayon me l'inspire;
Dans ce panorama, fumant de cent vapeurs,
Du clair-obscur la teinte, et ses doctes couleurs,
Font nager la pensée en un char romantique;
C'est comme une férie, idéale et magique!...
Monstre incommensural, de tuiles recouvert,
Que la lune vient teindre en blanc, en rouge, en vert,
Animal hérissé de mille cheminées,
Ainsi qu'autant d'Etna, vomissant leurs fumées,
Exhalant les soupirs d'un être de douleur,
Qui se débat en vain dans sa vaine fureur,

CHAQUE NUIT, Se remue en tous sens, se presse les entrailles,
DANS LUTÈCE, Chaque jour, chaque nuit, creuse ses funérailles,
ÉTEND Phénix prodigieux, renaît de son tombeau,
SES VOILES OFFICIEUX Et mourant chaque soir, à l'aurore est plus beau,
SUR Dans ses nombreux berceaux répare ses dommages,
CINQUANTE BIÈRES, Et marche au premier rang sur l'Océan des âges!!...
TRIBUT JOURNALIER!!...

VICTOR HUGO.

HUGO, le pindarique, Ossian de nos jours,
Poète de l'horreur, des sanglantes amours,
Voué par le destin à subir ton génie,
Viens sur CETTE COLONNE, où s'arrête l'envie,
Sur des cordes d'airain, teintes de mille pleurs,
De la grande cité célèbre les malheurs,
D'une palette d'or et de sang et de fange,
Peins ce caméléon, où tout meurt, où tout change!...
. . . .

DE LA ROCHE, Toi, second *Jérico*, noble amant du trépas,
PEINTRE CÉLÈBRE. Pour qui la couleur sombre a toujours des appas,
Qui, dans tous tes tableaux fait de la poétique,
Assiste, DE LA ROCHE, à cette scène unique,
Viens pleurer et frémir, souffrir, t'extasier,
Et sur mon univers cueillir un beau laurier!
. . . .

UNE SYNAGOGUE. Ton œil voit-il au loin, à travers l'atmosphère,
De lampes éclairée, une masse de pierre?...
C'est une Synagogue, où le sale rabin
Grimace la prière et nazille au lutrin;
Du sabbat infernal éternise l'image,
Chaque samedi soir, y vient hurler sa rage!
Ici, le puritain, en sa chaste ferveur,
Une fenêtre ouverte, attend le Créateur;
L'Indien, plus stupide en sa métempsycose,
Craint de tuer l'insecte, ou de flétrir la rose,
Lorsque l'horrible athée, en maudissant son sort,
Du ciel se déshérite, et se donne la mort;
L'Espagnol à l'œil noir, à la face olivâtre,
Porte un poignard à scie, avec sa vierge en plâtre;
Par le courrier du Havre est venu ce Lapon;
Il encense à genoux, *Sétébos*, son démon!!...

Oui, sous le même toit, sous la même serrure,

DIEU
EST TELLEMENT EMPREINT
DANS
LE CŒUR DE L'HOMME,
QU'IL L'ADORE
JUSQUE SOUS LA FIGURE
DU DIABLE!!...

De dix religions tu vois la bigarrure,
Album enluminé des erreurs des mortels,
Où toujours la Folie érige ses autels ;
De nos égaremens ancien stéréotype,
Dont riait à Lesbos le sceptique Aristippe ;
Curieux pêle-mêle, où les hommes, à foison,
Apportent leur délire, et jamais la raison !...

RÉSIGNATION
PHILOSOPHIQUE.

Dans ce drame, au grand air, les changemens à vue,
Chaque instant saisiront ton cœur, ton âme émue !...
Le plaisant, le grotesque, avec de beaux forfaits,
Le génie en mansarde, et le sot au palais ;
Les hommes de loisir, hébétés d'opulence,
Malades par bon ton, fiers de leur ignorance ;
La modiste jolie, en une couche en x,
Et la vieille laideur, les doigts couverts d'onix,
Promenant son marasme en un bel équipage,
Flanqué d'un grand chasseur à l'orgueilleux plumage ;
Des bras nus, musculeux, trempés dans le glaçon,
Et des membres chétifs, couchés sur l'édredon ;
Un embonpoint énorme, avec la faim mourante,
Et les larmes du pauvre, et la gaîté bruyante !...
. . . .
. . . .

12,000 CHEVAUX CREVÉS
PAR AN A PARIS.

L'homme, dans cet enfer, qu'on appelle Paris,
A tous les élémens emprunte des appuis ;
Douze MILLE chevaux, usés par la folie,
Sous le knout des plaisirs sentent broyer leur vie ;
Leurs peaux, leurs os, leurs dents, polis par l'ouvrier,
Ont revécu, muets, pour un nouveau métier !
L'homme par la vapeur voyage sur la Seine,
Et de mille coursiers en épuisant l'haleine,
Il triple de vitesse, il vole comme un trait,
A-la-fois dans vingt lieux, il vient, il disparaît ;
Au théâtre, au boudoir, au bal, à l'hymenée,
Ou colibri charmant, ou bipède-protée !...
Sur un grès homicide il sème ses projets,
Pour cueillir la douleur, les tourmens, les regrets !
. . . .
. . . .
. . . .
. . . .

UN
LARGE RUBAN DE SANG
FORME LA CEINTURE
DE LUTÈCE!...

Combien, hélas! il faut sacrifier de vies,
Pour nourrir des chairs d'homme, à la mort asservies!...
Aux rayons de l'aurore, aux étoiles du soir,
Le râle continu d'un normal abattoir;
Et d'un blocus de MORT Lutèce emprisonnée,
D'une écharpe de sang a la ceinture ornée!
D'un fleuve cramoisi, qui baigne ses genoux,
Le souris sur la lèvre, en des momens si doux,
Paris, comme un vieillard usé jusqu'à la moelle,
Hume à grands traits le sang qui sur ses pieds ruisselle,
S'enveloppe de peaux, de baume, de duvets,
Pour combattre la goutte, enfant de ses excès;
Pour sa prunelle usée, il lui faut un binocle,
Colosse transparent, trébuchant sur son socle,
Navire de Thésée, après quatre mille ans,
Qu'il fallait radouber, étayer sur ses flancs!
Cancer présomptueux, chamarré de paillettes,
Syphilis au venin d'un serpent à sonnettes!
. . . .
. . . .

QUELLE
POÉSIE POUR L'AME,
QUE LES OPTIQUES
NOCTURNES DE PARIS,
QUE LA
VIE MUETTE DES ÉLÉMENS,
PLUS ÉLOQUENTE
QUE TOUTE L'ANIMATION
DU JOUR!!...

Mais le ciel se ternit; à ses deux horizons,
Le fleuve, en deuil, paraît une feuille de plomb,
Une lame de fer, qui lentement s'écoule,
Un reptile plutôt, qui dans ses plis se roule,
Se divise à chaque arche, et se renoue après,
Cachant, par ses détours, de malfaisans projets;
Chaque pont, sur son dos, semble une tour mobile,
Qui dans l'ombre s'avance, et s'attache au reptile;
Il enlace à son flanc, par la rive échancré,
Et le pont d'Austerlitz, et le Louvre sacré;
De la ville envahie il presse la ceinture;
Il frappe les esprits du plus affreux augure;
On dirait à le voir, en son cours menaçant,
Que Paris, effacé, doit tomber au néant,
Que l'astre de la nuit, se couvrant de ténèbres,
Dit le dernier soupir de ses soupirs funèbres;
Les flambeaux sont éteints, et de l'obscurité
La couronne d'ébène étend sa majesté!
. . . .

LA TÈTE DE RAMUS.

Quel est donc le forfait qui flétrit la nature??...
— Un coffret sur les flots, tout teint de sang, murmure;
La main d'un meurtrier vient de souiller les eaux

L'ONDE
EST UN CONFIDENT
PERFIDE, ·
QUI NE GARDE JAMAIS
UN DÉPÔT CRIMINEL
DANS SON SEIN.

De ce présent hideux, le butin des bourreaux ;
Sous ses roseaux a fui la naïade éplorée,
En se voilant les yeux d'une conque nacrée,
Et Thémis, en émoi, de son trône éclatant,
A vu sur sa balance une tache de sang !...
Tel, on voit au Mogol, dans des bambous flexibles,
L'hyppopotame hargneux, aux vengeances terribles,
Epouvanter Thétis, effrayer les tritons,
De son sang courroucé teindre de noirs sillons ;
De même le coffret, qui file à la surface,
Laisse d'un ruban rouge et l'horreur et la trace,
Se révèle aux soupçons pour un meurtre odieux,
Et quoiqu'horrible, éveille un désir curieux,
Lorsque l'angle d'une arche a brisé cette boîte,
Et jette sur la vague une sanglante tête,
La tête de Ramus, phénomène nouveau,
Qui reçut deux cercueils des mains de son bourreau,
Un égoût pour son corps, la tête, l'onde humide,
Mais joignit ses tronçons, pour punir l'homicide !...
. . . .

JUSQU'AUX
FEUILLES DES ARBRES,
DIT WALTER-SCOTT,
ELLES
SONT AUTANT D'OREILLES
QUI
ENTENDENT LES COMPLOTS
DES SCÉLÉRATS ! !...

O justice éternelle, imposant tribunal,
Dans des liens de fer, sur un gibet fatal,
Il faut que le forfait sous la hache succombe ;
Néron, le parricide, à Caprée a sa tombe,
Effroi de l'avenir,... leçon du souverain,
Qui tremperait son sceptre aux flots du sang humain ;
Et quel que soit l'asile, où se cache le crime,
Le doigt de Dieu le suit, et partout le devine,
Fait exhumer des dents, des os révélateurs,
Et les venge, au grand jour, de leurs sourdes douleurs !
. . . .
. . . .

CONTEMPLATION.

L'astre d'Endymion a quitté son veuvage,
Et du fleuve épuré caresse le corsage,
Plonge un triple rayon au sein de l'élément,
Se mêle dans la vague, et la revet d'argent,
Illumine le flot, qui, dans son cours encore,
Ressemble au ver luisant qui roule du phosphore ;
D'une échelle de feu simule les effets,
D'un jardin sur la rive adule les œillets,
Des arbres fait blanchir l'écorce alors moirée,
Arrose de lumière une mousse azurée ;

PARTOUT ET TOUJOURS
DES
EFFETS DE LUMIÈRE
ADMIRABLES!!...

A travers une alcôve, et sur un beau sommeil,
Va lancer, en jouant, un rayon pur, vermeil;
Indiscrète en ses jeux, sur un sein qui repose,
D'un diaphane éther aime à couver la rose,
Surprend des bras liés d'un lien amoureux,
L'avare à ses trésors, l'imprudent dans les jeux;
Dupin, d'un plaidoyer ciselant l'éloquence,
L'étourdi, dans un bal, amoureux de la danse,
La jeune fille au lit, dévorant des romans,
Prophètes adorés de ses futurs amans,
Du prisonnier pensif console l'insomnie,
Dans son cachot disperse une lueur amie,
Et de la capitale étreignant les contours,
D'un feu tendre et discret verse avec art les jours,
Couronne l'univers d'une nimbe hydrogène,
Et cède enfin au jour son nocturne domaine!

. . . .
. . . .

DES
BIENFAITS DE LA LUNE.

Mais cet astre de feu, ce brûlant hérisson,
Ce problème enflammé, qui, de chaque rayon
Vient dorer le rocher, et sur un beau visage
Fait croître le duvet d'une pêche sauvage,
Verse la jalousie en un cœur espagnol,
Ranime le gosier du tendre rossignol,
Chauffe l'onde, où *Zemma*, sous des feuilles cachée,
Rafraîchit ses attraits d'une douce rosée;
Flambeau de l'univers, ce soleil bienfaisant,
Qui donne à l'Africain, l'amour,... la soif du sang,
Est complice, à Madrid, du sombre fanatisme,
A Venise, produit l'effet du galvanisme,
Sous le sable des mers fait mûrir le corail,
Et des dents d'Aspasie a fait briller l'émail;...
Cette usine orgueilleuse, éclatante et mobile,

DE SA DOUCE INFLUENCE.

Par DIEU soudain formée avec un peu d'argile,
Dans son cours orageux vaudrait-il mon croissant,
Et mes lunes de nacre, et leur calme innocent??...
L'astre des jours assiste aux sanglantes batailles,
Dans sa pâleur, le mien gémit aux funérailles,
Caresse nos tombeaux, partage nos douleurs,
Dans son silence a soin de respecter nos pleurs,
Et prêtant au cercueil sa lampe funéraire,
De nos sommeils encor le gardien solitaire,

Il veille sur nos toits, de son regard discret,
Et souvent au fourreau fait taire le stilet...

. . . .

. . . .

QUOI DE PLUS MAGIQUE
QUE
LES VAGUES DES MERS
ILLUMINÉES
PAR L'ASTRE DES NUITS!!...

Que j'aime à l'admirer, aux mers de la Calabre,
Où bien, de diamans superbe candelabre,
En branches divisé sur le fleuve-miroir,
Doubler, à son cristal, les étoiles du soir,
Faire un ciel sous les eaux, qui frémit et frissonne,
Et d'un tableau magique émailler sa couronne!...

. . . .

Aux ondes d'un bassin, où le cygne orgueilleux,
De son aile-éventail, vogue majestueux,
Où le poisson doré paraît à la surface,
Ainsi qu'un lingot d'or, enchâssé dans la glace,
La lune alors se glisse, et d'un prisme charmant,
Et du cygne et de l'onde aime le nœud touchant,
Donne un secret rayon à ce doux hymenée,
Argente quelques œufs d'une tendre couvée,
Répète la statue en marbre de Paros,
Couchée obliquement, tremblante sous les flots,
Invite aussi le myrthe à tremper son feuillage
Dans sa belle cuvette, œuvre d'un badinage,
Y plonge *Spartacus*, voulant multiplier
Avec ses fers rompus, son immortel laurier,
Admire, en le couvrant de sa clarté fidèle,
Le héros qui se met sous sa sombre tutelle,
Rêve la liberté sous ses traits bienfaisans,
Et, comme Spartacus, se venge des tyrans!...

. . . .

. . . .

UNE SAGE-FEMME;
UN INFANTICIDE.

Mais quel cri déchirant au loin se fait entendre??...
Une femme!...—un bâillon!...—on la force à descendre!
Elle roule en un char, sur les yeux un bandeau;
Elle ignore les traits, le nom de son bourreau : —
Un boudoir opulent s'est offert à sa vue;
Sur un divan gémit une odalisque nue,
Et son persécuteur, un poignard à la main,
« Prétend qu'on mette au jour le fruit qu'offre son sein;
» Qu'il paraisse, ce fruit entaché d'adultère,
» L'horreur de cet époux, et l'amour de sa mère!!... »
— Il lui faut obéir, et, savante en son art,

Délivrer cette amante, exposée au poignard !...
Hélas ! qui le croirait !... la créature à peine
Faisait sentir le feu de sa première haleine,
Lentement essayé, bégayait un soupir,
Que son juge infernal la condamne à mourir,
Froide, la précipite en une braise ardente,
Et fait frémir d'horreur l'étrangère et l'amante !...
— L'étrangère !... elle échappe à cet homme hideux,
Mais ce n'est qu'en portant le même voile aux yeux ;

SCÈNES CRIMINELLES
DE LA NUIT.

Dans ses songes, hélas ! elle revoit le crime,
Sur de rouges charbons l'innocente victime,
Et, succombant enfin à la fièvre, au regret,
Elle seule, avec Dieu, connaît l'affreux secret !...
Le monstre, au lendemain, puissant de sa noblesse,
Se jouant de Thémis, armé de sa richesse,
Vous le verrez peut-être, en un bal fastueux,
Concentrer sur son luxe et les cœurs et les yeux,
Porter à sa cravate un diamant splendide,
Au lieu du noir carcan, forgé pour l'homicide ;
Refoulant sa pudeur, qui lui crie : *Assassin !*...
Tout sanglant, convoler pour un second hymen,
Et, veuf, par un couteau, de sa première femme,
Exhaler les soupirs d'une impudente flamme,
Dans le laps de six ans, six fois se marier,
Aux plis de son forfait ténébreux meurtrier,
Cumuler, scélérat, un or héréditaire,
Aux défuntes donner un marbre tumulaire,
Et se riant tout bas de leur martyre affreux,
Se parer, au salon, du nom de ses aïeux ;
Faire sonner bien haut ses nobles armoiries,
Soigneux d'ensevelir ses sanglantes roûries !!...

. . . .
. . . .

YOUNG LISAIT
AU FRONT DE LA LUNE
LES
BONS OU MAUVAIS
PRÉSAGES.

Pourquoi soudain mon astre, en son cours régulier,
Orgueilleux de son trône, orné d'or et d'acier,
Se serait-il couvert d'un nuage de suie ?...
Pourquoi son front voilé par la mélancolie,
Vient-il de retirer ses éternels flambeaux,
Et plonge-t-il mes sens dans la nuit des tombeaux ?...

. . . .

Ah ! tandis que Morphée esquisse ses fantômes,
Et que d'un crayon noir dans le cerveau des hommes,

Il grave le remords en traits ensanglantés,
Dans le cœur des amans sème les voluptés,
Des talismans du songe excite les magies,
Nous verse le bonheur, à force de folies;
Qu'un million de fous, d'eux-mêmes les bourreaux,
Suspendent le chagrin, qui veille à leurs rideaux,...
L'Erèbe a son mystère, effrayant et terrible,
Et sa nuit de Noël, liste fatale, horrible!...
L'Erèbe a ses secrets, qu'elle dérobe au jour,
Qu'elle sait nous cacher des ailes de l'amour;
Mystères que le Tems inscrit sur ses archives,
Ainsi qu'un sténographe, attentif aux deux rives!...

. . . .

SPECTRES ILLUSTRES.   Sur le Louvre brumeux, découvrez-vous au loin
Les siècles, teints de sang, une torche à la main?...
Le fer et le poison, l'adultère et l'inceste
Escortent ces géans à la marche funeste;
Des soutanes de sang, que porta Richelieu,
Flétrissant Louis-Treize, et faisant mentir Dieu,
Oripeaux imposés par ce prélat grand homme,
Mettaient la France alors à genoux devant Rome;
De ce ministre-prêtre et monarque à-la-fois,
Clio nous a légué les généreux exploits;
Ses trapes, à Ruel, guet-à-pens homicide,
Où l'homme décimé, dans un gouffre perfide,
Tombait anéanti, foudroyé sans témoin,
Si ce n'est Richelieu, l'impassible assassin!...
La tête de *Cinq-Mars,* avec tant d'autres têtes,
Roulant sur un billot,... Ah! c'était là ses fêtes!!...

RICHELIEU.   De l'homme-cardinal, catholique et romain,
L'histoire a révélé l'amour pour le prochain;
Comment de son génie il se faisait des armes,
Et comment il régna dans le sang et les larmes!
Son jupon écarlate, et son large chapeau,
En trophée unissant la hache du bourreau,
Diront à l'avenir qu'un vautour sous l'hermine,
Voulut que l'échafaud fût la règle divine!...

. . . .

Mais j'entrevois l'infâme!... à son œil odieux.
Il semble une hyène, accourue en ces lieux,
Irritée, affamée, avide de pâture,
Et cherchant à ronger dans une sépulture!...

Frédégonde, immortelle, et sa reine en délits,
Dans les tems le précède, avec *son beau Landry;*
Ses pages!... où sont-ils??... — Soixante-douze crimes,
Voilà sa cour!... — Sa cour?... mais ce sont ses victimes;
L'enfer fut son boudoir, son écuyer,... Satan!...
Pour ministre, un bourreau, geôlier et chambellan ;
Le cœur de son époux sentit sa lame aiguë,
Comme la Borgia, distillant la ciguë;
Au lieu d'un fer sanglant, le poison la charmait ;
Dans un sein déchiré le crime était muet!...

BRUNEHAUT *Soixante-douze!...* ô dieux!... Caron d'horreur frissonne,
ET FRÉDÉGONDE. Caron, d'effroi recule au poids de sa couronne ;
Stupéfait à sa vue, inquiet, incertain,
Il cherche dans ses traits quelque chose d'humain,
Et croit que la nature, en caprices féconde,
Pour faire un monstre unique, a produit Frédégonde!!...
Henri-Trois, moins cruel, de sa main orgueilleux,
De sa peau fine et douce, et de ses blonds cheveux,
Sous les traits d'une femme apparaît dans ces rimes ;
Ses *mignons* prétendus furent ses concubines,
Et ce sybaritisme, à sa cour adopté,
N'était qu'un masque adroit, pour un vice effronté!
Charles-Neuf, Louis-Onze, en cette galerie,
Ont désiré se voir, par douce confrérie,
Ensemble, mesurer combien de sang païen
Ils avaient répandu, pour vivre en bon chrétien!...

. . . .

Cette procession sombre et sanguinaire,
Ces acteurs, autrefois tout-puissans sur la terre,
Fantômes vaporeux, par le remords conduits
A visiter ces lieux pendant cent mille nuits,
Me parurent du ciel un exemple sublime,
Pour tout prince imprudent, qui joue avec le crime,
Une expiation grande et juste à-la-fois,
Que Dieu, dans sa vengeance, avait dictée aux rois!...

. . . .

Hélas! depuis Clovis, de forfaits une chaîne
Dans le passé circule, et dans le sang se traîne ;
Un seul roi généreux, le bon Henri-le-Grand,
Aimait du même amour son peuple et son enfant!

. . . .

LA TOUR DE NESLE. Mais quelle ombre, à l'ouest, et m'effraie et m'appelle??...

LA TOUR DE NESLE.

C'est le spectre, insensé, de cette *Tour de Nesle,*
Où la reine-anonyme, et la nuit et le jour,
Sous un masque goûtait le festin et l'amour,
Se livrait, Messaline, aux plus folles orgies,
Recrutait des amans jusques aux tabagies,
Ensuite, sans pitié pour l'époux d'un instant,
Pour river le secret, se baignait dans son sang ;
La Seine était la tombe, où roulait la victime ;
Il semble que les flots s'ouvrent comme un abîme ;
Aux sanglantes clartés du croissant en courroux,
Je vois rouler un corps qu'on a percé de coups,
Et six cents ans passés sur ce crime effroyable,
Ne lavent pas ce sang, dont est rougi le sable,
Que la lune en ces lieux, n'éclaire qu'à regret,
Comme un palais horrible, où régnait le forfait !
. . . .
. . . .

Hélas ! où donc porter mes regards et mon âme !...
Sur tout pavé je lis quelque délit infâme,
Et la Seine paisible, où s'arrêta César,
Où, calme, il détela les coursiers de son char,
N'est qu'un grand mausolée, où le voile de l'onde
Vient servir de linceul aux ossemens du monde !
. . . .
. . . .

LA MARQUISE
DE BRINVILLIERS.

Savante en ses poisons, ici, *la Brinvilliers,*
Verse sur tous les siens ses philtres meurtriers ;
Son propre père expire en plusieurs agonies ;
C'est un essai profond de l'art de ses chimies ;
Survit-il au serpent qu'on glissait dans son sein,
Sa fille inexorable au cœur l'atteint soudain,
L'assassine six fois, six fois l'exhume encore,
Epie en ses regards le feu qui le dévore,
Et, satisfaite enfin d'un révoltant succès,
Tout bas se félicite en ses heureux progrès !...
Jusqu'à l'Hôtel-Dieu même, on vit cette vipère,
Répandre le venin de sa liqueur amère,
Emprunter des bienfaits le voile si touchant,
Dans *des biscuits de mort,* d'un effet foudroyant,
Porter sur le malade une main sacrilége,
Et voir tous les honneurs composer son cortége !...
Mais l'enfer la réclame, et le bûcher vengeur,

ENFIN,   Sur la Grève élevé, la lui donne en vapeur ;
THÉMIS EST SATISFAITE !   L'air disperse sa cendre, et la mêle à la Seine,
                          Qui tressaille d'horreur, et craint que cette haleine
                          N'empoisonne à jamais la beauté de ses flots,
                          Et ne verse en son sein le fiel de ses complots !
                          . . . .
                          . . . .

Ainsi, ces premiers traits de mes crayons nocturnes
Et de pleurs et de sang pourraient remplir cent urnes,
Porter le misanthrope à maudire en un jour
Les hommes et la vie, et le sexe et l'amour,
Et dans un ermitage, où l'exile sa haine,
Déserter à bon droit toute la race humaine !

NOTICES

HISTORIQUES ET ANECDOTIQUES

SUR

LA TROISIÈME LUNE PARISIENNE.

CE douloureux contraste a lieu tous les jours; les laquais d'un hôtel opulent gaspillent et jettent souvent à la borne des débris d'alimens fastueux, tandis qu'aux mansardes de ce même hôtel, une famille nombreuse, éperdue, des artistes doués de talens, de jeunes beautés vertueuses, manquent du plus stricte nécessaire, et languissent dans le besoin et le malheur.

———

Grand nombre de femmes galantes meurent à l'hôpital, et sont tellement dévorées de pustules et de cancers, que leurs corps ne peuvent même pas servir à la dissection.

———

Les noyés sont recueillis aux filets de Saint-Cloud, qui sont tendus jour et nuit au pont de Neuilly, et sont rapportés à la Morgue, pour que les familles ou amis les y reconnaissent.

———

Il n'arrive que trop souvent, dans les maisons de prostitution, qu'un homme y est assassiné. Ces infâmes harpies,

après l'avoir dépouillé de tout ce qu'il possède, l'enterrent dans la cave, secondées dans ce forfait par leurs plus infâmes amans, et ce n'est souvent qu'un siècle après, qu'on retrouve le squelette de la victime, soit qu'on démolisse la maison, soit qu'on y fasse des changemens.

———

En 1834, un procès criminel s'est ouvert, et, dans le cours de l'instruction comme dans la réunion de tous les élémens qui pouvaient confondre les prévenus, on exhuma le cadavre de la dame assassinée, et qui avait été enterré par les assassins, dans un jardin, rue de Vaugirard. Enfin, il en résulta que plusieurs des dents du squelette servirent de pièces de conviction contre les meurtriers.

———

D'après l'état synoptique que l'on a fait sur l'autorité des historiens *Vély, Mézeray, Commines, Anquetil,* la Frédégonde, reine d'Austrasie, dans son siècle de sang, a commis, tant assassinats, empoisonnemens, incestes, SOIXANTE-

PREMIÈRE PARTIE.

15

DOUZE CRIMES!!... Il est vrai, comme il est dit dans la Tour de Nesle, *que c'était une grande dame!*... Brunehaut, son émule en cruautés, et qui a obtenu le funeste honneur d'une plus grande célébrité encore, en fait de crimes, n'en a pourtant commis que ONZE. Voilà bien les renommées! Ah! convenons que c'est une grande injustice envers Frédégonde!

———

On le croira à peine, tant il y a de perversité dans l'action!... La marquise de Brinvilliers, après avoir empoisonné tous ses parens, plusieurs de ses amans, et particulièrement son père, qu'elle empoisonna et désempoisonna plusieurs fois, pour faire sur cet infortuné l'essai de ses philtres homicides, porta la scélératesse jusqu'à donner aux malades de l'Hôtel-Dieu, à la salle de la Vierge, des biscuits imprégnés du poison le plus subtil. Ainsi, sous le masque de la bienfaisance, ce monstre à parchemins, et très-haute et très-puissante dame d'ailleurs, goûtait de barbares voluptés dans les meurtres les plus odieux, et surpassa en cruautés les plus hideux antropophages de l'Afrique! L'amant qu'elle affectionna le plus fut Godin de Sainte-Croix, qui, mis à la Bastille pour ses méfaits, y acquit, sous les leçons d'un célèbre Italien, *Exili,* l'art funeste de composer des poisons qui se dérobaient à l'analyse des chimistes les plus habiles. Se défaire de quelqu'un, la Brinvilliers appelait cela *donner un coup de pistolet dans un bouillon.* Ce monstre expia enfin sur la place de Grève, en 1676, ses forfaits inouïs. Elle eût la tête tranchée, et son corps fut jeté dans un bûcher. Il ne resta d'elle que son horrible mémoire, qui la range de plein droit à côté de Lucrèce Borgia.

———

Mesdames les sages-femmes ne sont, hélas! que trop souvent témoins ou actrices forcées dans des crimes mystérieux, que les ombres de la nuit couvrent de leurs voiles les plus épais. Telle sera contrainte d'accoucher une femme masquée, qu'elle voit ensuite poignarder sans miséricorde; telle autre sera obligée, un pistolet sur la gorge, de faire avorter une femme qui a le visage couvert d'un masque. Malheureusement aussi, elles en connaissent entre elles qui ne sont que trop disposées à prêter leur art infanticide, qu'elles vendent au poids de l'or. Leur corps honorable en rougit et repousse ces monstres de toute son indignation; mais est-il en leur pouvoir d'empêcher le crime !!... Nous nous garderons bien d'indiquer même l'ombre de cet art criminel, en usage d'ailleurs dans tous les sérails de la Turquie; nous parlerons seulement d'une sage-femme qui vient de mourir, il y a peu de tems, à l'hospice Necker; l'infâme avait imaginé un horrible instrument, avec lequel, selon ses aveux dans le tumulte de ses remords, à ses derniers soupirs, elle avait tué, dans le sein de leurs mères, PLUS DE TROIS MILLE ENFANS !!!...

Ah! que mesdames les sages-femmes se gardent bien d'écrire leurs mémoires, ou du moins que tous les noms des *vierges et Lucrèces* qu'elles ont bien et dûment accouchées, demeurent ignorés à jamais; car que d'illusions elles viendraient à éteindre par leurs révélations indiscrètes!!... — Tel époux, par exemple, qui est tout fier de la vertu, de la rose virginale de son épouse, apprendrait qu'un ou deux petits poupons escamotés philosophiquement autour de la Bourbe, ont précédé ses noces; tel autre époux, obligé de faire des voyages fréquens, saurait qu'en son absence... Mais à quoi bon souffler sur l'idéalisme des maris; si nous leur enlevons le prestige et la foi, que leur restera-t-il? dirait un satirique Boileau??...

Plus d'une sage-femme, jolie et jeune, s'est trouvée victime de son zèle dans l'exercice de sa profession; on l'appelera, par exemple, à deux, trois heures du matin, pour un accouchement : elle s'habille à la hâte, au carillon de sa sonnette. Par qui est-elle abordée, lorsqu'elle est dans la rue? par deux hommes masqués, qui la forcent de monter dans une voiture, où elle est impitoyablement déshonorée!...

C'est pour cette raison, que beaucoup de sages-femmes ne veulent plus descendre, là nuit, à la voix d'un étranger, et qu'un grand nombre encore ont quitté la profession à cause de ces dangers.

Quant au trait que nous venons de rapporter dans CETTE TROISIÈME LUNE, il est réel; le nouveau né a été précipité dans la cheminée, sur un feu ardent, malgré les cris de la sage-femme, malgré ses larmes, ses prières, l'offre qu'elle fit d'avoir soin de la pauvre petite créature, et le serment devant Dieu, qu'elle proposa d'en garder un secret inviolable. Cette même sage-femme en a fait une maladie qui a failli la conduire au tombeau.

Avis précieux à mesdames les sage-femmes! Mais dans l'appréhension de ces périls, ne pourraient-elles pas, lorsqu'elles sont appelées pendant la nuit, exiger que l'étranger fût accompagné, à ses frais, ainsi que cela a lieu en Espagne, par deux soldats du poste le plus voisin?

On conçoit que la sage-femme qu'on fait tremper, malgré elle, dans quelqu'horreur, a les yeux couverts d'un bandeau, pour le départ comme pour le retour, de sorte qu'il lui est absolument de toute impossibilité de faire des révélations dont la police puisse tirer le moindre avantage, puisqu'elle ignore entièrement et les lieux qu'elle a parcourus, et les appartemens où on l'a contrainte de remplir son ministère.

―――

LA TOUR DE NESLE, qui a fourni le sujet d'un mélodrame célèbre, autant par le jeu savant de M. Bocage, que par le talent avec lequel l'auteur l'a traité, la Tour de Nesle, dis-je, dont Brantôme s'est complu à rapporter tant de choses horribles, était située à la place de l'Institut, sur la rive droite de la Seine. Le fleuve baignait le pied de cette Tour. Son intérieur contenait un escalier étroit, obscur, en spirale, qui conduisait aux appartemens.

Ainsi, qu'on visite l'Ecosse, l'Italie, l'Allemagne, on y trouverait peu de monumens plus pittoresques, soit à cause de sa forme antique, soit à cause de sa pierre grisâtre et rongée par le tems, du moins d'après les dessins qu'on en voit à la Bibliothèque royale. Cette Tour se composait de deux Tours rondes, jumelles, contiguës, dont la seconde, plus haute et plus mince que la

première, était probablement le belvé-
der, d'où les reines et princesses qui
s'en sont fait un boudoir d'orgie et de
sang, épiaient, découvraient les jeunes
seigneurs, les cavaliers, que d'infâmes
entremetteurs avaient mission d'attirer
dans ce piége de mort. Un anneau d'or,
donné par Marguerite de Bourgogne,
femme de Louis IX, était le talisman
avec lequel on pénétrait dans cette
morgue galante.

La construction de cette Tour re-
monte d'ailleurs aux tems les plus reculés. OEuvre du moyen-âge, elle exis-
tait déjà en 1308, sous Philippe-le-Bel,
et bien avant. Henri IV y fit faire des
changemens, des réparations. On rap-
porte que Philippe Hamelin en fut
l'architecte; mais sans chercher à sou-
lever le voile mystérieux, le linceul
énigmatique de son origine, à calculer
le nombre de toutes les dynasties royales
qui l'ont possédée, habitée, ou modi-
fiée, ne nous attachons qu'aux révélations d'un écrivain célèbre, *Brantôme,*
qui, dans un discours sur les *Femmes
galantes,* nous raconte à ce sujet des
anecdotes épouvantables d'obscénités et
de meurtres, dans lesquelles Marguerite
de Bourgogne et ses sœurs, Jeanne et
Blanche, comtesse de la Marche, auraient fait succéder l'assassinat de leurs
amans aux plus tendres ébats !!...

Villon, écrivain du xv⁵ siècle, dans
une de ses *Ballades des Dames du tems
jadis,* s'écrie :

> Où est la royne
> Qui commanda que Buridan
> Fût jeté, en ung sac, en Seine?

Il paraît donc certain que pour ensevelir à jamais le secret de ses adultères amours, Marguerite,... une reine
de France!... aurait eu la barbarie de
faire enfermer dans un sac de cuir
l'homme qui avait partagé son festin et
sa couche, pour ensuite être précipité,
la nuit, du balcon de la Tour, dans les
flots muets de la Seine, qui couvraient
d'un éternel silence cet amour et ce
crime.

On affirme, à cet égard, que des re-
cruteurs de boudoir allaient sur les
grandes routes, et lorsqu'ils venaient à
rencontrer un joli cavalier, après lui
avoir remis l'anneau fatal, ils le con-
duisaient vers cette Tour, d'où, hélas!
il ne devait sortir que mort, après avoir
servi d'aliment aux désirs lascifs d'une
sorte d'ogresse!...

Ses sœurs, et d'autres *grandes dames,*
comme le dit M. Bocage avec une savante ironie, prenaient également part
à ces saturnales sanglantes. Les bourreaux se tenaient cachés dans l'alcôve,
et, à un signal, quand l'amour avait
épuisé ses criminels égaremens, la victime, encore tiède de baisers et d'ivresse,
se sentait défaillir sous un fer implacable, gagé par la reine, et, sans doute
encore vivant, achevait une horrible
agonie dans une seconde et dernière
tombe,... la Seine!

C'était les grandes dames d'alors!...

C'était, dis-je, à cette époque de tyrannie féodale, où le pouvoir se croyait
placé au-dessus des lois divines et humaines, seulement faites pour les vas-
saux! Ainsi, dans ce sophisme infâme,
du moment qu'une princesse avait joui
de l'*homme,* que dehors de son lit, il
rentrait dans la lie des *vilains,* son existence n'avait plus de prix; tel on ou-

vrirait un pigeon, pour se l'appliquer sanglant sur une plaie !

C'était les grandes dames d'alors!...

Cette Tour de Nesle, vomissant pendant l'épaisse obscurité des nuits des cadavres!... cette Tour de Nesle, au pied de laquelle des barques mystérieuses, éclairées d'une torche, voguaient sans cesse ;... cette échelle de fer qu'on avait souvent vu pendre à son balcon,... tout, dis-je, en avait fait pour le peuple un fantôme meurtrier, un Montfaucon fatal, où le crime avait fondé son infernale résidence ; et l'esprit de superstition s'en emparant, on prétendait y voir errer, la nuit, des spectres, des ombres, l'onde bouillonneuse se teindre de sang et se couvrir de morts!!...

C'était les grandes dames d'alors!...

Ainsi, le fait ne paraît que trop avéré ; le tribunal historique de l'opinion, qui a marqué au front Marguerite et ses sœurs, d'un cachet d'horreur et de mépris pour leurs excès galans, éclate non-seulement par la voix du peuple, mais encore par celle des hommes de lettres contemporains. *Godefroy* affirme qu'après tant de crimes impu-

nis, Dieu fit enfin peser sur les coupables tout le poids du châtiment. Marguerite, plongée dans une sorte de basse-fosse, à la forteresse de Château-Gaillard, en Normandie, y fut étranglée avec ses propres cheveux; Blanche, contrainte de s'ensevelir dans les austérités d'un couvent.

Quant à Jeanne, *Robert Gaguin,* historien de l'époque, prétend qu'elle eut l'art de se justifier vis-à-vis de son mari, Philippe-le-Long, qui, pour l'honneur de sa couche, affectant d'admettre une apologie, d'ailleurs invraisemblable, lui pardonna et lui permit d'habiter le Louvre.

Tels sont les souvenirs de sang qui se groupent sur cette tour de mystère, d'amour et de crime. On va même jusqu'à dire que, quand elle fut abattue, la place rendait, comme la statue de Memnon, des sons plaintifs,... les soupirs, les gémissemens,... les dernières agonies des amans infortunés de Marguerite, qui, tout baignés de sang, l'amour et la mort à-la-fois sur les lèvres, passant des bras d'une reine aux bras d'un bourreau, dénonçaient au ciel le royal forfait, afin qu'il y fit tomber son éternelle justice!

UN

PREMIER BAISER D'AMOUR,

SUR

UN DERNIER SOUPIR DE MORT.

Sɪ le sein nocturne de Lutèce (1) n'offre presque toujours qu'une grande, qu'une horrible antithèse, dans le cercle convulsionnaire de sa vie au soleil, de sa vie au gaz,... si les contrastes les plus monstrueux se tordent sans cesse ensemble, si la bouche virginale d'une jeune fille se voit trop souvent collée sur les lèvres desséchées d'un vieillard opulent, qui achète avec son or de la volupté, de même qu'un immeuble;... pourquoi serait-on étonné à la vue de la roue d'un tilbury qui écrase la tête d'un misérable, tandis que sur les coussins moelleux du char, l'amour se livre à la plus vive étreinte,... tandis que deux amans, enivrés de bonheur, et comme baignés de sensations ambroisiennes, au milieu de l'air, au milieu du délire, abandonnent à-la-fois et les rênes de deux coursiers fougueux, et la pudeur qui devait contenir leurs passions dans des bornes plus étroites!...

Mais, l'avez-vous vu, me demandera-t-on, ce prodige effrayant?...

avez-vous contemplé en même tems, sous la pulsation des mêmes minutes, des mêmes secondes, deux bouches cramoisies d'amour, quatre prunelles enflammées, quatre mains épileptiques de désirs, de plaisirs;... quand sous les clous anguleux d'une roue assassine, plus meurtrière cent fois que le supplice de la roue, un crâne humain éclatait, se brisait lentement, comme une coquille d'œuf, comme une gourde sèche qu'on broie, comme une carafe de cristal qu'on pile, quand, enfin, un homme jeune, à la fleur de l'âge, mais enlaidi, vieilli par la seule misère, rend, dans des tourmens horribles, la dernière haleine de sa vie, sous la pression, sous le fardeau assassin d'un premier baiser!...

Oui, je les ai vus, cet amour et ce meurtre!... oui, j'ai aidé à ramasser le cadavre, mes semelles ont été imbibées de sa cervelle éparse sur le pavé fangeux!... oui, j'ai vu transporter la victime sur la civière banale, destinée à porter à la Morgue toutes les chairs humaines qui meurent dans le drame sanglant d'une nuit!... oui, j'ai entendu à-la-fois le cri d'un dernier râle, mêlé

---

(1) Les Gaulois prétendaient que Lutèce signifiait *cuisse blanche*.

aux mélodies du baiser le plus brûlant, et ma victime, plus heureuse que cent autres, qui succombent sans historien, aura du moins dans cette *Lune,* une Clio fidèle et compâtissante, pour jeter un regret, un cyprès sur sa tombe!!

Le comte de Sombreuilles était un jeune homme brillant, passionné, riche, doué de formes athlétiques, et d'une imagination vaporeuse, enthousiaste pour le beau, quelque fût l'être sur lequel il trouvât la beauté. Ainsi, un superbe cheval arabe le faisait pâmer d'admiration, à l'égal des cheveux d'ébène qui servaient de cadre à un charmant visage de vingt ans. Pour l'opulence, le beau abonde dans la capitale; l'œil du riche, dédaigneux pour ses laideurs, s'empare, comme par sympathie, des chefs-d'œuvre de la nature, comme s'ils appartenaient exclusivement à l'or. Ainsi, remarquer à travers les rideaux mal tirés d'un magasin de modes, le profil de la plus belle *princesse de carreau* (1) qu'on puisse imaginer, descendre, acheter, pour moyen de première entrevue, des colifichets, des rubans, et glisser dans les mains d'Uranie, notre belle modiste, un billet ambré, qui demandait un rendez-vous... tout cela fut l'affaire d'un moment, tous ces préliminaires de philosophique hymenée se passèrent avec la rapidité de l'éclair, et le beau Sombreuilles, heureux d'un regard significatif, heureux d'avoir admiré les plus beaux yeux du monde s'entendre avec les siens d'une douce intelligence, sortit, monta leste-

ment dans un tilbury d'acier, d'ambre, d'or et d'édredon, en déployant les formes les plus élégantes, les plus élastiques, en montrant enfin son énergique adresse à manier deux arabes fougueux, aux jarrets aussi souples que les ressorts du char de joncs qu'ils faisaient voler, en se jouant de son poids.

Sombreuilles avait donc disparu comme un faon; le bruit seul de sa course, et le pavé couvert d'écume,... voilà tout ce qui survivait dans l'âme d'Uranie, à sa délicieuse présence!

— *Qu'elle est heureuse!...* disaient entre elles ses compagnes : les favoris de ce bel Antinoüs sont noirs comme du velours effilé, son nez est fin, son front est blanc, ses joues roses, et sa taille svelte fait merveilleusement la base d'une large poitrine; avec cela une main douce comme un héritage, une main blanche et des veines bleues, et un souris caressant, avec un regard plein d'audace... — *Qu'elle est heureuse!* — répétaient-elles donc tout bas : — Plus de lit de sangle chronique, plus d'ignoble mansarde en château de cartes, ma chère; non, non, mais la couche de palysandre et le cachemire indien!...

Loin d'être éblouie par cet avenir brillant, Uranie ne pensait pas absolument de même; douée d'une fierté honorable, d'une sensibilité exquise, la seule idée d'endosser l'opprobre d'*une femme entretenue,* mouillait son front d'une sueur froide! — Cependant, toujours petite modiste, avec la réputation de femme galante, sans en avoir les avantages?... c'était bien dur!

C'est dans ces dispositions d'esprit, que Victor, son frère, vint la voir,

---

(1) On nomme, en termes de modiste, *la princesse de carreau,* celle qui se tient près des vitres, et c'est toujours la plus jolie.

LUNE PARISIENNE

CHATTERTON
GILBERT
MALFILÂTRE
ELISA MERCŒ
ESCOUSSE

TOUS MORTS DE FAIM

Les talens au grenier.... Sans pain !....
Mais les laquais à l'office ... dans l'abondance !!....

À Paris, ce dédale et de boue et de faste,
On ne voit qu'antithèse, et douloureux contraste ;
Le génie en mansarde, et le sot au palais,
Le plaisant, le grotesque, avec de beaux forfaits !!!
= L'couteau dans la main, ce dur propriétaire
Désole d'un congé l'auteur dans la misère ;
Tandis que les valets de quelque grand Seigneur,
Sablent du vin d'Aï la joyeuse liqueur,
Tandis que tout gorgés de mets et d'ignorance
Ils insultent tout haut aux arts dans l'indigence !!!

Lith. Adrien et Cie r. Richer. 7.

c'est-à-dire, faire un signe au carreau, pour qu'elle sortît. Ce frère était rien moins qu'heureux; quoiqu'il fut doué de quelques talens, il n'avait pas pu trouver aucune espèce d'emploi dans la grande et merveilleuse ville; c'était au point que près de soixante heures s'étaient écoulées depuis son dernier et mesquin repas : Uranie ne pouvait que le plaindre, non pas qu'il lui eut confié ses douleurs faméliques, modeste comme un billet de faveur, sa délicatesse n'y aurait pas consenti; mais il n'avait pas dissimulé à la belle Uranie qu'il était impossible d'être plus malheureux que son frère : Ces assurances n'étaient-elles pas superflues, quand on venait à examiner sa maigreur, ses vêtemens poudreux et ses traits livides?...

Il se passa un silence de quelques minutes, pendant lesquelles notre héronïe fut absorbée dans une profonde irrésolution, puis, tout-à-coup, paraissant prendre un parti violent contre la volonté secrète de son âme, Uranie, s'écria, en quittant son frère : « *Eh bien, j'y consens; mes intentions* « *épureront le sacrifice; demain, nous* « *serons tous heureux!* . . . .

. . . .
. . . .

Uranie, que veut-elle dire! pensa Victor, resté seul : voudrait-elle entreprendre quelque démarche inconsidérée contre son honneur, contre l'honneur de la famille, tandis que moi, dévoré par l'humiliation et la faim, j'ai su résister à toutes les séductions, j'ai refusé d'être employé dans les jeux avec les plus beaux avantages, j'ai refusé de l'or, de l'or, mais de l'or, il

est vrai, taché de la plus dégoutante ignominie! . . . .
. . . .

C'est dans ces tristes pensées que l'infortuné gagna le quai du Louvre, et longeant le quay d'Orsay, s'achemina, à nuit close, vers le pont de la Révolution.

Il est des tentations pour l'infortune, commme il en est pour le palais, l'appétit et l'odorat : un homme, au comble de l'adversité, se sent, (si l'on me passe cette expression), *venir l'eau à la bouche*, en contemplant la tombe *grâtis* de la Seine, qui semble, par son flot paisible et caressant, inviter le malheur à venir se jeter dans son sein, comme pour un fils, dans celui d'une mère : mais Victor résista à cette séduction satanique; ses sentimens de religion s'opposant à cet action d'athée, il préféra se laisser mourir de faim, et donner à Dieu son âme pure d'un pareil crime, et non se présenter au jugement du souverain des êtres, sous les traits horribles de l'asphixie : il erra donc long-temps comme un vagabond dans les champs, tel qu'un spectre qui ne vit qu'à demi, par le seul mouvement des jambes, sans compter les heures, que ne comptaient que trop exactement ses entrailles à jeun, heurté à chaque pas par des ventres convexes qui semblaient braver son douloureux marasme : Minuit, une heure du matin sonnèrent pour Victor dans cet état d'angoisses, quand, au bout de ses forces, il vint à tomber, mais sans résistance, sans effort, sans secousse, près d'une borne, rue Gaillon, à certain endroit où la rue, un peu étroite, est très obscure : le sommeil, ou plu-

tôt une léthargie; un assoupissement
complet s'empara de tous ses sens;...
Victor s'endormit enfin, mais pour ne
plus se réveiller!...........
....

Déjà les magasins, les billards, les
cafés, les salons éteignaient leurs lumières, et les rues silencieuses prêtaient
leurs ombres aux patrouilles, aux
amants, aux meurtriers! — aux meurtriers avides ??..— Que pouvait craindre d'eux le pauvre Victor!... Il
dérobait donc dans la fange un repos
peut-être plus doux encore que celui
de certains capitalistes sur le duvet,
quand un bruit, semblable à celui d'une
crécelle, se fait entendre...; cette crécelle a des roues, elle semble avoir des
ailes, tant elle vole légèrement!...
....

Ah! retardons ce dénouement horrible; colorons ces lignes de quelques
teintes d'amour, avant de tremper nos
pinceaux dans le sang le plus précieux:
Oui, disons avant ce que fit Uranie
du billet ambré que lui avait glissé à
son magasin de modes le beau Sombreuilles. Décidée à soulager son frère
dans son infortune, plus que séduite
par l'éclat d'un sort brillant, notre
héroïne, parée de sa seule jeunesse,
belle d'elle-même, s'était rendue sur le
boulevard des Italiens, où l'attendait
son amant; ne serait-il pas superflu
de dire que la passion soudaine de
l'heureux séducteur n'omit rien dans
ses sermens, ses promesses et ses protestations d'amour, de tout ce qui peut
captiver le cœur d'une femme?... Sombreuilles, en effet, aimait déjà Uranie;
enthousiaste du beau, c'était déjà un
culte, une fatalité que sa tendresse;

un an de liaisons n'aurait pu la rendre
plus vive; il pressait donc sur ses
lèvres ardentes les mains d'albâtre de
cette charmante fille, et sûr de la tenir en son pouvoir, il la fit monter
dans un de ces fastueux restaurans, où
des majestés ne trouveraient aucune différence avec le faste de leurs palais:
c'est là, qu'à travers des baisers, mollement refusés, il déroula sous les yeux
d'Uranie l'avenir de son bonheur; son
opulence n'y mettait pas de bornes; les
plus beaux diamans, disait-il à Uranie,
brilleront sur vos mains, sur votre cou
d'ivoire, sur ce sein virginal, en ma
seule posession, et bientôt l'objet du
dépit jaloux de vingt millionnaires;
puis, nous irons à mon château. Je
veux, seul et dans la solitude, contempler mon idole; je veux qu'Uranie soit
sans cesse la plus heureuse des femmes
par mes caresses, ma constance et
mes présens! Ah! répondait Uranie,
en essuyant une larme furtive, que
l'espoir d'aider mon pauvre frère efface du moins la tache faite à mon
honneur!...............
....

Les amans aiment les longs discours,
et Sombreuilles était si beau, avait
tant d'esprit, qu'il n'est pas étonnant
que le temps ait paru court à ce couple
heureux; bref, il était déjà plus d'une
heure du matin, quand ils quittèrent
un boudoir doublement embaumé de
soupirs d'amour et du ferment des vins
les plus délicats. On descend..,. L'air
respectueux du maître et des garçons
révèle le rang de Sombreuilles; on
monte dans un tilbury magique atelé
de deux arabes, ou plutot de deux
oiseaux, rapides comme les fées des

Mille et une Nuits; pour se rendre à l'hôtel, Sombreuilles prend par le carrefour Gaillon..............

. . . .

Ah! je m'arrête!... il me semble que ma plume va partager le fratricide en le traçant!... le dirai-je enfin, Victor endormi, ou plutôt ne vivant que du tiers de la vie, s'était laissé couler sur un pavé glissant de la borne vers le ruisseau; l'obscurité, couleur de ses habits, triomphait des lueurs avares d'un pâle réverbère suspendu là, plutôt pour ajouter aux horreurs de la nuit, que pour les dissiper; Victor, accablé de fatigue et de faim, n'était plus rien au monde qui l'abandonnait, son âme s'entretenait déjà avec les sylphides célestes qui l'appelaient sur leur char d'éternité!, ...

. . . .

Le tilbury approche. . . . .

. . . .

En cet instant, Sombreuilles, en proie aux plus délicieuses réminiscences des faveurs qu'Uranie n'avait pu lui refuser, en sollicitait de nouvelles pour se les rappeler encore; il promettait pour le frère le destin le plus heureux, et de baiser en baiser, Uranie se félicitait de ce que sa honte ferait du moins le bonheur de ce cher frère; elle serrait donc tendrement dans ses bras l'homme charmant de qui allaient dépendre toutes ses destinées; Son cachemire volait au vent, agité par la course écumeuse de deux Arabes nerveux..., quand une roue infâme, une roue implacable passe sur le front du malheureux Victor, et jette son crâne et sa cervelle en débris parmi la boue épaisse du ruisseau!... Uranie

jette un cri...; elle-même, elle en a entendu un sourd, aigu.... mais les chevaux sont déjà loin du meurtre!... Uranie s'évanouit; l'âme de Victor, en partant pour les cieux, comme une flèche de feu a traversé son âme!... un pressentiment horrible s'empare de son esprit, elle passe une nuit affreuse; Sombreuilles a beau la calmer, la rassurer sur ses vaines superstitions, le sang a rejailli sous ses yeux, et tout lui dit que son frère a cessé de vivre ! . . . .

. . . . ;

Enfin, à la pointe du jour, on envoie le jockei du comte à sa demeure : on ne l'a pas vu depuis vingt-quatre heures; la morgue alors est l'affreuse ressource qui reste...; La morgue est la logique pressante qui serre le parisien aux abois comme dans un étau; une jeune fille, un vieillard disparaissent...; la morgue se pose au bout de ce drame comme un cercueil aux pieds d'un cadavre!... la morgue..., c'est la mosquée où se jette le désespoir, c'est l'hôtellerie où le voyageur repose ses membres brisés de fatigues!... Victor y est reconnu, quoique son crâne soit en lambeaux, et le procès-verbal du commissaire de police, et la rue et l'heure auxquelles le cadavre a été trouvé, tout ne prouve que trop qu'Uranie ne se trompait pas, quand elle sentit les mêmes angoisses de mort, au moment du meurtre involontaire!

Sombreuilles aurait donné la moitié de ses richesses pour rendre à la vie à ce frère qui avait préféré la mort à l'opprobre; tout ce qu'il pût faire, ce fut d'honorer sa dépouille, de lui faire élever un mausolée dans son parc même;

là, il mêlait ses pleurs aux pleurs de sa maîtresse; là, il se convainquit qu'Uranie, loin d'être une femme vulgaire, avait une âme digne de la sienne, et enfin, avec le temps, une intrigue comme mille autres, se changea en un attachement solide, en un légitime mariage, qui rendit le délicat Sombreuilles le plus heureux des hommes.

IVe LUNE PARISIÈNNE.

SOMMAIRE.

ÉLOGE

DE

MESSIEURS LES ACTEURS, AUTEURS, DE MESDAMES ET DE MESDEMOI-
SELLES LES ACTRICES CÉLÈBRES, etc., etc.

MESDEMOISELLES Mars, Georges, Taglioni, Anaïs, Jenny-Vert-Pré, Jenny-Colon, Plessy, légataire universelle de mademoiselle Mars ; Ida, Mélanie, Brohan, Noblet, E. Sauvage, Montessu, Julia, Eucharis, Le Gallois, Ida, Mélanie, Théodorine, Déjazet, Prévost, Elssler, etc., etc.

MESDAMES Dorval, Albert, Thénard, Nongaret, Casimir, première cantatrice, Damoreau-Cinti, Moralès, Mathilde ; en général, honneur à toutes les actrices qui jouissent de quelque célébrité.

MESSIEURS Talma, Ligier, le comte Alfred de Vigny, Bocage, Dumas, Lockroi, Lafont, Nourrit, l'illustre le vrai philosophe Béranger, auteur de chansons immortelles ; Martin, Virlnose, philanthrope ; les frères Lepeintre, Frédéric-Lemaître, Jemma, Maillard, Lhérie, Bernard-Léon, Mounier, Dantan, célèbre sculpteur, Arnal, notre premier comique, Albert, Fosse, Montigny, Armand, Gilberts, Francisque, Chéri, Guyon, Cueiller, Dormeuil, Achard, Taigny, Rougemont, Monrose, Prévost, David, Firmin, Beauvallet, Bouffé, Cholet, virtuose, Numa, Scribe, Duparay, Samson, Geffroy, etc., etc., et en général, honneur à tous les acteurs qui jouissent de quelque célébrité.

« Le jour fatal, où la poésie sera détrônée, l'homme devra porter le deuil de sa plus noble fiction. »
EDDIN, *Poète Persan.*

« On donne un noble émail à de plats intrigans
Et pour l'élève rare, on n'a point de rubans.
Pour l'élève qui meurt, de son zèle victime,
Ne voyant que la mort décorer sa poitrine !...
Allons, allons, Progrès, répare tes erreurs.
Pour ces héros décrète une croix, des honneurs,
Et que à nos yeux charmés cette croix du courage
Fasse ôter les chapeaux sur leur noble passage !!!... »

Page....

Lith. de l'Adrien F. Fischer.

LES DÉLICES DU PRINTEMPS.

La nature captive aux fers des Aquilons,
D'une chaîne de glace a rompu les chaînons ;
Enfin le fleuve est libre, et son onde joyeuse
Promène avec orgueil sa vague ambitieuse :
Tout secoue, en riant, le linceuil des hivers ;
Le printemps, ceint de fleurs, sourit à l'univers ! —
Pour pages, les zéphirs, ce souverain du monde,
Verse sur nos jardins sa corbeille féconde,
Fait verdir le gàzon, qui recouvre un trépas,
Rend son ambre au muguet, sa fraîcheur au lilas,
Décore des berceaux sur la pierre des vierges,
Fait blanchir quelques lys, qui leur servent de cierges,
Sur l'œillet en calice épanche ses parfums,
Ses baumes caressans aux mânes des défunts,
Et de mille festons saluant mille tombes,
Fête les habitans des vastes hécatombes !

FLORE EST LA BOUQUETIÈRE DES TOMBEAUX.

Ah ! c'est au cimetière, en ce grave palais,
Que flore aime à jeter ses plus rians bouquets ;
Au front de deux époux, que le trépas rassemble,

De branches de jasmins elle improvise un temple,
Au cercueil de Talma fait croître un beau laurier,
Des brins d'herbe de Ney , la fleur du grenadier,
Et ces fleurs , à l'aurore , unissant leurs arômes,
En forment un encens, qui charme les fantômes,
Qui va réveiller l'âme au lit d'éternité ,
En donnant à la mort même un teint de beauté !

Règne heureux des amours , et de la violette !
Quel délice, au matin , quand la tendre fauvette
Fait retentir les bois de chants mélodieux ,
Semble tirer sa voix de la voûte des cieux ,
Quand le rosier-monarque, au front sa dynastie ,
Présente à deux amans sa rose pour hostie ,
Les fait communier sur un autel de fleurs ,
Et se décore en roi de royales couleurs ,
Quand le pommier naissant, dans un pompeux cortège,
Paraît se couronner d'un parasol de neige !!..

Il faut aimer !... Tout est prestige alors, tout est ravissement !
Près du simple lilas pâlit le diamant !
On n'est plus dans Paris , sol classique des boues ;
La joie et le carmin renaissent sur nos joues,
Le cœur de palpiter, de chercher dans les airs,
Cette énigme d'amour, qui jaillit par éclairs !

J'aime à voir dans ces prés cette beauté nubile ,
Interroger le poids de sa vertu fragile ,
Ses pleurs cantharidés , qui bondissent brûlans ??....
Cet incendie en fleurs..., c'est le feu du printemps !

Tableaux magiques   Aux bégaiemens du jour, le crépuscule encore
du   Vient-il , en clignotant , balbutier l'aurore,
crépuscule.   Incendier les monts d'un feu rougeâtre et blanc,
Délivrer le soleil de son masque de sang ??...
L'âme , à ce grandiose, étonnée , éblouie ,
Se tait , regarde , admire , et tombe évanouie !

Crépuscule échappé des paupières du jour,
Qui se lève timide, au regret de l'amour,
Quel cœur ne serait ivre au jeu de tes magies,
De ces lueurs qu'on croit des rampes de bougies !
— Tel un gaz hydrogène aux rayons palpitans,
Courrait mystérieux sous des taffetas blancs,
S'éparpille en fils d'or, chauffe la terre et l'onde,
D'une vapeur soufrée étreint les flancs du monde,
Dans son ascension, illumine les flots,
Et plaque de vermeil la poupe des vaisseaux !

LE CHARME
DES
TENDRES RÊVERIES.....

Ah ! que d'illusions pour des âmes novices !
Là, c'est un lac-miroir, océan de délices !...
Mille feuilles de rose, en volant à ses flots,
Semblent un édredon sur un lit de repos ;
Et d'avirons armés les flancs de vingt nacelles
Paraissent des Ibis qui font baigner leurs ailes ;
Dans ces bois voyez-vous cette mousse et ces brins,
Divans révélateurs de champêtres hymens !!...

La source au sable d'or parmi des bluets coule ;
Dans chaque vague on croit voir une âme qui roule ;
Une nymphe éplorée, une nayade en pleurs,
Qui fait pâmer nos sens de ses tendres langueurs,
Et le cœur qui s'oublie à ce flot plein de charmes,
Dans un muet transport, le grossit de ses larmes,
Et le cœur qui se fond dans un rêve amoureux,
S'échappe avec les eaux, en se noyant heureux !

LES ANXIÉTÉS DE
L'HOMME DE LETTRES.

Des roses, des lilas,... c'est là le vrai délire !...
Mais la gloire, de l'or..., n'est qu'un brillant martyre,
Et la célébrité de l'auteur applaudi,...
La couronne de fer, qui demande un Lodi !
Quel tourment, en effet, pour l'âme du poète,
Que ces palmes d'orgueil, dont il veut la conquête,
Que cette toison d'or, qu'il voit dans l'avenir,
Briller pour lui, Jâson, ainsi qu'un beau saphir !...
Sur ses esprits gonflés l'ambition ruisselle ;

Le vers, comme un aspic, se tord dans sa cervelle ;
Il voudrait du génie étreindre les beautés,
Tel l'amant à l'amante unit ses nudités,
Lancer un vers géant, grand.... comme un obélisque,
Une rime fluide, aux formes d'odalisque,
Comme la chair d'un sein sous les doigts palpitant,
Un vers où chaque lettre eût pour encre,,, du sang,
La vie, un cœur..., des cris!..—pour s'exprimer, vingt âmes
Et comme un punch en feu, brûlât de mille flammes ;
Un vers, où l'esprit ivre, où l'oreille aux abois,
Crût entendre bruïr le concert de cent voix,
Ces voix à la Byron's, ces voix d'apothéose,
Parfum aérien et de myrrhe et de rose,
Qui pénètrent le cœur comme un rayon du ciel,
Et changent notre haleine en longs torrens de miel!...

. . . .
. . . .

LA PREMIÈRE VIE EST Le poète !... il voudrait n'être plus à la terre ;
SI COURTE POUR L'HOMME Fougueux, impétueux, allumer le tonnerre ;
VIVANT, Second Paganini, sur les cordes du cœur,
QUE SON IMAGINATION Faire vibrer l'amour, la haîne, la terreur,
S'EN EST FABRIQUÉ UNE A l'ambre dérober son philtre balsamique,
SECONDE Simuler au regard un orage électrique ;
POUR SON CADAVRE. Sur un vers en un jour sacrifier vingt ans,
Troquer ses cheveux noirs contre des cheveux blancs,
Pourvu que l'univers, admirant son délire,
Dans une châsse d'or mît ses vers et sa lyre !!...

. . . .

Le poète !... son trône est en cristal,... — sur l'air ;
Pirogue de roseaux, voguant parmi l'éclair,
Près l'immortalité, le rêve du génie,
Qu'il voit comme un phosphore, au seuil de l'agonie,
Fasciner son espoir d'un prestige orgueilleux,
Lui montrant son chef-d'œuvre imprimé dans les cieux!

. . . .

Gloire fallacieuse !... ah ! calice perfide !...
Ta goutte de nectar n'est qu'un cruel acide,
Qui corrode le cœur, le tourmente vivant,
Et comme un bruit lointain, se perd dans le néant;
Qui fait compter les jours avec impatience,
Jusqu'à *l'homme immortel*..., idéale existence !...

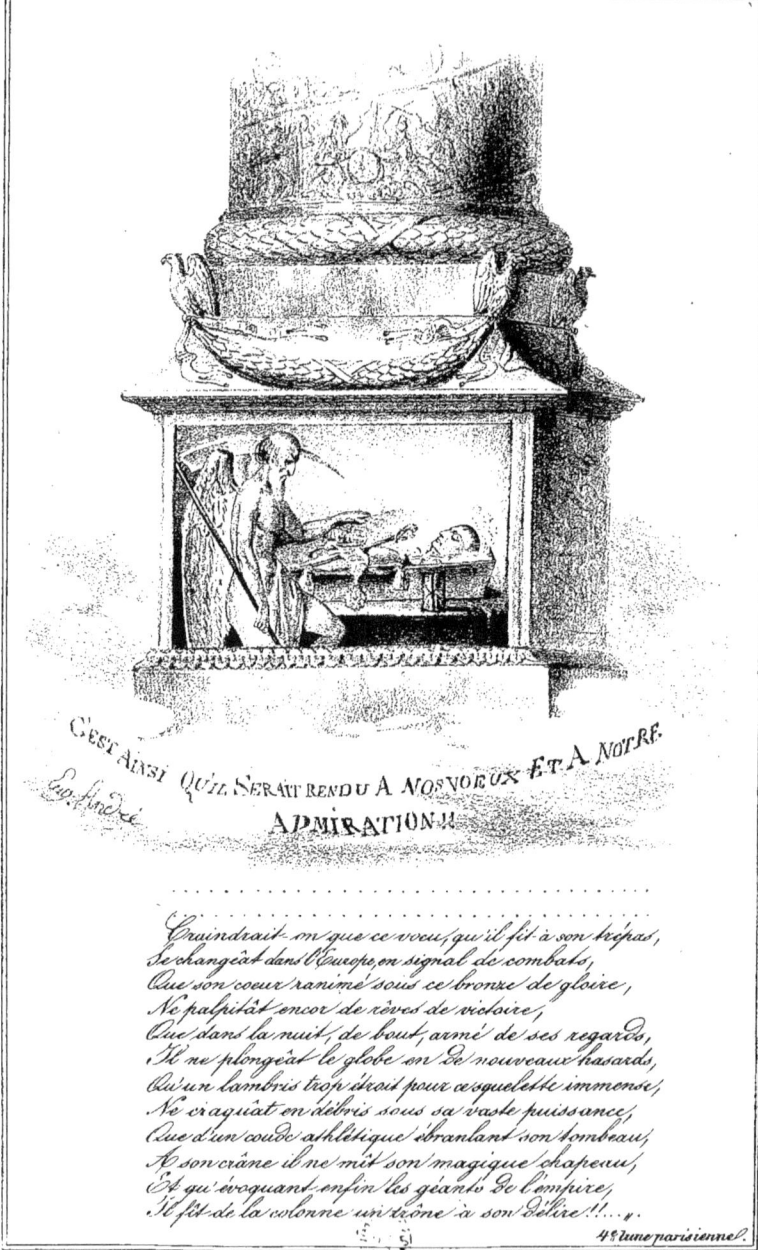

C'EST AINSI QU'IL SERAIT RENDU A NOS VOEUX ET A NOTRE ADMIRATION!!

Eug. André

Craindrait-on que ce vœu, qu'il fit à son trépas,
Se changeât dans l'Europe, en signal de combats,
Que son cœur ranimé sous ce bronze de gloire,
Ne palpitât encor de rêves de victoire,
Que dans la nuit, debout, armé de ses regards,
Il ne plongeât le globe en de nouveaux hasards,
Qu'un lambris trop étroit pour ce squelette immense,
Ne craquât en débris sous sa vaste puissance,
Que d'un coude athlétique ébranlant son tombeau,
A son crâne il ne mît son magique chapeau,
Et qu'évoquant enfin les géants de l'empire,
Il fît de la colonne un trône à son délire!!!...y.

4e lune parisienne.

Lith. de L. Adrieu, R. Richer 9.

Faux hymen d'un vieillard qui, dans ses bras maigris,
Croit étreindre, en dormant, le sein d'une houris!...
De la gloire!!... un seul homme, — au Panthéon-Vendôme,
Sur le monde à scellé son éternel fantôme;
Que dis-je!... son fantôme...; il vit dans cet airain,
Que le temps de sa faux voudrait briser en vain;

LA STATUE PÉDESTRE Il vit..., comme il vivait;... au sein de sa statue, (1)
DE NAPOLÉON Les deux pieds sur le monde, et le front dans la nue;
SUR LA COLONNE. Les yeux sur l'Orient, il croit voir le soleil,
Qui de tant de lauriers éclaira l'appareil :
Cette neige éclatante, et qui, l'hiver, le pare,
Change le bronze obscur en marbre de carare,

En massif de rubis, de mille diamans,
Sur ses habits d'airain, plaqués par les autans;
La lune alors se plaît, prodigue de magie,
A darder ses rayons sur l'homme de génie,
A lui faire une nimbe, un cercle radieux,
Où le front du grand homme éclate lumineux,
Et voilant l'empereur sous ce masque de neige,
Fait un fantôme blanc, que d'éther elle allége,
Un être surhumain, brillant, mystérieux,
Qui garde l'équilibre entre nous et les cieux !

Colonne de douleur,.... du plus grand sacrifice,
Des millions de morts firent ton édifice!...
Ce muid impérial, que tant de bataillons

---

(1) LÉGENDE gravée sur le lambris de face du socle de la colonne de la place
Vendôme :

NEAPOLIO. IMP. AUG.

MONUMENTUM. BELLI. GERMANICI. ANNO. MDCCCV.
TRIMESTRI SPATIO. DUCTU SUO PROLIFIGATI.
EX AERE CAPTO GLORIÆ. EXERCITUS MAXIMI.
DICAVIT.

Traduction à peu près littérale :

NAPOLÉON, EMPEREUR AUGUSTE : consacre à la gloire de la grande-armée, ce monument formé de l'airain des canons conquis dans la guerre contre l'Autriche,
qui fut terminée dans l'espace de trois mois, sous ses ordres suprêmes, en
l'an 1805.

Ont empli de leur sang, leur vie et leurs canons ;
Ce mât toscan, hêlé de dépouilles hostiles,
Où l'étranger vaincu voit ses armes fossiles,
Ce bocal orgueilleux qui contient tant de sang.... ;
Il sert de piédestal, de bain au conquérant ;
Des milliers de héros, en parant ses armures,
Pour modèle ont prêté leurs mortelles blessures ;
Le grand homme est assis sur leur dernier soupir,
Comme le pied du Czar sur le cou du baskir !

. . . .

De vingt-cinq ans d'exploits immortel Elysée,
Pour un nouvel Homère admirable Odyssée,
Le passant se prosterne au pied de cet airain,
Qui, second Mahomet, s'impose au genre humain ;
Sur ce cèdre de bronze on attache son âme,
On croit voir au sommet s'échapper quelque flamme,
Qu'en cascades ce sang, dont il s'est abreuvé,
De mille artères tombe, et rougit le pavé ;
Le cœur dans les tourmens d'une grande syncope,
Voit le trépas jaillir des veines de l'Europe,
Ces héros généreux, gravés sur ce tableau,
Recommencer l'exploit, qui les mit au tombeau ;
Tous, ils sont sculptés là, dans leurs faits héroïques ;
Ces longs rubans d'airain, leurs couronnes civiques,
En spirale tordus autour de ce flacon,
Du Parnasse guerrier composent l'Hélicon,
Et la Pologne entière, à ses flancs cizelée,
N'a de patrie, hélas !... que ce grand mausolée !!....

LA
POLOGNE RENAÎTRAIT!...   Pologne encore vivante, un reste de chaleur
Se fait sentir tout-bas aux fibres de ton cœur ;
Tu pourrais donc renaître!..—Un grand monarque même
Semblerait exhumer ton sanglant diadême,
Et près ton aigle blanc plaçant le coq gaulois,
De deux peuples jumeaux unirait les exploits,
— Fatigué des *hourras* d'une folle jactance,
Qui prend pour de la crainte une noble prudence!.. .

L'INAUGURATION DE LA   Quel spectacle céleste, où, couvert d'un velours,
STATUE DE NAPOLÉON,   Semé d'étoiles d'or, l'oracle de... *toujours*...,
LE 28 JUILLET 1833.   Se découvrant soudain à l'œil de cent mille hommes,

Parût le Roi des rois, ceint de douze couronnes,
Sous cette chair de bronze, héros ressuscité,
Inonda nos esprits de sa sublimité,
Répandit par torrens de rayons une pluie,
Qu'avec ses pleurs la foule en frémissant essuie,
Consola notre orgueil, ivre de ses exploits,
Des fouets de Némésis, qu'il cache dans ses doigts,
Et, prophète, assura que sa gloire sonore,
Sur Paris, au Néant, serait debout encore !...
. . . .
. . . .
Honneur au souverain, à l'esprit tout français,
Qui sachant que la gloire a pour nous tant d'attraits,
Exhuma le héros, le fixa sur sa base,
Et prit sa double part dans la commune extase ! ..

Mais pourquoi retarder, légataire indécis,
De placer le héros au céleste parvis ?..
Mais pourquoi l'exilé, plus grand sans sa couronne,
N'a-t-il pas pour cercueil, le flanc de la colonne ?..
Craindrait-on que ce vœu, qu'il fit à son trépas,
Se changeât dans l'Europe, en signal de combats,
Que son cœur ranimé sous ce bronze de gloire,
Ne palpitât encor de rêves de victoire,
Que dans la nuit, debout, armé de ses regards,
Il ne plongeât le globe en de nouveaux hazards,
Qu'un lambris trop étroit pour ce squelette immense,
Ne craquât en débris sous sa vaste puissance,
Que d'un coude athlétique ébranlant son tombeau,
A son crâne il ne mit son magique chapeau,
Et qu'évoquant enfin les géants de l'empire,
Il fit de la colonne un trône à son délire ?..

Écartons cette erreur : le génie et l'amour,
Pour triompher, souvent, tous deux ils n'ont qu'un jour :
Craint-on que sous la myrrhe, où sa momie illustre
A l'ombre d'un tuya, jette encor tant de lustre,
Ne dise que sa vie, en proie à trois bourreaux,
Croula minée ainsi qu'un rocher par les flots ??....

A l'histoire appartient ce ténébreux mystère ;
L'épée impériale a passé sur la terre ;
Dans les mains de Clio, comme un glaive rouillé,
Son éclat est perdu, pour avoir trop brillé,
Et si ce grand tronçon se fait priser encore,
Ce n'est à nos esprits qu'un pompeux météore !!...

. . . .

CONTEMPLATION NOC-
TURNE.

La nuit est toute bleue, et l'horizon obscur
Fait briller le croissant sur un tapis d'azur,
D'étoiles émaillé, de teinte diaphane,
Où le secret des cieux se dérobe au profane ;
Tel un manteau royal, semé de diamans,
Se déroule orgueilleux en longs plis ondoyans ;
Les vagues de la Seine, à la crête blanchâtre,
Au regard éloigné, semblent rouler du plâtre,
Gémir de leur destin, murmurer dans leur cours :
« *Tout finit comme nous, le trône et les amours !* »
Sur les bords inégaux l'onde court prismatique,
Comme sur un cylindre une gaze élastique ;
Dans son paisible flot, un filet du croissant,
Prisonnier de l'écume, expire en s'éteignant,
Et de mille miroirs ces vagues sans colère,
Le corps ceint de huit ponts, promènent la lumière !

Illumination improvisée aux cieux,
Et dont l'ordonnateur se cache à tous les yeux !!...

. . . .
. . . .

ACADÉMIE
ROYALE DE MUSIQUE.

Mais pourquoi, maintenant, penseur atrabilaire,
Abdiquer la folie, aux humains nécessaire,
Pourquoi ce ton morose et ces sévérités,
Qui font évanouir le gaz des voluptés ??...
Bannissons l'air chagrin aux jeux de Terpsicore,
Fermons quelques instans la boîte de Pandore,
Voilons sous des lilas le trône des douleurs,
Et devers l'opéra volons parmi des fleurs !!.

UN BALLET D'OPÉRA
EST UN DES SONGES LES
PLUS VOLUPTUEUX
DE LA VIE !...

Oasis merveilleuse !... archipel d'artifice,
Où l'amour fait ses nids près de chaque coulisse,
Frais vallons de Tempé,... l'élite des talens,
Où plus d'un Amphion électrise nos sens,

Pétrit nos cœurs de joie, et d'attente et d'ivresse,
Sous le compas de l'art exhale la tendresse,
Prodigue la science en des amours notés,
Parfois s'immole, à Rome, à nos félicités...; (1)
Le philosophe craint tes riantes cohortes,
Cortége séduisant, creuset des têtes fortes :
Là, se fond l'énergie au souffle de l'amour;
Là, l'on use une vie en la moitié d'un jour·
Tel esprit vigoureux eût conduit une armée,
Dont l'âme, ici, mollit, de chair rose embaumée;
Tel Annibal encore eût vengé les Français,
Qui dans cette Capoue avorte ses hauts faits!...
On soupire, on trépigne, on sent son âme émue,
On voudrait la saisir la nymphe demi-nue,
Qui d'un pied agaçant, dans ses lascifs transpors,
Sature nos regards de ses secrets trésors,
Etale des contours dont la vive magie
Entraîne à chaque pas la sagesse asservie;
Ah! que dis-je!.. on voudrait sur son cœur la fixer,
Presser ce jonc vivant, en ses bras l'enchaîner,
Pour tout l'or du Mexique, étreindre LA SYLPHYDE,
Caresser ce fantôme, aimable éphéméride,
Savourer son soupir, embaumé de jasmins,
Captiver sa double aile, et ses pieds et ses mains,
Et d'un filet d'amour enfermant la volage,
Lui faire d'un boudoir une lascive cage!..

MADEMOISELLE TAGLIONI, Faites taire, Apollon, vos plus doctes concerts;
PREMIÈRE ARTISTE DE   Le diamant soudé sur chacun de vos vers,
LA DANSE, A L'ACADÉMIE Le rubis qui scintille en votre luth d'opale,
ROYALE DE MUSIQUE.   Près de TAGLIONI, n'a plus rien qui l'égale!..

(1) Le castrat.

Son pied est une muse, et sa taille un roseau,
Où le bras du zéphir, s'arrondit en berceau ;
L'éther, son élément, dans lequel elle nage,
A peine s'apperçoit de son léger passage,
Ce bipède émaillé, de bravos enrichi,
Courrait sur les moissons, sans courber un épi !..
Plutôt c'est une neige..., une feuille de rose,
Qui sur l'air balancée, en jouant, se repose,
Tombe sur des ressorts, et bondit à vingt pas,
Ainsi qu'un tourbillon, où voguent ses appas,
Eblouit le regard, enivre la pensée,
Trop lente pour la suivre en sa course de fée ;
C'est un être céleste, et terrestre à la fois,
Qui lie à son orteil et le peuple et les rois,
Plairait au pape même, aux bords dévots du Tibre,
Conservant au théâtre un pudique équilibre,
De son talent prodigue, avare de son cœur,
Séduisant le public, rebelle au séducteur,
Ne voulant qu'un triomphe, avoué par l'estime,
Modeste en son logis...., dans ses rôles sublime !!
. . . .
. . . .

Sa Jambe est un poême, une harpe, un roman,
Où chaque page enfante un nouveau talisman ;
Le romantisme abonde en ses pas brillantés,
Qui sément des saphirs avec les voluptés :
Tantôt son pied déroule une scène savante ;
La rime s'improvise, est toujours éloquente ;
Le vers tombe avec grâce, avec un noble aplomb,
Guidé par la mesure, esclave à ses talons ;
Tantôt sa rhétorique est badine et folâtre ;
Sur le chêne poli c'est un vase d'albâtre,
Qui tournoie en spirale, et d'un élan subtil,
Sur son axe pivote, ou danse de profil,
Découvrant par éclairs deux colonnes jumelles,
Qui tirent du regard de sourdes étincelles,
Dans les plis d'une gaze entraînent le désir,
Et font du spectateur un Tantale-martyr !...

LA   D'une baguette d'or serait-elle pourvue ?..
RÉVOLTE AU SÉRAIL.   C'est l'amante d'Oscar, rivale de la nue !..

Du sérail de Grenade a-t-elle fui les fers,
Et pour la liberté franchit-elle les mers?...
Que *sa Révolte* est belle, et que son front d'ivoire,
Est beau pour réfléchir cette nouvelle gloire,
D'un Maure châtier le mouchoir absolu,
Et conquérir ses droits d'un glaive résolu !..
. . . .
. . . .
La Fille du Danube, en prestiges féconde?...
C'est encore Vénus, qui naît deux fois de l'onde,
Le front ceint de roseaux, moins souples que son pied,
Se voue au fleuve, amant de sa jambe d'osier !..

M. PERROT.
PREMIER DANSEUR DE
L'OPÉRA.

PERROT, l'aérien, en vigueur la surpasse,
Son jarret est d'acier, mais n'a pas plus de grâce ;
De son pied la souplesse, et la vitalité,
L'élégante énergie et l'actualité,
Inhument des *Vestris* la pantomime antique ;
Sa phraséologie est bien plus électrique ;
Si son corps en avant, oblique, horizontal,
Fait craindre à chaque pas quelque danger fatal,
J'admire, plein d'effroi, ce type du génie,
Qui sut créer un genre, émaillé de folie,
Se le fit pardonner à force de talent,
Des plus humbles dégrés gravit au premier rang,
Et maintenant ALTESSE à cette cour suprême,
En cueillant ses lauriers, ne les dût qu'à lui-même !...

M. NOURRIT,
PREMIER CHANTEUR DE
L'OPÉRA.

NOURRIT, le beau Nourrit, Stentor mélodieux ;
Colonne du théâtre, Atlas harmonieux,
Poète dans son chant, artiste rempli d'âme,
Allume dans sa voix une céleste flamme ;
Il peint les passions d'un gosier-coloris,
Souple comme un clavier, sous ses nerfs érudits ;
Sa déclamation de vérité palpite ;
Les fureurs, les sanglots que son larynx imite,
De la nature ont bien le timbre attendrissant ;
Soit qu'il présente un fils, un guerrier, un amant,
Son port majestueux, dans ses chants, sa science

Sur le parterre exerce une noble influence;
Chaque note est un vers, qu'il dit éloquemment;
Des forfaits, des amours historique instrument,
Il est à l'opéra la chantante Epopée,
Tout un poëme épique, une prosopopée;
Son cœur est sur sa lèvre, et son âme en ses yeux,
Il embrâse la scène, et son chant vient des cieux!!...
Soit que, nouveau Brutus, l'amour de la patrie
Lui dicte de sauver l'héroïque Helvétie,
Que dans *Guillaume-Tell,* plein d'un regret amer,
Il destine une flèche aux crimes de Gessler,
Il marche magnifique à son but, à la gloire;
Son œil dominateur enchaîne la victoire,
Il règne en souverain, comme un autre Calchas,
Prophète du succès, qui précède ses pas!

MAD. DAMOREAU-CINTI,   Ah! DAMOREAU, ta voix divinement soupire;
DE   C'est comme dans la nue une céleste lyre;
L'OPÉRA-COMIQUE.   comme un son qui grandit sur les aîles de l'air,
Qui naît de ton génie, et se meurt dans l'éther!...
Parfois, tel qu'un tocsin, au loin, ta mélodie
D'un accent métallique, ou d'un beffroi d'Asie,
Produit l'effet superbe, imposant, suborneur,
Qui d'un étau d'acier cerne et presse le cœur,
Nous perce tout à jour comme un rayon de flamme,
Vaincue en voluptés, t'abandonne notre âme,
Et tantôt prodiguant le luxe de ton chant,
De perles il paraît voir rouler un torrent,
Qui d'un charmant fracas à l'oreille retombe,
Et creuse, à chaque note, à nos nerfs une tombe!...

MM. LAFONT, DÉRIVIS.   Si quelque fois LAFONT, le mâle DÉRIVIS,
Héritier présomptif des trésors de Laïs,
Dans un trio divin, dans un triple hymenée,
Se marient à ta voix, aux leurs emprisonnée,
Des anges ce concert, encens sublime et doux,
En montant jusqu'aux dieux, rend jusqu'aux dieux jaloux!

Flore, dans ses états, compte maints coryphées,
Dont la jambe équivaut aux baguettes des fées,

Dont le pied-papillon, précurseur des désirs,
Voltige sur l'arène, escorté des plaisirs,
Se joue entre les fleurs , sans plier leur calice,
En entraînant nos sens de délice en délice;
Tel, Noblet, Julia, Eucharis, Le Gallois,
Nymphes de ces gazons, Dryades de ces bois,
Odalisques ce soir, et demain Bayadères,
Sous d'orgueilleux turbans, des tuniques légères,
De notre sol fécond épis d'or et de fleurs ,
Colibris de la France, opulens en couleurs ,
Gulistans féminins, à la riante mine ,
Sur leurs fronts présentant le sceau de la vaccine,
Modèles de ce siècle, actrices du *Progrès* ,
Mettant à sa hauteur leur grâce et leurs jarrets ,
Et d'un théâtre mort remisant les coulisses,
Dansant sur un archet, palpitant de prémices !

Quel art que cette danse, où, las de ses travaux,
Sous un soleil factice, on trouve le repos !...
Qu'un préjugé stupide ose attaquer l'artiste,
Et salir ses lauriers du fiel du janséniste ,
Que d'un vieux martinet par Voltaire brisé,
Il fustige les lis de ces belles Circé ,
Anathême à ces sots !... Et que sous nos férules
Ils tombent à leur tour couverts de ridicules !
Oui, je les soutiendrai ces acteurs généreux,
Des combats de la scène athlètes valeureux ;
Oui, je veux les venger d'un vers philosophique
Ces soutiens de Thalie, et du trône olympique !...
Trop long-temps l'hypocrite, ennemi des beaux-arts,
Au sein de la raison étancha ses poignards,
D'une vieille sentence entretenant la force,
A dicté pour l'acteur un injuste divorce,
Ainsi qu'un Paria , l'exile en son arrêt,
Et souille ses talens d'un odieux cachet !..
Son triomphe est passé, mais le notre commence ;
« Les mortels sont égaux! » C'est le cri de la France;
Le sceptre du génie a seul droit de régner;
Sur tout abus on voit le bon sens s'indigner ;
La vertu... la vertu !... Voilà la seule idole !

Vainement le cafard, d'une louche hyperbole
Frappe le comédien jusqu'après son trépas,
LES CIEUX LUI SONT OUVERTS, SI LA NEF NE L'EST PAS!!..
En effet, par quel crime enfanté dans la Grèce,
Par quel stylet trempé dans les eaux de Permesse,
L'acteur porterait-il jusqu'au sein de nos mœurs
Un souffle dangereux, des poisons corrupteurs?...
Il déclame en public, monte sur un théâtre?...
Comment! cet art divin, dont on est idolâtre,
Ce jeu des passions, par l'artiste imité,
D'une actrice au printemps la grâce et la béauté,
Sous le fiel d'une bulle il faut qu'elle succombe!...
Tout devient criminel, dès que le rideau tombe!!...

Non, non, Voltaire est là, le couvre de ses vers,
Grave son innocence au front de l'univers,
Et de son *Mahomet* le rendant interprète,
Sur la scène le place à l'égal du poète!
Le *Jadis* est passé des parchemins poudreux;
On a beau de la tombe exhumer ses ayeux,
Se tatouer, enfans, de leur défunt courage,
Et de seize quartiers affubler l'apanage,
Remonter au berceau du premier de nos rois,
Revendiquer l'éclat de ses vaillans exploits,
D'une momie aux vers le titre est ridicule;
Le temps fend l'éthérée, et jamais ne recule;
Le mérite est en nous; de ces hochets l'orgueil
Ne saurait ranimer des vertus au cercueil;
Vainement ces phénix renaîtraient de leur cendre,
Le torrent de nos arts les force à redescendre,
Et les âges nouveaux, brillans de nouveautés,
Refoulent sous l'oubli l'amas des vétustés!

De même on voit l'aurore, au matin lumineuse,
Dissiper les vapeurs d'une nuit vaporeuse,
Substituer à l'ombre un foyer de couleurs,
A la rose flétrie, un autre essaim de fleurs,
Sur le sombre rocher ranimer la verdure,
De limpides rubis rafraîchir la nature,

Enfanter de ses feux mille être reproduits,
Et des insectes morts inhumer les débris!

Ainsi, lorsque tout change, ou meurt, ou se remplace,
Un affreux préjugé conserverait sa place ;
Implacable héritier de sottise et d'erreurs,
Ce fantôme gothique insulterait nos mœurs,
Parmi nos beaux-esprits debout dans le parterre,
Tiendrait, en cheveux blancs, son sceptre octogénaire,
Et voûrait au bûcher, au nom de Loyola,
Dans ses *auto-da-fé*, les lauriers de Talma!...
Quel sot égarement courba sous cet empire??...
Quelle basse terreur consentit ce délire?...
Qu'un bourgeois *courte-vue*, au fond de la cité,
Quelque Géronte encore, au Marais alité,
Condamne les acteurs aux éternelles flammes,
Et dispose à son gré du destin de leurs âmes,
J'accorde à son cerveau, du volume d'un œuf,
Dans un Dieu de bonté, de voir un Charles-Neuf;...

JONCHONS DE LAURIERS Mais qu'un homme d'esprit, au-dessus du vulgaire,
LES TALENS, LE GÉNIE Partage, en son orgueil, ce tort héréditaire,
THÉÂTRAL Que le soir, aux Français, quoiqu'enivré par Mars,
DE MADEMOISELLE Il dévoue aux enfers les Atlas de nos arts,
MARS!... Que, juge déloyal, ingrat envers la scène,
Celle qui l'a charmé, cesse d'être chrétienne!!...
Ce travers inhumain est digne du visir,
Qui plonge en un cachot l'objet de son plaisir,
Impose à la beauté l'esclavage et la honte,
Et met sous les verroux la reine d'Amathonte!

Sur ce vain jugement il faut fondre à la fois,
Epuiser de Momus les plus sanglants carquois ;
A Boileau dérobant l'acier de la satire,
Faire un lacet aux sots des cordes de ma lyre!

L'IMMORTEL BÉRANGER. Vaudeville ; accourez, hérissé d'aiguillons,
Vous, Gymnase, artisan de l'émeute en chansons!..
Au luth de Béranger, notre sève électrique,

Que notre esprit s'embrâse à sa voix pindarique ;
Des rives de la Loire entendez les échos, (1)
Qui pour plus d'un Midas agitent les roseaux !...
. . . .
. . . .
Mais de ces bords déjà les Nymphes fluviales,
Ornant leurs avirons de palmes triomphales,
Voguent vers le héros, pour lui faire un pavois
De nacre..., plus brillant que le trône des rois !...
Mais déjà l'Océan, sur ses vagues légères,
Fait briller en coraux ses chansons populaires,
Et l'aigle avec le cygne, à leur éclat surpris,
Viennent les becqueter, les croyant des rubis !...
. . . .
. . . .
Ah ! que n'ai-je un navire à la proue argentée,
Le nom, en lettres d'or, du moderne Tyrthée,
Incendiaire, irait aux bords de l'Indostan,
Imposer aux Indiens ses couplets pour Koran ;
Et semant les refrains de ses rimes fécondes,
Instruirait, en riant, les peuples des Deux-Mondes ;
Le *Molha*, reconnu sous son masque imposteur,
Des vierges cesserait d'abuser la pudeur,
Et le Gange affranchi des fers d'une pagode,
Pour amulette aurait du philosophe une ode ;...
Car j'aime à voir uni, dans cet Horace heureux,
A des vers de vertu l'auteur né vertueux,
L'honnête homme incarné dans l'homme de génie,
Offrir, frères jumeaux, cette rare harmonie !...
Au bazar des emplois, au *serdeau* des honneurs,
A-t-il tendu la main contre ses vers vengeurs??...
Non, son front resté pur..., comme ses poésies,

---

(1) M. Paul de Béranger paraît s'être définitivement et philosophiquement fixé sur les bords de la Loire, dans *le jardin de la France*, à Saint-Cyr, près de Tours, pour se soustraire en quelque sorte à sa célébrité, et jouir du bonheur paisible, calme, que lui ont acquis les orages de sa gloire ; tel Horace à Baïa. Sa modeste habitation est située sur le penchant d'une colline, parmi les rochers, image des tourmens politiques sur lesquels se sont assis, en définitive, sa renommée et son repos.

N'eût jamais à rougir de ses hypocrisies ;
Non, non, ce n'est pas lui, qui, criant aux abus,
Sur l'épaule du peuple a gravi vers Plutus,
Transfuge d'un grenier, apostat plein d'audace,
Prolétaire, a troqué son fiel contre une place !!...
Il contemple, paisible, aux cieux qu'il a choisis,
Comme un monde qui meurt, la Loire et son roulis ;
Paisible, il s'est fixé sous ces riantes treilles,
Où Flore au pampre unit l'encens de ses corbeilles,
Et son sommeil bercé par le doux bruit des flots,
Plus que de vains lauriers, goûte enfin le repos ;
Il s'endort sous mon astre, orgueilleux d'un poëte,
Qui sous un carcan d'or n'a pas courbé sa tête !...

Héritiers de son fiel, cette arme des Français,
Pour bronze, un papillon, pour balles..., des couplets,
Il nous suffit d'un geste égayé de musique,
Pour tuer à jamais l'hydre jésuitique,
Et SCRIBE-JUVÉNAL, de son brillant burin
Changera la coulisse en un rempart d'airain !
La vieille Europe éteinte, en son vieil édifice,
Badigeonnée en vain, se plâtre d'artifice ;
Elle croule en débris sur ses lourds fondemens,
Soumise à la nature, à la rouille du temps ;
Un nouvel homme est né du sein de ces ruines ;
Son front est radieux d'étincelles divines ;
Il sent sa dignité, sujet de la vertu,
Il laisse à ce seul sceptre un empire absolu !
De son œil d'aigle il plane au loin de la poussière,
Sur des lambeaux infects ne fixe point sa serre,
Du nectar du génie assaisonne ses mets,
Dédaignant d'assister à d'antiques banquets ;
L'Europe féodale, en cheveux gris, pelée,
N'est plus à ses regards qu'une vieille poupée !
De même une comtesse, au faubourg Saint-Germain,
Farderait ses appas de blanc et de carmin,
De dix lustres sonnés voudrait cacher l'injure,
Et pour singer l'Agnès, se peindrait la figure ;
Tel encore un donjon, par l'âge morcelé,
Dans l'ombre offre de loin son front démantelé,

Du nocturne hibou devient le triste asile,
Et ne peut plus loger qu'un tartufe..., un reptile !
La lune avec regret sur ces antiquités,
D'un regard dédaigneux verse quelques clartés,
Mais moins pour éclairer ce séjour séculaire,
Que pour en faire un monstre, affreux de sa lumière ;
De même qu'on mettrait dans un squelette creux,
Au milieu de ses os, un flambeau lumineux,
Qui sur un mont lointain, comme un spectre livide,
Effrairait les regards du voyageur timide ;
Débris du moyen-âge, où les rois, conquérans,
Se battaient corps à corps pour quelques vains arpens,
Se disputaient le sceptre en plaisans don-Quichottes,
Monarques absolus d'un peuple de marmottes !..

Comparons maintenant ce squelette hideux,
Avec notre hydrogène, et nos palais pompeux ;
Athènes renaissante, en un brillant contraste,
Nous étale partout sa fraîcheur et son faste ;
Passages opulens, en voûte de cristaux,
De cent gerbes de feu prodiguent les fanaux ;
Le vaccin, antidote, ami des beaux visages,
GALL, le Cranologiste, admiré par les sages,
BROUSSAIS, du cœur humain sondant la profondeur,
Et ces vaisseaux aîlés, qu'anime la vapeur...,
Tout prouve à l'horizon de hautes destinées,
Et du monde agrandi les bornes reculées !..
Le Temps lève un bandeau, tendu parmi les airs,
Que l'astre de Volney déchire à coups d'éclairs !..

Et l'acteur, dans ce flot, qu'échauffe la lumière,
A l'ancre du passé resterait sédentaire,
D'un ostracisme étrange entendrait les affronts,
Et verrait ses travaux leur servir de plastrons !.....
Ah ! ses droits sont connus, la raison les lui donne ;
LE GRAND TALMA,...   De lauriers, de Cyprès une double couronne
A sa vie, à sa mort honore ses talens ;
Et son ombre vengée en respire l'encens :
Que dis-je !... avec orgueil la jeunesse éplorée

Porte du grand Talma la tombe révérée ;
De ce poids précieux chacun brigue l'honneur ;
Ici, notre héros cesse d'être l'acteur ;
On admire en son urne, à l'avenir léguée,
Des trésors de la scène un glorieux trophée !...
Si Londre eut son Carrick, la France eut son Talma !
Oreste et *Manlius* et *Macbeth* et *Sylla*,
Et *Titus* et *Néron*, l'amour..., l'horreur de Rome,
Ont r'ouvert la paupière à la voix du grand homme ;
Comme Napoléon, sur son trône immortel,
Il entraînait le peuple au pied de son autel :
Son geste, son regard, par un prisme magique ,
Captivaient les esprits d'un pouvoir magnétique ;
Au poignard d'*Otello* tous les cœurs ulcérés,
Saignaient du même coup, par le fer déchirés ;
De son jeu le prestige, et le feu de son âme
Faisaient de chaque vers comme un sillon de flamme,
Et dans *César*, enfin, de farouches vertus,
Le génie effaçait le meurtre de Brutus !...
Alors la liberté, dans sa mâle éloquence,
Volait de bouche en bouche, aux confins de la France ;
Le parterre, en délire, ivre de ses échos,
Resaisissait les noms de nos vaillans héros,
Et l'on vit Bonaparte, inquiet, plein d'ombrage,
De Voltaire prophète interdire l'ouvrage !

Oui, telle est de l'acteur, qui sait approfondir,
La place qu'il découvre aux plis de l'avenir ;
Tout son siècle se groupe autour de son génie !
Pour nourrir ce beau feu , les vierges d'Ausonie
Inspirent le poëte, et sur les vers d'Arnault,
De Casimir-Lavigne, Epagny , d'Ancelot ,
Versent à pleines mains et l'or et l'étincelle,
Et font vibrer leur luth d'une beauté nouvelle :
De l'ombre de Talma mesurant la grandeur,
Melpomène, en *Ligier*, lui forme un successeur !

M. LIGIER,
PREMIER ACTEUR
TRAGIQUE AUX FRANÇAIS.

Illustre mausolée , humide de nos larmes,
Tes lambris sont empreints du sceau de nos alarmes ;

PREMIÈRE PARTIE.

22

L'étranger attendri, saisissant un stylet,
Y grave, en gémissant, l'offrande d'un regret,
Le tuia sépulcral, dans sa mélancolie,
Se courbe, pour garder l'encens de l'élégie,
Et, ceint d'étoiles d'or, l'ange d'éternité
Montre le tragédien dans l'immortalité!

Du moins que ce tombeau, que notre amour contemple,
Soit de ses héritiers et l'orgueil et l'exemple,
Qu'il nous rende un Talma, jaloux de l'imiter;
Que ce rare Sosie, habile à le calquer,
De Melpomène en pleurs console le veuvage,
Et trompe nos regrets par sa fidèle image!

Mais à ce rang suprême on prétendrait envain,
Si la nature en nous n'abrège le chemin;
Il faut de mille dons réunir la richesse,
Etudier long-temps ses moyens, sa jeunesse,
D'une voix de Stentor l'instrument et les tons;
Un prince de théâtre a besoin de poumons;
Le vers qu'on entend peu, perd dans la perspective;

MADAME DORVAL. Touchez comme Dorval, dans une ardeur plaintive;
Imitez de ses pleurs le cristal précieux,
Ces perles de l'amour, qui tombent de ses yeux,
Son geste, son regard, sa voix mélodieuse,
Lyre du sentiment, dans ses mains langoureuse,
Son soupir qui séduit, son silence éloquent,
Qui du parterre entier lui fait un seul amant,
La présente à nos yeux, à notre âme attendrie,
Comme sous des cyprès la pensive élégie!
Voyez dans *Chatterton* avec quel art divin,
Elle cache le feu, qui couve dans son sein,
Garde l'air indigné, et la couleur locale,
Respecte d'un époux l'autorité brutale,
Se laisse déchirer par un amour-serpent,
Qui, malgré sa vertu, lui dévore le flanc,
Sait s'identifier avec ce savant rôle,
Dont ALFRED DE VIGNY s'est fait une auréole!...
De Vigny, vrai poète, en sa chair et ses os,

Qui sue au front des vers, sombres comme les flots,
Jete aux humains le fiel de sa sourde ironie,
Avec l'éclair brûlant de son âpre génie !...

**MADEMOISELLE
SAUVAGE, ACTRICE DU
GYMNASE.**

Dans cet art de gémir, de répandre des pleurs,
Sauvage a dans la fibre une corde aux douleurs,
Et dans *Indiana*, sa brûlante énergie
Mérite sur son front le laurier de Thalie ;
Air noble et distingué, regard piquant et doux,...
Cette actrice est divine en un tendre courroux,
Lorsque, donnant essor à ses vives alarmes,
Elle mêle à sa voix du dépit et des larmes,
Jete son âme entière aux pieds de son amant,
Et se voue à mourir, s'il devient inconstant :
Ses nerfs alors tendus, et sa lèvre serrée
Trahissent le secret de son âme navrée ;
Muette en ces momens, elle sait bien souffrir;
Son âme est comme un luth, qui vibre au seul zéphir;
Habile dans le trait, diaphane et nerveuse,
D'une colère sourde, en même temps fougueuse,
Ses muscles contractés et d'amour et d'horreur,
Disent d'un pinceau vrai les tourmens de son cœur!
Nymphes qui la suivez dans la même carrière,
Comme elle ayez toujours une expression claire ;
N'allez pas hasarder des propos avortons,
Qu'on saisirait à peine aux loges des balcons,
Car malgré le défaut d'un artiste qui crie,
Une forte poitrine est souvent applaudie !...

**M. JEMMA, ACTEUR
DU THÉATRE DE LA GAÎTÉ.**

Dans ces rimes, *Jemma*, riche de vingt exploits,
Veut un fauteuil royal pour son trône danois ; (1)
Sur une chaise d'or je lui dois une place;
Fils de la jeune France, il en montre l'audace ;
Je voudrais lui brûler quelque suave encens,
De ces parfums royaux, la myrrhe des sultans ;
Je voudrais que mon vers, comme lui grandiose,

(1) Cet artiste a créé avec un grand talent le rôle de CHRISTIERN, roi de Danemark.

Dans un long avenir fût son apothéose !

. . . .

. . . .

Amant d'*Indiana* , jouet d'un sort fatal,
Qu'il est beau , quoique teint du sang de son rival !...
Dans ses veines l'amour à flots pressés circule ;
Aux bras de son amante il promet un Hercule;
Peint-il les passions de son œil irrité?...
Sa voix , comme un tocsin , dit-elle : « LIBERTÉ?.. »
Il m'appparaît , alors , brillant de son jeune âge,
A l'horizon en feu , comme un superbe orage !

. . . .

. . . .

Il est ambitieux??... — ce rêve d'un grand cœur
Doit être le foyer, l'âme de tout acteur!

. . . .

. . . .

Ah ! que j'aime à le voir, aux routines rébelle,
Ceignant , à chaque rôle , une palme nouvelle,
Au cercueil de Talma méditer ses travaux ,
Invoquer son squelette , à genoux sur ses os !...

. . . .

. . . .

Opulent en moyens , *Jemma* crée , imagine ;
  Latude , ou *Christiern* , sous les fers ou l'hermine ,
La pourpre ou le cachot, vieillard... *de vingt-huit ans*,
Je vogue avec délice au flot de ses talens ;
Il m'entraîne , il m'attache à sa mâle énergie ,
Je me crois être fort des forces de sa vie ,
Et le plaçant déjà dans sa maturité,
Je l'entrevois bondir de sa célébrité !...
Cette célébrité, que son cœur idolâtre,
Il l'étreint de ses vœux , ainsi qu'un sein d'albâtre,
Il se roule autour d'elle ,... il l'attire à son front,
Et voudrait la saisir d'un regard ,... d'uu seul bond :
Avide d'une gloire , à ses destins promise,
Il souffle en lui le feu , l'art qui le magnétise,
Sous sa ride factice , avec des cheveux blancs ,
Il masque sa vigueur sous des genoux tremblans,
Fait plier sa jeunesse aux scènes de la tombe,
Et n'est jamais plus grand, qu'à l'heure qu'il succombe!

. . . .
. . . .
. . . .

M. Bernard-Léon,   Bernard-Léon, plus mûr, en son jeu plein de sel,
directeur et acteur   Par son regard piquant, malin, mais naturel,
du   S'est inscrit, en riant, à la biographie,
théatre de la gaité.   Brêveté vrai comique aux autels de Thalie;
Un burin magnifique est empreint dans son trait;
Il naquit, cet acteur, pour chanter le couplet;
Le rire sur sa lèvre, ainsi qu'une étincelle,
Toujours prêt à briller d'une grâce nouvelle,
Communique au parterre un divin enjoûment;
« La gaité fut batie exprès pour son talent! »
Quand ce théâtre, un jour, sculptant ses coryphées,
Exhumera Bernard parmi ses beaux trophées,
Offrant l'artiste en buste aux regards attendris,
Que de pleurs couleront!...—puis, après, un souris;
Quoique de marbre, alors, ses lèvres expressives
Rediront de *Loupin* les paniques plaintives,

M. Lhérie, acteur   Les terreurs de *Lhérie*, adroit caméléon,
du théatre de la gaité.   Auteur et virtuose, en féminin jupon,
Chanteur délicieux, à la voix de syrène,
De l'esprit à la ville, autant que sur la scène,
De se multiplier possédant le secret,
Effeuillant son triomphe auprès de Nongaret,

Mad. Nongaret,   Nongaret-Niobé, dont la beauté parfaite
première actrice du   Se plie au moyen-âge, ainsi qu'à *la Grisette*,
théatre de la gaité.   Dont la bouche, en s'ouvrant, paraît à tous les yeux,
Une feuille de rose, alors brisée en deux;
Modèle, où l'amour mit, pour sceller sa victoire,
De l'ébène aux cheveux, aux tempes, de l'ivoire,
Qui de rubis parée, ou de simples lilas,
N'a besoin, pour régner, que de ses seuls appas,
Des lis que le regard sur ses contours moissonne,
Plus puissans sur les cœurs, qu'une froide couronne!

. . . .
. . . .
. . . .

M. Albert, artiste de   Albert, qui fit revivre, au foyer de son art,
l'ambigu-comique.   Dans un rôle de feu, les cendres d'*Abeilard*,
Pour ses talens *innés* me demande une rime;

Tout Paris l'a jugé dans *Darneley* (1) sublime ;
Il déclamait, enfant..., jeune homme, il déclamait ;
Du commerce ennemi , de schâls il se drapait ,
Et le phrénologiste , à sa tête artistique
Palperait de l'acteur *la bosse dramatique!*
Guyon, mâle et terrible en son jeu régulier,
Offre un beau front de bronze au casque du guerrier ;
Par fois dans ses fureurs je vois Talma lui-même,
Lui glisser le secret de son talent suprême !..
Ainsi, ces boulevarts, des Midas les plastrons,
D'artistes de talent sont les berceaux féconds ;
Albert y prit naissance ; enfant de ces gymnases,
Il sonda de son art les écueils et les phases,
Et bientôt aux Français, sur les pas des Ligier,
Chauffant à ce soleil son juvénil laurier,
Nous le verrons guetter, dans ces hautes coulisses,
Ce goût, ce tact exquis, coupe de nos délices,
A Monrose, à Prévost, à David et Firmin,
Dérober le secret d'un jeu profond et fin,
Comment d'un seul regard on dit plus que cent rimes,
Comment jusqu'au silence a des éclairs sublimes,
Quel est ce tact heureux, ce *lacryma christi,*
Par les gourmets de l'art, chaque soir applaudi,
Que Mars répand à flots de ses lèvres musquées,
Comme des perles d'or, de corail enchâssées ?...
Quel est cet aloës, ce talisman secret,
Qui s'exhale en parfums, et vogue avec Noblet,
Ce ton délicieux de l'opulence instruite,
Cette grâce à jeter des demi-mots d'élite,
A sabrer les amours dans un jargon fleuri,
Paillettes de boudoir, triomphes de Chéri,
Comment, dans un salon, nos *dandys*—jeune France,
Dissèquent une femme avec impertinence,
Et, couchés au balcon, nos fats en gants glacés,
Poursuivant les acteurs de leurs lorgnons froissés,
Aliénés du musc, qui parfume leur linge ,
Minaudent leur bonheur des grimaces du singe,
Trouvent tout détestable, excepté leur talent,

(1) Rôle du milord dans *le Facteur.*

Leur génie à tenir un souple cure-dent,
A vanter leurs chevaux, leurs Phryné, leur scandale,
Et leurs diners coûteux au rocher de cancale !..
. . . .
. . . . , ... , . . .

AMBIGU-COMIQUE. Pour tant de beaux sujets que n'ai-je de beaux vers !
Je vous nommerais tous, *Delaistre*, *Armand*, *Gilberts*,
FOSSE au gosier divin, *Montigny*-l'énergique,
MATHILDE au maintien noble, à la voix spasmodique,
THÉODORINE, actrice, en son style nerveux,
Cullier, sage et profond dans plus d'un rôle heureux,
FRANCISQUE, fin *Tambour*, la naïveté même !...
Dans *Cotillon* trinquant avec un diadème,
Qui, dans un franc repas, jetant la royauté,
Déjeûne avec le peuple, aux *toásts* de la gaité?

THÉATRE DE LA PORTE SAINT-MARTIN. Là, MORALÈS, jouant une *jeune première*,
Ajoute à ses fleurons ceux de la VAUBALIÈRE;
J'aime à guetter l'amour sous ses lis agités,
Où, dans un cœur dévot, couvent les voluptés;
ROUGEMONT sur ce rôle a versé sa science,
Peinture d'un grand cœur, sublime d'innocence !...

THÉATRE DE LA GAITÉ. MM. MAILLARD ET CHÉRI-LOUIS. MAILLARD, dans *Suénon*, rend avec dignité
Les vices d'un grand prince,... un prince enfant gâté;
Tout ce qu'il dit en scène, il l'exprime de l'âme;
Dans ses yeux demi-clos brille une sourde flamme,
Sur sa lèvre mordue un docte et beau dépit,
Qui révèle l'étude en un acteur d'esprit;
Consommé comédien, et de *sa planche* maître,
Chéri, pour nous charmer, n'a soudain qu'à paraître;
Il prodigue avec art ses propos libertins,
D'un charmant scélérat les scandaleux destins,
Et tout en explorant, ou le crime ou le vice,
Dans ces délits *soufflés* il fait notre délice?
. . . .
. . . .

(1) *Posséder sa planche*, en termes de coulisses, c'est être bien sûr de son rôle.

THÉATRE DU PALAIS-
ROYAL.

Porterais-je mes yeux sur le Palais-Royal;
ACHARD marche en géant, dans son art sans rival;
En mêlant à son jeu la douce mélodie,
Fait d'un ton ravissant chanter la comédie?
— Le talent sur mes pas s'étale à mes regards :

M. DORMEUIL, DIREC-
TEUR ET ACTEUR.

DORMEUIL, rempli d'aplomb, directeur de ces arts,
Précieux *père-noble*, à la fleur de son âge,
Sait, quoiqu'en cheveux gris, capter plus d'un suffrage,
Raisonneur, gourmander un vaurien de neveu,
Arracher de sa fille un délicat aveu,
Et des vieillards enfin parodiant l'allure,
Effacer la jeunesse, écrite en sa figure! —
Là, plus d'une fauvette au chant mélodieux !...

THÉATRE
DU VAUDEVILLE.

LEPEINTRE, au Vaudeville!..—ou plutôt j'en vois deux,
Variés dans leur genre, où tous deux sont modèles;
Pour eux la renommée a fatigué ses aîles;
Et *Taigny*, *vrai Faublas*, léger, fin et coquet,
Lance jusqu'aux balcons une odeur de muguet,
Son gracieux souris, sa jeunesse électrique,
Et de ses mots joyeux la flèche magnétique!!!...

MADEMOISELLE GEORGE,
PREMIÈRE ACTRICE DU
THÉATRE DE LA PORTE
SAINT-MARTIN.

Le beau-sexe a ses rangs dans ces arts enchanteurs;
Venez, GEORGE, au front fier, tout culminant d'honneurs;
Que j'admire ce front, baptisé par la gloire !
D'abord, à vos débuts, de victoire en victoire,
D'une beauté-prodige enchantant les esprits,
Pouvaient-ils vous juger, par vos charmes séduits?..
Le cœur-Pygmalion au pied d'une statue,
Ne faisait plus qu'un vœu.... « *qu'elle fut toute nue!* »
L'un s'attachait aux mains, qu'il baisait de ses yeux,
Un autre à tout l'ensemble, œuvre rare des dieux !...
Celui-là du profil contemplant la magie,
En artiste sondait sa profonde harmonie;
Celui-ci de vos bras vantait l'heureux contour,
Disait en se pâmant : *quelle chaîne à l'amour* !
Taille, formes, cheveux..., oui, tout, dans le parterre,
Comme un superbe écrin, qu'on convoite sous verre,
Passait de main en main, au regard du désir,
Avec faste étalant la perle et le saphir,
Où chacun, dans son spasme, eut voulu quelque chose,

Les grands... la vanité, mais l'amant..., une rose !

Vous eûtes ces succès, qu'impose la beauté ;
Le vers alexandrin était dans son été ;
De ce vers en cadran le balancier commode
N'avait pas essuyé les revers de la mode,
Et classique au théâtre, à l'abri des sifflets,
Le public de son râle agréait les hoquets ;
Achille, en beau pompier, L'*Omnibus* de Trézène ;
Iphigénie en type, et ce cher Théramène
Depuis trente ans au moins débitait ce récit (1),
Qu'à grands coups de *pensum*, au collège on redit,
Tournant dans ce manège, et sombre et monotone,
Qui laissait à l'acteur sa *rentière* couronne ;
Agamemnon, bourdon de ces tristes concerts,
D'un bail de *trois, six, neuf*, disait les mêmes vers ;
Paraissait en tricot Phèdre, *l'incestueuse*,
Et la tendre Aricie, à la voix langoureuse ;
Hélas !.. l'alexandrin, dans ce coche charmant,
Sur les bords de la Seine allait paisiblement,
D'un diadème en plomb traînant la somnolence,
Aux sons d'une ouverture, en béate cadence,
Partant au petit trot, ainsi qu'à Franconi,
Atelé deux à deux, d'un cothurne jauni ;
Doyen très vénéré dans sa lourde chimère,
Au théâtre il pensait conserver son ornière,
Quand un *sixième sens*, (2) l'orage dans les yeux,
Des rochers écossais fond sur ce vers poudreux,
Un pied sur une vague, et la main sur l'espace,
Le front dans un Vésuve, et l'orteil dans la glace !...
Il vit dans le contraire, et l'excès et l'horreur,
Il étonne..., il séduit de beauté, de terreur,
D'un baquet plein de sang se fait une palette,
D'un faisceau de poignards se compose une aigrette,
Allie avec la mort la rose et le frimas,

LE ROMANTISME est un monstre charmant; il plaît d'autant plus, qu'il a pris naissance dans le désordre, fils de la tempête ; il en a tout le noble fracas, soit qu'il se baigne dans des flots de sang, ou dans les ondes mélodieuses de la prairie, il nous enchante toujours ; sans le romantisme, plus de bonheur, d'imagination, d'amour ; sans le romantisme qui tend nos nerfs, les galvanise , fier d'être *la première passion nationale* , après l'amour du pays, nous serions Velches !...

(1) Després, acteur des Français, a débité pendant près de 30 ans le récit de Théramène.
(2) Voyez le superbe discours de réception à l'Académie Française. de M. de Lamartine, du 21 août 1835.

L'agonie au baiser, le délire au trépas,
Déchire d'un coup d'œil, émule du tonnerre,
La syntaxe en béquille, et sa sotte lisière,
Se diapre de neige à la crête des monts,
Orphelin recueilli dans le sein de Biron,[s],
Et secouant partout sa pile voltaïque,
Sur le monde inocule une âme romantique!....

GEORGES, dans cet enfer, ou ce rithme nouveau ,
D'un Parnasse naissant des ombres du tombeau
Il vous fallut voguer, reine du moyen-âge,
Plonger vos bras d'albâtre au trône antropophage,
Remonter à ces rois, où le crime à la main,
L'amant sacrifié dans un affreux festin,
La Seine de ses flots couvrait ces homicides,
Et Rome édifiait ces princes paricides!.....

Qu'importe à vos talens !... *Borgia*..., *Brinvilliers*,
Classique ou romantique..., on vous doit des lauriers;
Dans le forfait charmante, et belle dans le crime,
Que vous soyez coupable ,... innocente victime,
Que sur un lit de sang, dans des amours sanglans,
Vous peigniez les horreurs, le règne des vieux temps,
Ce Romantisme croît comme un beau météore,
Votre bouche est son temple, et vos yeux, son aurore ;
Comme pour *la Raucourt*, un printemps toujours frais
De l'amour du public assure vos attraits,
Toujours jeune à la scène, et mille fois plus belle,
Depuis que le talent dans vos yeux étincelle,
Depuis qu'un feu plus vif étreignant ce beau corps,
De deux âmes de plus a doté ses trésors !

M. BOCAGE.

De GEORGE en dépeignant la marche triomphale,
Reine du souvenir, sommité théâtrale,
L'orgueil du mélodrame à mes yeux se fait voir,
Comme en une nuit sombre une étoile du soir,
Comme un palmier brillant sur une vaste arène,
Comme l'homme du siècle, et l'homme de la scène ;

Son front pâle et penseur me fait lire en son pli
Les torts de *Térésa*, les fureurs d'*Antoni* ;
Du 19e siècle ostensible pensée,
Du fardeau des abus son âme est oppressée ;
Des actualités type chaud et nerveux,
C'est notre France entière écrite dans ses yeux ;
Non, cette France éteinte, au corbillard vouée,
Au préjugé chronique, à la mine *flouée*,
Livrée inamovible au grand bazar des cours,
Sans cesse fredonnant ses défuntes amours,
De sottises vétue, et noble sans noblesse,
Pompadour surannée, enfant dans sa vieillesse.
Mais ce sol immortel, où les yeux du croissant
Couvent la liberté sous des gerbes d'argent,
De mille Spartacus silencieux délice,
De cent Faliero le théâtre complice,
Où l'honneur entretient dans l'âme des français,
Ce feu vif et brûlant, qui ne périt jamais,
Où, la nuit, dans le bois, la nuit, sur le rivage,
Pour vivre indépendant, chacun est un BOCAGE !...

M. DUMAS.

Bocage, dans ton sein aime à rêver l'amour ;
Tes bras sont les rameaux, tes yeux le demi-jour;
Et si de *Dalmivare* on craint le stratagème,
Ce n'est que ton talent..., ton cœur reste le même ;
Mine féconde où puise en vers accusateurs,
DUMAS, notre Schiller, hostile à nos erreurs,
Protée en ses talens, dans *Marana* mystique,
Lavater du théâtre, et dans *Kean* comique,
Dumas, dans son dilemne, au préjugé cruel,
Plume du même acier que la flèche de Tell,
Anatomiste adroit des amours de la femme,
Détachant avec art le masque de son âme,
Peintre acrimonieux de nos jeunes beautés,
Portant jusqu'au salon ses crayons irrités,
Vengeur de l'orphelin que son vers amnistie,
Se ceignant de succès, sa longue dynastie.
Tantôt Helvétius, tantôt nouveau Gresset,
Sur les vices du jour faisant cingler son fouet,
Se ménageant enfin dans la lice moderne,

Les gloires de Mercier, et les gloires de Sterne !

M. LOCKROI.

Lockroi prétend un vers dans ces vers fortunés,
Riches de tant de noms, au Pinde burinés ;
Poéte, acteur, auteur..., à sa triple couronne,
Pàris, sans hésiter, il faut donner la pomme :
Son talent élastique, et souple pour Hugo,
Est comme un nerf vivant jeté sur un réchaud,
Qui se tord et se crispe, embrâsé par la flamme,
Et trouve à chaque mort, pour mourir une autre âme;
Son œil verse du sang, s'il faut de la douleur,
Sa langue est un poignard, s'il faut peindre l'horreur,
Laver quelque forfait dans l'écume et la rage,
Sa narine gonflée a dénoncé l'outrage,
Son talon le piétine, et le foule en bourreau ;
Dans ses doigts la vengeance a l'éclat d'un flambeau ;
Son œil de feu s'élance au-delà du parterre,
L'horizon est trop court à sa vaste colère,
Et du silence alors arrachant le secret,
Il est plus éloquent, alors qu'il est muet !

Mme ALBERT,
AU VAUDEVILLE.

Mais quels drapeaux brillants agite encor Thalie!..
Ah ! C'est le *Vaudeville*, amant de la Folie,
Des jeux et du sarcasme, escorté de couplets,
Lancés sur la sottise au cri des galoubets;
Oui, c'est bien là qu'ALBERT, de ce temple déesse,
A fondé sur sa bouche un trône à la finesse,
Sur ses lèvres de rose, et dans ses yeux charmans
A caché des écueils pour des milliers d'amans !
Quel charme !.. quels accens !.. quelle étude profonde
Du jeu des passions et des masques du monde !
C'est pour la société le code du bon ton ;
Chaque geste en lui-même est une haute leçon ;
L'amour dans ses transports conserve sa limite ;
La pudeur sur son front est en carmin écrite,
Et pour porter au comble un délire si grand,
L'actrice virtuose excelle dans le chant,
Comédienne à la fois, au sein des mélodies,
Prodigue à pleines mains le sel de ses saillies,

Passe du dramatique au fausset de Buffa,
Des fleurs du sentiment aux myrtes du sopha,
Toujours enchanteresse, et Protée enivrante
D'un parterre ravi de sa voix qui l'enchante !

M^{ade} THÉNARD. THÉNARD, du meilleur ton, sans viser aux effets,
Me fait croire à son jeu que je suis aux Français :
Dans des scènes de cour quelle démarche aisée !
Lui faut-il d'un œil fin, la paupière baissée,
Risquer l'aveu charmant d'un amour délicat,
Ou donner à sa voix son timbre et son éclat,
La salle de vibrer de douces mélodies,
Du public musicien finiment applaudies !!...

MEDEMOISELLE BROHAN. BROHAN, souple, enjouée, et brillante à la fois,
Le débit de *Contat*, l'aplomb de *Duchesnois*,
aux *Poletais* parfaite, en *reine*, en *grande dame*,
Obtient ce qu'elle veut de son art et son âme ;
Une finesse d'ambre, et des mots dits de l'œil ; —
— Modeste sur la scène, aux bravos sans orgueil,
Nous cachant sans dessein d'une bouche enfantine
Son esprit reconnu sous sa grâce mutine !...

M. ARNAL. ARNAL, permets qu'un vers, calqué sur ton souris,
Charbonne en badinant tes gracieux croquis,
Dise par quel secret, de ta seule présence,
Tu portes le plaisir jusques à la démence,
Éparpilles la joie attachée à ton nom,
Comme un grelot magique au cou d'un papillon :
Ton haleine est encore au fond de la coulisse,
Et déjà son seul souffle est un charme, un délice ;
On brûle de te voir, de contempler tes traits,
Du siècle romantique admirables reflets !....
Est-ce une *passion*, qui soudain te dévore ?...
Enivré de romans, saturés de phosphore,
Ton *cœur d'homme* gonflé d'un amour vaporeux,
Sur les toits, dans la rue exhale-t-il ses feux,
De quelque *Zélamire*, idole de ton âme,
Veux-tu presser sur toi *sa poitrine de femme*,
Te plonger à ses pieds, *te tordre* dans ses bras,

Et renaître et mourir dans ce brûlant trépas,
Pygmalion nouveau d'une autre Galatée,
De ton grotesque amour la sentir agitée??...
Ah! je pouffe de rire, et maudis ton talent
Qui devient pour mes nerfs une peine, un tourment,
Et, l'œil mouillé des pleurs, que ce rire provoque,
J'applaudis dans son art l'acteur profond, baroque,
Qui chausse le cothurne en jambes de niais,
Mêle le ridicule à de tendres excès,
Et prodiguant ainsi ses farces électriques,
Me jete pour adieu, la joie,... et des coliques!...
Sur l'aile de Momus *marche, marche toujours*!...
De ta marotte éteins le charbon des amours;
Hélas! le ciel est noir du gaz des asphyxies;
Que ne peux-tu l'éteindre à force de folies!...
Errant dans les plaisirs, *marche, marche* au succès,
Car le rire est si bon, c'est le dieu des Français;
Traverse un monde entier, ivre de ta grimace,
Pour vendre tes briquets, prends la plus belle place;
Marche, marche toujours!... au jugement dernier,
Paris marque ta niche à coté des Potier,
Et toujours bon chrétien pour les saints du théâtre,

M. DANTAN, Dantan déjà te sculpte une statue en plâtre,
SCULPTEUR CÉLÈBRE. Où ton jeu, ton génie à nos regards vivants,
Feront, après ta mort, trépigner les passants!
DANTAN, ici, ma rime un moment suspendue,
Sur les carreaux de *Susse* (1) a rappelé ma vue;
Avec mille rieurs je me mêle en riant;
De tes plâtres d'airain le sarcasme sanglant
Vaut tout un Juvénal damassé d'ironie,
Où le sculpteur poète aiguise son génie :
C'est un poème entier, que ce muséum nain,
Où tu pétris de sel le front du genre humain!
LA PARODIE est là, de tout son fiel armée;
Faisant de plus d'un grand un grotesque Pygmée,
Et d'un peu d'amidon délayant nos laideurs,
Tu passerais Rembrant en dessin, en couleurs!
A ces gentils pamphlets, rimés en terre glaise,

(1) Riche marchand de tableaux sur la place de la Bourse.

La rate se dilate, et le cœur est bien aise;
L'esprit des fous se venge, ainsi que de ces sots,
Qui mettent le bonheur dans le poids des lingots:
Cette satire en plâtre, à ces carcans frappée,
L'emporte à mon avis sur une ménippée;
Crocades des mortels, dont les cerveaux coquets
Pèsent encore moins que tes légers maillets!

Mais, Dantan, suffit-il de cette œuvre comique;
La France attend de toi quelque marbre historique,
Où versant à pleins flots ta verve et ton talent,
Au lieu d'une *pastiche*, on ait un monument!
. . . .
. . . .
Hélas! à tout acteur qui brille sur la scène,
Que ne puis-je, Apollon, donner un diadème!...
Dans ces croix de Thalie, et *Lafont* et *Volnis*,
Princes du Vaudeville, auraient les premiers prix;

M. LAFONT, ARTISTE AU VAUDEVILLE.

Lafont au triple jeu, héros de cour, comique,
Pilier d'estaminet (1), galant ou dramatique,
Roué de régiment, le colback de côté,
Des dettes, des duels et de la volupté,
Maint rendez-vous d'amour, du punch et des folies,
Et, chaque garnison, l'amant des plus jolies,
Désarme la critique, excite les bravos,
Protée inépuisable en ses rôles nouveaux :
Le second, c'est Volnis, amant tendre et sensible;
Quelle femme à ses feux serait inaccessible?...
Dans sa flamme ingénu, romanesque, amoureux,
Il nous offre à la fois *Dancenis* et *Saint-Preux*,
Auprès d'une beauté se glisse et s'insinue,
Comme l'éclair brûlant au centre de la nue,
Fait briller son regard, la crible et l'amollit
Des feux du sentiment, des flèches de l'esprit,
Et pour masquer l'écueil d'une pudeur exquise,
Il arrose de pleurs la main qu'il a conquise,
Prodigue le serment, le soupir, le respect,

(1) Dans *Jean*.

Et du Jeune-premier est le type parfait!

MADEMOISELLE JENNY-
COLON,
A L'OPÉRA-COMIQUE.

Riche en talens divers, Lutèce, dans ses salles,
Si c'est à l'étranger, compterait peu d'égales ;
Jenny-Colon, d'abord, notre *dona prima*,
Fauvette du couplet, digne de l'opéra,
Beauté de premier ordre, aimable virtuose,
Le son semble partir des feuilles d'une rose ;
Sa bouche est le calice, où son gosier charmant
Sait solfier l'amour à l'auditoire amant ;

M. CHOLLET,
DE L'OPÉRA-COMIQUE.
Mᵈᵉ CASIMIR.

Chollet, le grand ténor, et notre Philomèle,...
La tendre Casimir, divine tourterelle,
Dont la voix grandissant comme un fantôme d'or,
Prend avec majesté son imposant essor ;
Chollet-Elleviou, son superbe sosie,
Postillon élégant, de bonne compagnie,
Lovelace ou Frontin, séducteur dangereux,
Fait pour charmer le sexe, et l'oreille et les yeux ;
Portant avec succès le chakos et l'aigrette,
Comédien supérieur auprès d'une coquette ;
La manière tranchante, et le propos piquant,
Le geste plein de grâce, et le débit brillant :

MARTIN,
CÉLÈBRE VIRTUOSE.

Décoré d'un grand titre, entre ces renommées,
Martin-Anacréon, aux notes *égrainées*,
Ainsi que Ximénès, ne pouvant pas vieillir,
Dans un chant toujours jeune à su se rajeunir ;
Les perles de sa voix, quoique sexagénaire,
Ont toujours de l'éclat, ont toujours l'art de plaire :
Frontin délicieux sous ses cheveux blanchis,
Volent à ses accens et les jeux et les ris ;
La coulisse frémit, tout l'Opéra-Comique
Sent son cœur palpiter à son talent magique ;
Euterpe enthousiaste à son gosier divin,
Vole aussitôt vers lui, des lauriers à la main,
Chacun veut admirer la gloire de la scène,
L'amphion de Feydeau, le brillant phénomène,
Le père du fausset, l'ami d'Elleviou,
A l'époque où Paris de ce couple était fou !...
Il paraît,.... et la salle en retentit d'ivresse ;

De son front gracieux s'éloigne la vieillesse;
Son âge est un problême, et le Temps étonné
Lui-même ne sait pas quand Martin serait né;
La chaleur de son chant, jeune de mélodie,
Des frimas des hivers n'est pas encor tiédie;

Jaquinet, exhumé, sans blesser le bon sens,
Peut chanter en Picard : « *Je suis dans mon printems!.* »
Dans un profond silence on l'écoute, on l'admire;
On reconnaît, charmé, les cordes de sa lyre,
Sa lyre de cristal, harmonieux hémol,
Qui doit un jour servir de nid au rossignol,
Dans le temple du goût suspendue en trophée,
Eterniser le nom du charmant coryphée,
De l'homme bienfaisant, de l'acteur généreux,
Qui mit aussi sa gloire à faire des heureux!
Une veuve, un artiste a-t-il un bénéfice,
Le virtuose accourt, à ce projet propice,
Une belle action électrise ses chants;
Il excelle!... il ravit!... la veuve a des enfans!
De plaisir on trépigne; il s'étonne lui-même;
Il serait moins heureux, maître d'un diadème!...
L'artiste est sans fortune,... il redouble d'efforts;
L'orchestre tout entier seconde ses transports;
Il n'a chanté jamais avec tant d'harmonie;
Soulager le malheur lui donne du génie;
Et faisant de sa voix un tronc pour l'indigent,
Martin rend immortels son cœur et son talent!

Calomniez l'acteur, hypocrites impies;
De l'amant des beaux-arts les vertus sont amies;
J'en pourrais nommer cent dont les bienfaits nombreux
Ont appaisé la faim sous des greniers poudreux,
Exempts d'ambition, ont aidé la misère,
Sans se parer jamais du faste d'un rosaire;
Leurs noms me sont connus, je tairai leur secret;
L'anonyme est l'orgueil, le masque du bienfait!
— Voyez-vous se glisser dans ce logis Elvire,
Elle y porte un peu d'or, son bon cœur..., un sourire,

Dépose son offrande, et s'échappe soudain
Aux larmes qui voudraient mouiller sa belle main !!...
Si, chaque soir, l'artiste étale sa science,
D'un voile épais aussi cachant sa bienfaisance (1),
Il donne, philosophe, au malheureux du pain,
Sans souffleur, il envoie un peu d'or à la faim,
D'une veuve, un vieillard ranime le courage,
Ne dit pas ce qu'il est, pour jouir davantage,
Et lorsque le tartufe, en pieux intrigant,
Insulte par envie à ses mœurs, son talent,
Triomphant, il répond : « *Cet acteur que tu blâmes,*
« *Ne tient pas un comptoir pour le salut des âmes* !!..»

Mais mon texte s'éloigne ; il faut y revenir,
Et venger tout acteur pour un long avenir,
Le rendre à tous les droits que mérite sa place,
Qu'au congrès d'Apollon il reçut du Parnasse,
Détruire en sa racine un préjugé bourgeois,
Qu'affecte le vulgaire, et que n'ont pas les rois ;
Si de ce jugement l'opinion s'écarte,
Citoyen, j'en appelle à l'esprit de la charte ;
N'est-elle pas l'équerre, où des lois le bandeau
Place tous les Français sous le même niveau ??...
Beaux-arts, inventions de l'habile industrie,
En elle le talent trouve une autre patrie,
Et soutien du théâtre, où ses droits sont plaidés,
Elle range l'acteur parmi ses affidés !
Dans l'intérêt des mœurs, le miroir de la scène
Réfléchit l'intrigant dans son oblique arène,
D'un don Miguel suspend le cours des attentats,

---

(1) Feu Philippe, qui était acteur au théâtre de la porte Saint-Martin, en 1822, mettait son bonheur à faire du bien, et surtout à cacher ses belles actions ; ce ne fut qu'à sa mort, que vingt traits de générosité de cet artiste vertueux furent révélés au grand jour, car la tombe est comme l'opinion publique, elle dit tout, et si nous ne craignions de faire monter au front de madame Volnis, madame Albert, mademoiselle Déjazet une noble rougeur, nous citerions maint trait de bonté de leur part, entre autres, de madame Volnis qui, tous les mois, remet au curé de sa paroisse 100 francs pour être répartis entre les pauvres ; mais le mystère dont ces dames se couvrent est sacré, et je crains même d'en avoir trop dit !!...

Et lui montre Thémis attachée à ses pas!

Sans ces plaisirs charmans, qui délassent la vie,
Privés de ce prestige, inventé par Thalie,
Que serions nous, hélas! sous le fardeau du tems?...
Dévorés par l'ennui, le mal des opulens!
Le spleen, ceint de pavots, pour Paris exotique,
Sur nos fronts étendrait sa vapeur léthargique;
Plus d'enjoûment, de loge en galant pavillon,
Trône de la coquette au cœur de papillon!...
Mais à qui devons-nous ce nectar de la joie,
De la gaîté brillante, où notre cœur se noie,

LEPEINTRE. — ODRY. C'est à *Lepeintre*, *Odry*, tous ces acteurs divins,
Dont le sourire seul enterre les chagrins;
Et d'une ingratitude, au bon sens odieuse,
Nous oserions payer une troupe joyeuse,
Qui, pour nous divertir, s'expose à nos sifflets,
De son repos achète un périlleux succès,
Sait braver l'ignorance, et l'aveugle cabale,
Et de mille douleurs le douloureux scandale!!...

Ingrats, savez-vous bien ce que c'est qu'un début,
Les transes, les horreurs de ce premier tribut??...
Telle actrice en faveur, du public adorée,
A senti des frissons, un spasme à chaque entrée!...
Son cœur gonflé se brise,... et sa bouche sourit;
Tous ses nerfs sont crispés chaque mot qu'elle dit;
Son rouge se soulève, ainsi que la céruse;
Aux muscles convulsifs le carmin se refuse;
Ses genoux incertains, et son sein par ses bonds
Décèlent ses douleurs, et ses secrets frissons;
Vainement de son rôle elle à la conscience,
Une tête à mille voix détruit sa contenance;
Un tremblement cruel agite tout son corps,
Paralyse du jeu la force et les ressorts;
Agonie infernale!... épreuve trop cruelle!
Dans cet étau nerveux enfin elle chancelle,
Et la critique a vu l'évanouissement,
Sans nul égard, et comme un défaut de talent;

Rien n'arrête ses cris, et sa stupide rage ;
Quelqu'Aristarque, alors, court noircir une page
D'un fiel à tant la ligne, au bureau tarifé,
Qu'on lit, comme un oracle, aux quinquets d'un café,
Et dix ans de travaux, de frais et d'espérance
Deviennent le jouet d'une telle sentence !!..

Funeste aréopage, as-tu donc bien compris
Les obstacles d'airain, que l'artiste a franchis,
Ce qu'il en coûte au cœur d'une tendre *Ingénue*,
Pour soutenir le bruit d'une folle cohue ;
Son inexpérience, et ses regards si doux
Ne sauraient désarmer ton injuste courroux ;
Tu voudrais du talent au sortir des coulisses,
Et dans la débutante avoir doubles prémices !
Accorde au moins du temps pour sa maturité ;
Elle perdra bientôt cette timidité ;
Sur ce terrain glissant qu'imagina la Grèce,
Il est rare, dit-on, de voir une Lucrèce !...
De nos petits bourgeois ce sont là les discours,
Quand leurs fronts tout meurtris d'adultères amours,
D'une plaie encor vive égayent les coulisses,
Et donnent la revanche à nos jeunes actrices !

. . . .
. . . .
. . . .

MADEMOISELLE PLESSY,
ACTRICE-SOCIÉTAIRE
DU
THÉATRE FRANÇAIS.

Mais si l'effroi souvent s'attache à des débuts,
Les grands talens en scène ont des droits absolus ;
PLESSY, le front paré d'une audace modeste,
Ne craint pas du public le caprice funeste,
Pour longue expérience,... on lui compte seize ans !..
Sa grâce et sa beauté, ses regards éloquens,
Mille dons réunis par un rare mélange ;
Tout l'esprit d'un lutin sous la douceur d'un ange,
La finesse de Mars, et le jeu de Contat,....
Tel est ce phénomène à son naissant éclat !

. . . .
. . . .
. . . .

Chaque mot, une flèche aux plumes émaillées

Semble voler sur nous en roses effeuillées :
Faut-il du sentiment soupirer les transports,
Sa voix est une lyre, où voguent des accords :
Alors qu'on est élève, elle est déjà modèle ;
A tous bonne et jolie, à tous jolie et belle !
. . . .
. . . .

Ainsi qu'un Océan, le parterre à grands flots
Vient-il à l'inonder du flux de ses bravos?...
Comme un lis virginal, ému par la tempête,
Plessy-Psyché soudain sent se courber sa tête,
Son front se colorer d'un pudique carmin ;
Ces bouquets de lauriers sont pésans à sa main,
Et son esprit lassé d'une gloire importune,
Voudrait moins de faveurs du char de la fortune,
Moins de vers à ses pieds, de couronnes, d'encens,
Panthéon de cristal, sujet aux ouragans !...

Inconstante en son art, fidèle à l'harmonie,
Grande coquette, *Agnès* ;... c'est toujours du génie ;
Elle pose *Ingénue*, et ses traits transparens
Des traits d'une Ingénue expriment les accens :

D'une *fille d'honneur*, aux abois, haletante,
Faut-il avoir la voix, la haîne et l'épouvante,
D'un sein gros de pudeur, séduisant dans ses bonds,
Sur sa propre vertu buriner des leçons?...
Quel sublime courroux ! dans ses yeux quelle flamme !
Plessy sur chaque mot éparpille son âme,
Dans ce fécond foyer baigne et plonge nos cœurs,
Et nous fait un nectar du flot de ses douleurs !

Le dirai-je !... on voulut gagner notre *Julie*, (1)
Faner à Pétersbourg cette fleur d'Idalie,

(1) Rôle dans lequel mademoiselle Plessy a obtenu un triomphe mémorable.

A la scène enlever son plus bel ornement,
Aux bords de la Newa lui faire un pont d'argent ; —
— Un lingot,.. notre amour, dans la même balance??..
Pouvait-elle hésiter??..—son cœur fût pour la France,
La France, dont le front tout fièvreux d'avenir,
Se couronne à la fois de gloire et de plaisir,
Et ceint du même orgueil, pour brillante auréole,
Les roses de Thalie et le fleuron d'Arcole !!...

Ve. LUNE PARISIENNE.

SOMMAIRE.

« La mort jete son ombre sur la joue flétrie d'une jeune fille, et du bout de sa faux effeuille une rose épanouie. »

DRYDEN.

L'ARC-DE-TRIOMPHE

DE

L'ÉTOILE.

10 MILLIONS ET 30 ANS
POUR
LE CONSTRUIRE.

———

Architectes et Artistes Sculpteurs, qui passent à la postérité, sous les splendeurs de ce monument immortel ;

Savoir :

MM. Rude, Cortot, Pradier, Étex, Bra, Chapponnière, Vallais, Debay, Gérard, Bosio, Valcher, Feuchère, Seurre, Gecther, Laitié, Brun, Jacquot, Esparcieux, Marochetti et Callouette.

Première Partie.

A cet arc belliqueux, que des millions d'hommes,
En héros ont franchi, pour broyer des couronnes,
Mes yeux sont humectés des pleurs que je répands,
Une fièvre d'orgueil embrâse tous mes sens,
Je vois quatre-vingt-treize, altéré de vengeance,
S'élancer sur la Prusse, et punir sa démence;
Avide de combats, de trépas, d'échafauds,
Mêler à ses lauriers la hache des bourreaux :
De ce monstre la soif est telle pour la gloire,
Qu'il va jusqu'à trancher la tête à la victoire,
Sur le champ de bataille apporte des gibets,
Et dans le sang du crime assure ses succès!!…
La vertu, les talens, la beauté, l'innocence,
Le sang le plus sacré coule sur sa potence!
Dans son sein mille horreurs!…le sublime au dehors,
Et l'honneur immortel d'héroïques efforts ;
Ce rideau de lauriers tendu sur les frontières,
De mille bataillons les flottantes hannières,
Jusqu'à ce bonnet rouge,… oui, *ce caillot de sang*,
Qui, comme un météore, éclate à chaque rang,
Ce talisman phrygien, ce casque magnétique,

25

Oripeau criminel, à la fois magnifique,
Qui coiffa le héros, ainsi que l'assassin,
Et fut un diadême au front du Jacobin,
Cette laine écarlate, au dessus de l'hermine
De vingt rois accroupis, que sa pourpre hallucine,
Cet emblême de sang, qui s'abreuva de sang,
Et dont NAPOLÉON moira de vains rubans,
Terreur des souverains, cet affreux bonnet rouge,
Par la démagogie enfanté dans un bouge,
Ces modernes affûts, obus aériens,
Qui crachaient le trépas au nez des Autrichiens,
Cet immense attirail et de gloire et de boue,
Où la fortune encore aux canons mit sa roue,
La MARSEILLAISE enfin d'un volcan de chorus
Portant à l'ennemi l'orchestre de Fleurus ;...
Aux bords du Ximoïs, aux rivages d'Hydaspe,
Aux mines de Golconde, où se forme le Jaspe,
L'Inde opulente en or, qu'Alexandre-le-Grand,
Dompta, victorieux, d'un fer de conquérant,
Sous les lunes d'Homère, et les lunes d'Achille ;
A nos Ajax d'alors, qu'étaient ceux de Virgile ??...
KELLERMANN, le sein nu, JOURDAN, sans boucliers,
Le front à découvert, cueillirent leurs lauriers ;
Le plomb n'avait point d'aîle aux champs de Salamine,
Tout l'art de se tuer était la Javéline !
On ignorait, heureux, le mitre et sa fureur,
Et d'un boulet-oiseau le souffle destructeur !....

LA VICTOIRE
QUI ANIME LE DÉPART.
Quelle est terrible et belle, à la fois monstrueuse,
La VICTOIRE béante, à la bouche écumeuse,
Qui de ses passions verse à flots les torrens,
Et sur les havre-sacs agite ses serpens !...
J'entends ses cris de mort !.. c'est du sang dans ses veines ;
Je sens dans ce dieu Mars le feu de ses haleines,
Cette pierre est de chair, et ces mucles raidis,
Ces fronts étincelans, ces menaçans sourcils,...
Tout se meut, tout s'anime, et la France héroïque
Est rendue à la vie au front de cet attique !!...

A ma place immobile, et le cœur haletant,
Je contemple ce drame, à ces arceaux vivant,

Je crois, dans ce prestige, admirer ces armées,
Qui, QUATORZE A LA FOIS!!. du Rhin aux Pyrenées,
Des bords de l'Océan aux palmiers d'Aboukir,
Des lagunes de Vénise, aux kraals du Baskir,
De la Sambre à la Meuse, et du Niémen au Tibre,
Emplirent l'univers des cris du peuple libre!!..

QUELS SOUVENIRS
POUR
L'ORGUEIL NATIONAL!

Faites silence ! — paix!.. — sous cette voûte en tour,
N'ai-je pas entendu les accens du tambour??...
— Ce n'est pas une erreur; — partout on crie AUX ARMES!
C'est le chant du *Départ*, et ses nobles alarmes;
Sur les fusils pressés le coq républicain
Etend avec orgueil ses deux ailes d'airain,
Et le tambour-major, sous ce Rhodes de gloire,
De sa canne magique ordonne la victoire;
On se foule, on s'agite, à travers les canons;
Paris, en dix soleils, vomit cent bataillons!...
Sous ces nobles tympans, décorés de batailles,
J'entends le cri plaintif de grandes funérailles,
Là, MARCEAU, MARCOGNET;.. NEY, qui, sous son linceuil
Voit l'immortalité de bout sur son cercueil!...

Mais voyez-vous là-bas,... de l'arc aux Tuileries,
De ces épis de fer les longues galeries,
Qui se roulent brillans aux rayons du soleil,
Semblent des flots d'acier le limpide appareil;
Non, le soleil brumeux du ciel de l'esclavage,
Mais cet astre Calchas d'Austerlitz et du Tage,
Sur le schakos moderne, ondulant ses couleurs,
Et changeant les plumets en parterre de fleurs!

Sur le second trophée, au trône de l'empire,
D'un sceptre impérial couronnant son délire,
Joignant, au lieu du coq, ambitieux César,
L'abeille féodale aux aigles de son char,
Bonaparte étouffant la jeune république,
Se fait un grand cordon du bonnet fanatique;..}
Mais hélas ! Waterloo se présente au revers,

La Résistance, envain se révolte à des fers,
Lorsque la paix , touchante, au front paré d'olives,
Vient calmer les douleurs des nations plaintives;
Finit, par son retour, un rêve éblouissant ,
Et couvre de moissons un sol baigné de sang !

Ainsi l'Arc-de-Triomphe, offrant ses quatre pages ,
Verra voguer ses faits sur le fleuve des âges;
Obélisque et tombeau de nos plus grands exploits ,
L'énéïde du peuple , et la leçon des rois,
Sera pour l'univers la française Odyssée,
Aux mânes des héros un splendide Elysée,
Où l'étranger séduit , fléchissant les genoux ,
Se sentira frémir dans un transport jaloux !

. . . .
. . . .

**CONTEMPLATION
NOCTURNE.**

Le fracas a cessé ;... le monument-Hercule
Diminue aux lacis brumeux du crépuscule ;
De ses voiles la nuit me cache les tympans ;
Le bruit de l'air se change en longs gémissemens;
Le Pyramidion , comme un astre grisâtre,
Se dérobe à mes yeux, à mon culte idolâtre ;
Ces prodiges de Mars se sont évanouis ;
Peut-être était-ce un songe à mes sens éblouis!...
L'horizon est muet ; à ce *quatre-vingt-treize* ,
Si ce n'est dans ses flots le front de LOUIS SEIZE ,
Sa tête qui surnage, et jete à nos guerriers
Le forfait d'un sénat , qui flétrit leurs lauriers,
Je ne lis plus vos noms , artistes de génie,
Qui fîtes en sculpture une immortelle orgie ;...
SEURRE, GECTHER, LAITIÉ, BRUN, JACQUOT, ESPARCIEUX,
GRAVÉS au Panthéon de ces murs orgueilleux ,
RUDE, CORTOT, PRADIER, ETEX, BRA, CHAPPONIÈRE,
VALLAIS, DEBAY, GÉRARD, BOSIO, VALCHER, FEUCHÈRE,
CALLOUETTE, profond , MAROCHETTI , savant ,
Et tous nos Phidias sur cet arc imposant ,
Tous ayant égalé les chefs-d'œuvre d'Athènes...,
Une nue à couvert vos noms et vos arènes!...

. . . .
. . . .

Dans deux mille ans et plus, en contemplant ces noms,
Passés à l'avenir sur ces grands écussons,
Chacun de vous cité comme un noble interprète,
Sur ce poème aura le laurier du poète,
Car sous vos mains la pierre, en vers harmonieux
Parle au cœur, parle à l'âme encore plus qu'aux yeux,
Et vivement ému, quand l'esprit vous admire,
On pense que vos doigts ont pétri de la cire !!...

. . . .

. . . .

NOUVELLE
CONTEMPLATION.

Sur ses vagues de jais l'Erèbe en se jouant,
Comme un flambeau qu'on souffle, éteint le monument;
Le Prestige à sa place allume son phosphore;
A l'horizon blanchi brille une blanche aurore,
D'étoiles le front ceint, nos héros lumineux,
Sur des nuages d'or s'élèvent vers les cieux,
LA GRANDE ARMÉE, au loin, dans l'éther s'échelonne,
Sur un char teint de sang à son centre est Bellone,
Et mes illusions achevant le tableau,
De Sainte-Hélène encor j'entrevois le tombeau,
Ce cercueil, plus qu'un trône, immortel, grandiose,
Couronnant l'idéal de mon apothéose !!...

. . . .

. . . .

PÉRIPÉTIE.

Délices de la nuit !.... magique obscurité,
Où l'âme dans le vide étreint la volupté,
Pourquoi céder votre ombre à la froide lumière,
Et, privé de vos jeux, me ravir ma chimère ??..

NOTICE HISTORIQUE

LA COLONNE DE LA PLACE VENDOME.

N'est ce pas une inspiration de génie de la part de son auteur, M. Seure, qui remporta le prix au concours, que d'avoir éternisé les traits de Napoléon sous le costume même qui l'avait rendu immortel ! Ah ! c'est, à mon avis, un grand ridicule que d'offrir des rois de date non ancienne, sous des costumes semi-romains, semi-grecs ! — Un héros a acquis de la gloire, à conquis des touffes de lauriers, sous un chapeau, sous un habit français; pourquoi donc l'affubler, fanatique de l'antiquité, de draperies à l'antique!..la postérité ne reconnaîtra plus dans cet anachronisme l'homme qui s'est rendu célèbre jusque dans sa coiffure. Le talisman de son tricorne magique ne fera plus passer sa magie dans l'avenir, comme ce même talisman électrisait tous les soldats de ce grand capitaine!...

Il faut donc rendre justice au goût juste, au jugement sain qui a reproduit l'empereur sous la pose historique qui a gagné tant de victoires; cette pose même, attribut caractéristique et physiologique de son génie, est un poème où l'on trouve, buriné sur l'airain, le coup d'œil victorieux du grand homme qui donna tant d'éclat aux armes de la France.

Qu'on me permette donc de ne pas approuver le stile des trop nombreuses statues érigées dans le dernier siècle en costumes antiques ; cette fausse conception me semble une niaiserie, stérile, un flagornage ridicule, un contresens monstrueux, et j'aime bien mieux Frédéric-le-Grand, sous son glorieux uniforme, avec sa longue queue germanique et sa canne redoutée, que le bel amant poudré de Lavallière, Louis XIV, en chevalier romain, dans un temps où l'on portait des perruques; à une époque enfin, où l'habit de cour était loin d'avoir quelque rapport avec le manteau de César, ou les bandelettes impériales de Trajan !

Quelle idée, par exemple, d'avoir planté ce prince, essentiellement despote, sur la place des Victoires, les cuisses et les jambes nues, en chevalier romain bâtardisé et peigné presque comme un marquis de Molière, tandis que tous les bas-reliefs de cette statue équestre, représentent ce monarque coiffé d'un chapeau à plumes, et d'un frac de cour!!.. On se demande aussitôt si c'est au Panthéon de Rome que ce prince se serait fait immortaliser, tandis qu'il ne pouvait se rendre plus illustre que sous l'habit témoin de son illustration??...

En un mot, l'empereur est sublime, et il réunit éminemment, dans cette statue pédestre, tout ce que le bon sens du peuple a de plus pur, à tout ce que la poésie a de plus grandiose.

Napoléon est sur ce bronze, comme Énée dans Virgile !

Que les destins sont changeans ! — La statue équestre de Louis XIV, autrefois, dominait orgueilleusement sur la place Vendôme ;... la révolution la brisé en 1793, un guerrier, un soldat naît au milieu de ces grandes secousses, conquit de son épée la couronne, et de l'aveu même de ses ennemis, il s'érige une statue impériale sur le socle, sur le stylobate même d'une statue royale renversée !....

Nous passerons rapidement sur toutes les vicissitudes que ce monument a essuyées ; si le voluptueux sultan de Versailles fut jeté à bas de son trône de bronze, Napoléon éprouva le même sort en 1814. Des Vandales à cocarde blanche, à espingole vendéenne, commirent ce grand sacrilége. Le héros malheureux voguait déjà captif vers cette île Sainte-Hélène, qui, un jour, deviendra la Mecque de l'Europe, que dis-je, des quatre parties du monde !

— *Ils ont renversé* votre statue, apprit-on à l'empereur :

— « *Il faut bien*, répondit-il avec « un sourire de dédain, *qu'ils me fassent descendre jusqu'à eux, puisqu'ils ne peuvent pas s'élever jusqu'à moi.* »

Mais les grands hommes ne peuvent tomber dans l'oubli, et l'Alexandre moderne reparut plus radieux aux fêtes anniversaires de juillet 1833, sous le patronage d'un monarque qui s'entend trop bien en talens et en mérite, pour ne pas l'honorer partout où il le trouve.

Si maintenant, de ces aperçus abstraits, qui sont d'ailleurs uniquement du domaine de l'âme, je passe à l'existence purement matérielle de l'Obélisque français, et, imitant certain faiseur de plan de la capitale qui a estimé la colonne trajane de l'empire, absolument comme un fumiste mesurerait la longeur d'un poêle, et qui aurait cru faire *du romantisme*, en parlant de sa splendeur immatérielle ; je dirai que le monument à quarante-trois mètres de hauteur et quatre de diamètre ; s'il s'agit de son poids spécifique, il pèserait plus de 900,000 *kilogrammes*, et coûterait plus d'un million et demi ; quant à son *poids d'opinion*, j'entreprendrais envain de le fixer, le temps seul le fera connaître !

Combien j'admire son front majestueux qui regarde le casque vaporeux du Panthéon, et reste à la postérité, comme le fossile d'un grand empire ! Il est beau d'en apercevoir la cîme nébuleuse d'un des points élevés des environs de Paris, on se croit à Rome, on se croit tout près de jouir du spectacle de cette superbe colonne trajane, que la nôtre surpasse en magnificence ; l'imagination, dis-je, exaltée, se reporte vers ces villes illustres du bas-empire, où de semblables monumens furent offerts à l'admiration de l'antiquité !

Rome, sublime alors, de l'univers sultane,
Pour aigrette arbora la colonne trajane,
A son front belliqueux magnifique turban
D'étendards ennemis qu'avait conquis Trajan,
Et *l'homme des grands jours* r ij unissant l'esp e;,

Fit voir en lui Trajan, sut mériter sa place,
Voulut que le Français, émule du Romain,
Eût pour ses faits guerriers son panthéon d'airain,
Que sur un stylobate, orné de ses conquêtes,
Ce grand calendrier en bronze offrit ses fêtes...

Plus généreux, Napoléon n'a pas voulu, comme le fit Louis XIV, humilier les nations qu'il avait vaincues avec le courage de ses maréchaux, en les figurant enchaînées aux quatre angles de la plinthe de sa statue équestre; non, plus sage dans son triomphe, il se borna à y mettre quatre aigles, symbole de son génie perçant, de son vol rapide au temple de la victoire!...

C'est aux talens et à la direction de MM. *Denon, Delepère et Gondouin*, architectes, qu'on doit la magnifique exécution de ce plan; toutefois, la pensée-mère, l'idée créatrice appartient à l'empereur. Cet homme, *taillé sur l'antique, dont la cervelle était pétrie des laves de l'Etna*, suivant l'expression de Casalès, ne pouvait jamais rien concevoir que de sublime, aussi tout ce qu'il fit sous son règne

porte-t-il le cachet de la grandeur!

Espérons donc qu'un jour cette dépouille sacrée, qui, tel que l'Alcyon, *gît au milieu de l'Océan*, à deux mille lieues des rivages de l'Europe, là, où l'immortel Cleveland eût tant d'aventures prodigieuses, là, où le portrait de *Marino-Faliéro*, doge coupable de haute trahison, est couvert d'un crêpe noir, là, où les généraux Montholon, Bertrand, Le Pylade Las-Cases se sont immortalisés; concevons, dis-je, l'espoir que cette dépouille précieuse viendra reposer sous ce même monument, atlas des plus grands travaux, qu'entourée de glaces, (*examinez la gravure*), on pourra l'y contempler comme sous un cristal transparent, on pourra revoir ce front mathématique qui avait su réduire toutes les chances fougueuses de la victoire au flègme positif du chiffre, et qu'enfin la France s'y consolera de ses revers, comme une mère finit par calmer ses regrets, en contemplant le portrait d'un fils, mort au champ de gloire!

TRAITS ANECDOTIQUES

LE SUICIDE.

Richard Smith, en 1726, donna un spectacle étrange au monde; il avait été riche, il était pauvre; il avait eu de la santé, il était infirme. Il avait une femme à laquelle il ne pouvait que faire partager sa misère; un enfant au berceau était le seul bien qui lui restât. Richard Smith et Bridget Smith, sa femme, d'un commun consentement, après s'être tendrement embrassés, et avoir donné le dernier baiser à leur enfant, ont commencé par tuer cette innocente créature, et, ensuite, se sont pendus aux colonnes de leur lit. On ne connaît nulle part aucune horreur de sang-froid qui soit de cette force, mais la lettre que ces infortunés ont écrite à un de leurs cousins, avant leur mort, est aussi singulière que leur mort même.

« Nous croyons, disent-ils, que DIEU nous pardonnera; nous avons quitté la vie, parce que nous étions malheureux, sans ressources, et nous avons rendu à notre fils unique le service de le tuer, de peur qu'il ne devienne aussi malheureux que nous. »

Il est à remarquer que ces gens, après avoir tué leur fils, *par pure tendresse paternelle*, ont écrit à un ami pour leur recommander leur chien et leur chat. Ils ont cru apparemment qu'il était plus aisé de faire le bonheur d'un chien et d'un chat dans ce monde, que celui d'un enfant, et ils ne voulaient pas être à charge à un ami.

Dans mes *Duels et Suicides* du bois de Boulogne, qui furent imprimés en 1822, comme j'y passe en revue toutes les bizarreries de l'esprit humain, dans les procédés de mettre fin à une existence insupportable, je ne déroulerai pas longuement, ici, ces révoltans tableaux.

Il fut une époque à Rome où l'on se tuait comme par partie de plaisir. Le climat brumeux de l'Angleterre passe pour donner le spleen qui porte au suicide. Les anciens, les Grecs, les Romains se tuaient avec beaucoup d'héroïsme. Caton, Néron, Brutus, Cassius, Lucrèce, se sont donné la mort; je pense que l'homme qui commet ce crime est en état d'aliénation mentale; il faudrait donc lui pardonner et le plaindre. Les apôtres du suicide nous disent qu'il est très permis de quitter sa maison quand on en est las, mais la plupart des hommes aiment mieux coucher dans une vilaine maison, que de dormir à la belle étoile, abstraction faite du principe religieux, du dogme qui ne nous permet pas de nous arracher une vie que Dieu nous a donnée, et qu'il peut seul nous ôter pour disposer du corps et de l'âme suivant ses desseins impénétrables.

Parmi tant de suicides passés et présens, en voici un d'un intérêt horrible qui a eu lieu à Lyon, et qui fait l'objet de la lithographie placée en tête de la 5e Lune.

Un jeune homme beau, bien fait, riche, rempli de talens, devient passionnément épris d'une demoiselle, Mélanie de Blasanges, qui réunissait à tous les avantages de la figure, ceux de la naissance et de la fortune; cependant les parens, poussés par une ancienne haîne entre les deux familles, se refusent à cette union, et leur *non* est irrévocable; dans cet état de désespoir, l'amant furieux allait se rompre une veine et mettre fin aux angoisses que lui causait l'opiniâtreté cruelle de sa famille, quand il reçoit de sa maîtresse, par un message mystérieux, un billet conçu en ces termes :

« Je t'attends à minuit sur le quai « du Rhône, hôtel de Bourgogne, « numéro 15; viens paré pour *nos* « *noces funèbres*; Dieu recevra nos « sermens., nos soupirs d'amour, pres- « que à la fois nos soupirs de mort, « et puisque la tyrannie sociale re- « pousse notre hymen, le ciel et la « mort ne sauraient le rejeter. »

Dormancey, (c'était le nom du malheureux jeune homme), se rend en effet, mis comme un jeune marié, au lieu indiqué du rendez-vous; là, dans un escalier obscur, une main prend la sienne et le guide;... bientôt, une porte s'ouvre,... on l'introduit;... une

autre porte s'ouvre encore, et le voilà dans une sorte de chapelle ardente, où quantité de cierges brûlent sur un autel chrétien. Deux encensoirs exhalent également des vapeurs d'encens et de myrrhe. — Quelle est l'admiration du jeune Dormancey, à l'aspect de ce brillant appareil!... Il pense d'abord que des parens plus sages ont réfléchi aux conséquences funestes de leur implacabilité, qu'ils ont donné leur précieux consentement, à cette condition que la cérémonie nuptiale serait cachée et sans témoins; il ne peut se lasser de contempler les charmes de sa chère, de son idolâtrée Mélanie sous la parure virginale dont elle s'est richement revêtue; il se réjouit, dis-je, d'avoir échoué dans ses premières tentatives de suicide, et la joie allait éclater dans ses gestes, dans ses regards, dans ses embrassemens,... lorsque sa maîtresse l'arrêtant d'un air sombre et solennel : — Dormancey, lui dit-elle, il me semble que tu ne t'es pas assez appésanti sur le sens de mon message.... — *des sermens, des soupirs d'amour,... mais après, des soupirs de mort !!...* Je puis mourir à toi, mais je ne saurais te survivre déshonorée; choisis donc : — *la possession de ma personne*, ensuite, notre double trépas fera étendre la pierre du cercueil sur ma faiblesse!...

Dormancey accepte aussitôt ces noces funéraires avec enthousiasme; la virginité de sa maîtresse ne lui paraît pas payée trop cher du prix de sa vie. Une heure d'ivresse, et l'éternité du tombeau, mais toujours avec son idole!... leurs âmes ne seront pas séparées, et même ce dernier hymen remplit en-

core son cœur d'espérance et de délire;
un sentiment de vengeance ne laisse
pas de se glisser dans son esprit. Ils
vont donc léguer, ces deux amans, à
des tyrans impitoyables leurs cadavres
sanglans qui déposeront dans toute la
France de la barbarie des deux familles!....

Cette idée l'exalte ; Dormancey n'en
admire que plus une femme qui a l'héroïsme de punir ainsi les auteurs de
ses jours, et cette punition lui semble
d'autant plus belle, qu'ainsi sa maîtresse descendra au tombeau, *épouse
de Dormancey.*

C'est à travers ces réflexions rapides, que tous deux, se jetant dans les
bras l'un de l'autre, se livrant à la plus
vive étreinte, et confondant dans mille
soupirs des baisers d'amour, des larmes de désespoir, ils s'agenouillèrent
devant une sorte de chapelle de la
Vierge, où, dans le recueillement le
plus profond, le plus religieux, ils
adressèrent leur âme au ciel, le priè-
rent de bénir leur funèbre union, et
enfin, lui demandèrent pardon du dénouement sanglant qui allait suivre un
si funeste hyménée !

Cette première cérémonie achevée,
toujours sans nul témoin, le jeune
époux entraîna mollement sa belle
épouse, dans un boudoir sombre,
éclairé à peine d'un lampadaire, et là,
jouissant de ses droits d'époux, pendant quelques heures, ils oublièrent
toutes les horreurs de l'engagement
meurtrier, criminel, qu'ils avaient
souscrit l'un envers l'autre ; Dormancey surtout ne pouvait, sans frémir,
entrevoir la seule idée de détruire tant
d'attraits ; une main divine lui sem-

blait défendre ce chef-d'œuvre de la
nature des attentats du suicide ; la
seule pensée de faire ruisseler le sang
sur ce sein d'albâtre lui arrachait
mille sanglots amers ; tantôt il se pré-
cipitait aux genoux de Mélanie, la
suppliait de renoncer à son fatal dessein,... tantôt, il lui proposait de fuir
avec lui à l'étranger, et là, ajoutait-il,
oubliant deux familles odieuses, de
couler au sein de l'amour les jours les
plus doux !!..

Mélanie fut inflexible. — Est-ce
donc là, lui reprochait-elle, la fidélité
du serment que tu m'as fait !!.. Non,
non, Mélanie ne saurait vivre déshonorée !.. si je me suis donné à toi, Dormancey, sous les auspices apparens
d'une cérémonie religieuse, c'était
pour mieux te lier à ma mort des liens
de la reconnaisssance; mais si tu hésites
davantage, tu vas voir bientôt mon
sang couler sous tes yeux, et pour
adieu, je te léguerai un remords éternel !!... — A ces mots prononcés avec
une sombre décision, Dormancey ser-
rant de nouveau dans ses bras celle
qu'il ne doit plus voir qu'à travers un
nuage de mort, lui renouvelle son serment de lui obéir sans aucune restric-
tion; alors Mélanie lui présente deux
pistolets chargés, enlacés par des rubans roses; le bout de chaque ruban
est noué à la détente de chaque pistolet, de sorte que les amans résolus,
prenant chacun une de ces deux armes,
les rubans roses se croisent, de sorte,
dis-je, que c'est Mélanie, qui, en tirant le
ruban attaché à la détente du pistolet
que tient Dormancey, lui fera sauter
la cervelle. Il en sera de même pour
Dormancey, qui mourra chargé du

rôle affreux de tuer sa maîtresse. Ici, la prévision de Mélanie, ses précautions sont aussi horribles que froidement calculées; elle a voulu que le forfait fut partagé en deux parts parfaitement égales, et que chaque conscience n'eut pas un grain de plus à porter l'une que l'autre.... (1)

J'abrègerai ce affreux moment, où deux cœurs qui pouvaient battre tant d'années l'un pour l'autre, furent brisés à la fois par une double explosion de salpêtre, où les deux plus beaux visages devinrent épouvantables de sang et de cicatrices.., où l'autel simulé ne reçut pour buis, pour hostie, pour horrible offrande, que les lambeaux de deux cervelles brûlantes qui vinrent en volant, briser leur dernière pensée sur la flamme des cierges qu'elles éteignirent!!...

Désormais, ce n'est plus un couple charmant, ivre d'amour, brillant de parure; ce n'est plus un front d'ivoire ceint de diamans, un sein qui se soulève sous la dentelle qui le bride,.... tout est muet!... une bouche née pour inspirer le délire et à la fois l'éteindre,... cette bouche est hideuse, elle bave des caillots de sang..., des dents comme des perles roulent égrainées sur le parquet. Sur la bouche mutilée de Dormancey un lambeau de la cervelle de Mélanie y produit un effrayant spectacle; il ne reste enfin, dans ces deux trépas, d'autre étreinte, d'autre hyménée, que l'emblème de ces deux rubans roses croisés, qui sembleraient alors vouloir lier pour toujours de leurs nœuds funéraires deux êtres qui n'ont voulu être unis que dans la mort!...

Le fracas produit par l'explosion des deux armes à feu ne pouvait manquer d'attirer cent curieux; on vit donc deux corps sanglans qui furent bientôt reconnus pour ceux de Mélanie et de Dormancey, et l'examen des appartemens fit découvrir encore un grand cercueil de plomb sur lequel on lût cette épitaphe :

DORMANCEY, MÉLANIE, NE POUVANT ÊTRE UNIS, SE SONT DONNÉ LA MORT.., ET REPOSENT ENSEMBLE.

En effet, ils furent déposés dans cette tombe, et le cimetière de Lyon possède ce triste sarcophage.

Tout en blâmant le crime du suicide, on ne saurait refuser les pleurs de l'admiration à l'énergie d'une jeune fille qui, prévoyant tout dans le plus terrible des testamens, pousse le sang-froid, le stoïcisme, jusqu'à préparer dans une trinité effrayante;

L'autel,

L'alcôve...,

Et le cercueil!...

Quelle leçon pour les familles qui prennent leurs convenances, leurs intérêts pour les inclinations de leurs enfans, traitent une passion comme une chimère ridicule, romanesque, sans songer que l'amour à ses prédestinés et ses séïdes !

Bordeaux, Lille, Nantes, Stras-

---

(1) Voyez la gravure.

« J'abrégerai cet affreux moment, où deux cœurs qui
pouvaient battre cent d'années l'un pour l'autre, furent brisés par
une double explosion de salpêtre, où les plus beaux visages
devinrent épouvantables de sang et de cicatrices,..... où l'autel
simulé ne recut pour bras .... pour hostie, pour horrible offrande
que les lambeaux de deux cervelles brulantes, qui vinrent en
volant tracer leur dernière pensée sur la flamme des cierges
qu'elles éteignirent ! »......

                                        Page.......

Lith. de C. Adrien R. Richer ?

bourg ont été cent fois le théâtre de tragédies semblables. Paris est blâsé sur cette scène qui a revêtu l'uniformité du classique. On a dit que c'était au bourreau à écrire l'histoire d'Angleterre, moi je dis que c'est au concierge de la Morgue à tracer celle des suicides, d'autant plus que l'*asphixie* est une sorte d'utopie savante, chimique, qui ne laisse pas d'ajouter le piquant de la nouveauté aux horreurs de ce forfait.

Autrefois, on traînait sur la claie, on traversait d'un pieu le cadavre d'un homme qui s'était donné la mort volontairement, on rendait sa mémoire infâme, on déshonorait sa famille, on confisquait ses biens, car le suicide, dit le droit canon, « *ne peut pas laisser d'héritage sur la terre, lui qui ne croit à aucun héritage dans le ciel!* »

MEURTRE
D'ÉLISA MERCOEUR.

Un assassinat épouvantable a été commis *le 7 janvier 1835*, sur la personne d'une vierge charmante, d'une jeune fille à qui la nature avait donné une âme de feu !

Qui donc a pu porter une main homicide sur ce sein angélique?... serait-ce la vengeance??...

NON !

Un attentat horrible a eu lieu *le 7 janvier 1835*; la plus aimable beauté, au front de lis, aux joues de roses, à la chevelure ondoyante, a été immolée sans pitié!... la mort a éteint lâchement en elle le foyer du plus beau génie poétique, la mort a brisé comme une paille fragile, et courbé vers la terre, une taille de nymphe flexible comme le roseau!...

Qui donc a osé se souiller d'un sang si précieux?... serait-ce l'amour??..

NON ! NON !

Un forfait incroyable, *le 7 janvier 1835*, a plongé dans le désespoir toutes les âmes délicates et sensibles au talent. Une fille, pure, jolie, à la fleur de l'âge, poète *d'elle-même*, a été victime d'un monstre impitoyable qui semble s'être plu à dessécher son sein, ses entrailles, à flétrir son beau visage, à répandre ses pâleurs livides là, où l'on admirait tout l'éclat d'un tendre vermillon !

Qui donc aurait eu la barbarie d'assouvir sa rage sur cette douce colombe, plus blanche que l'hermine ; de fermer ses longues paupières, rideaux voluptueux de pudeur et d'amour; de rendre ternes ses grands yeux noirs qui plongeaient leurs rayons dans le cœur, et le laissaient tout criblé de ses flammes ??...

Ce serait peut-être la fureur jalouse d'une rivale??...

NON ! NON ! NON !

Un Crime inouï vient de porter le deuil dans toutes les âmes poètes; *le 7 janvier 1835*, une Sylphide, une autre Sapho a succombé dans les plus cruelles angoisses, sans vêtemens, sans linceuil, dans un lieu plein d'horreur; ses formes divines se sont lentement fondues sous le feu de la douleur, et d'ange qu'elle était, elle n'a bientôt plus présenté, sur son lit de trépas, qu'un squelette transparent, qu'un marasme diaphane où l'œil chercherait envain tous ces trésors qui reposaient, brûlans, dans les chaînes de la virginité !!...

Quel monstre a donc pu arrêter le cours d'une si belle vie??.. Mais c'est le monstre qui a tué *Chatterton, Malfilâtre, Gilbert*; enfin, ce monstre,... vous voulez le connaître??...

C'EST LA FAIM !!

Hélas! la disgrâce et le martyre d'ELISA MERCŒUR n'est que trop réel; l'ange tombé parmi nous a repris son vol vers un temple plus digne de la posséder; elle a cru un instant, dans ses jeunes illusions, que la poésie, dans notre monde prosaïque, était une idole; que cette idole avait ses pontifes, ses autels; que la capitale la nourrissait de généreuses offrandes, et que nous lui adressions un culte sincère,... l'infortunée!... combien elle fut détrompée cruellement!... Elisa, la malheureuse Elisa, bientôt se convainquit, que la plupart des poètes ne se servaient de la lyre des vierges d'Ansonie, que comme d'un bazar, et que le délire, en apparence le plus sublime, n'était qu'une combinaison mercantile, dont la conséquence était, non la passion de la gloire, mais uniquement celle de l'or!

Malheureuse, tu avais trop de génie pour soupçonner tant de petitesse dans la plupart de nos grands esprits!... tu avais foi dans ton siècle, parce que tu croyais qu'il y avait sympathie entre ton âme et la sienne; pouvais-tu jamais penser que ce siècle, qui se dit idolâtre des beaux-arts, verrait froidement ton agonie qui fait sa honte!... pouvais-tu douter, Elisa, que du moins il daignerait jeter quelques largesses au pied de la Muse naissante, de la vestale Ausonienne, qui entretenait le feu sacré??... Ta candeur naïve a eu foi dans ton siècle, comme Clarisse Harlowe crût à Lovelace! — Quel fut le prix de ton futur aveuglement?... la misère, la faim, la mort!...

Née en 1809, à Nantes, sous le climat de la vieille Armorique, dans cette seconde Ecosse, remplie de grands souvenirs tout poétiques, tout palpitant encore de la vie des traditions; à Nantes, où la mer splendide vient jeter au poète autant de rimes que de vagues,.... ELISA MERCŒUR se sentit tressaillir de la fièvre de la gloire; déjà, quoique encore dans l'adolescence, sa pensée, son front révélaient un grand avenir. Les œuvres de Châteaubriant la remplissaient d'une émotion électrique, et l'ardeur de l'imiter se déclarait dans ses beaux yeux; son père vint à mourir, et cette perte changea toute la fortune de sa famille. Eh bien! dit Elisa, toujours dans ses illusions; un beau talent peut honorablement soutenir ma mère, et ma lyre, non-seulement sera célèbre, mais les cordes en seront sacrées, et toutes éloquentes d'amour filial!!..

A cet enthousiasme sa mère répondait : *Fille ingénue!* puis, elle se plaisait à polir ses belles tresses noires, et à déposer un baiser, une larme sur ce beau front que la vertu rendait aussi uni qu'une glace.

D'abord, notre héroïne se fit institutrice, et malgré l'aridité de cette profession, elle s'en dissimulait à elle-même tous les dégoûts; y en a-t-il pour une fille vertueuse qui, à l'aide de son instruction et de son industrie, nourrit sa mère!... Non contente de ces travaux trop pénibles pour son âge, Elisa Mercœur veillait, versait son âme poétique dans les plus nobles poésies; toutes ses inspirations venaient du ciel, sa patrie qu'elle devait quitter dans ses illusions. Chaque jour, d'ailleurs, ne recevait-elle pas de Paris, le Parnasse des Deux-Mondes, les productions les plus propres à l'entretenir dans son erreur fatale. — Ah! s'écriait Elisa, ah! ma mère, volons à Paris, c'est là, c'est là qu'on honore le talent, c'est là qu'on encourage une fille poète!... Oui, partons, ma mère, je t'y ferai riche de mes couronnes, et je mettrai à tes pieds mes lauriers et mes richesses!

Sa mère consentit à partir, en déposant un baiser et une larme sur le front naïf d'Elisa, et en murmurant tout bas : *Fille ingénue*!!

Mère faible et imprudente, ne devais-tu pas plutôt déchirer les manuscrits de cette fille ardente, ces manuscrits meurtriers, phosphoriques, qui devaient bientôt lui servir de linceuil!! Mais par fatalité, dans ce Paris, Océan où mille Syrènes accourent pour trahir une âme candide, on vanta le génie d'Elisa, une académie lui décerna des honneurs, et jusqu'à un monarque puissant alors, daigna lui sourire; c'était le roi Charles. Enfin, une pension proclama comme apanage national un talent qui brillait à son aurore du plus bel éclat. Notre poète dans son orgueilleux attendrissement se félicitait avec sa mère de tous ses succès, et sa mère de répéter avec amertume : *Fille ingénue !*

L'avenir se montrait donc des plus riants, quand le salpêtre *de juillet* 1830 vint renverser un trône mal assis, et déchira en lambeaux tous ces brevets de pension que, d'ailleurs, le moindre orage des cours peut submerger. — Adieu, rêves imposteurs!... la faim se présenta alors avec ses doigts noueux et sa face livide, elle étreignit de son jeûne fiévreux un corps délicat déjà ulcéré, déjà mortellement blessé par le désespoir, et la mort, enfin, n'eut qu'à souffler sur une âme qui, loin de prétendre encore se défendre sur la terre, ne voulait que rejoindre sa véritable patrie...,

Le ciel!!..

Cette mort prématurée d'une jeune fille, victime de son talent, m'inspire ces conSEILS AUX FILLES DE LETTRES, en général, et certes aucun sentiment de malignité ni de critique ne me les suggère; c'est uniquement le touchant intérêt qu'elles font naître dans mon cœur :

. . . .
. . . .
La FRAICHE ILLUSION, miope fortunée,   [née,
E t même presqu'aveugle au moment qu'elle est
Dans l'esprit d'une fille, ivre de ses clinquans,
Syrène au chant perfide, au front des diamans,
Se glisse... la séduit, incombustible rêve,
(Moins funeste en son feu, la lance à la congrève!..)
Le prisme qu'elle tient fait voir ce qui n'est pas;
Le printemps, sa saison, lui prête ses lilas;
L'amour, alors charmant, dans son alcôve ambrée,
Fait croire ses sermens d'éternelle durée;
ILLUSION CHÉRIE !... — être aimée à jamais!...
Le pouvoir de Psyché, sa couronne et son dais !
. . . .
. . . .
La poésie encor, riche de pierreries,
Berce ses vains projets du jeu des rêveries;
—*De la gloire!.. des vers!.. l'égale de Tastu!..*
Quel obstacle, à ce prix, ne serait pas vaincu??..
—Insensée!. Ah! renonce au plan que tu hasardes,
Avant d'aller grossir le peuple des mausardes!!..
L'illusion l'emporte, attise son erreur,
Décloue à son insu le cercueil de Mercœur..;
Pour mieux la suborner l'enivre de louanges,
Et la nomme *une étoile* échappée à des anges;
Mais hélas! quel réveil!.. ce laurier virginal,
Par l'envie effeuillé, calice de cristal,
Se brise, se flétrit à la lèvre du monde,
En fiel, en égoïsme, en satires féconde,
L'indigence implacable à nos plus beaux esprits,
Dans sa robe en haillons apporte les mépris,
L'illusion de fuir à son aspect infâme;
Que lui ferait le corps? n'a-t-elle pas pris l'âme?.
Et la vierge, trop tard, ouvrant ses yeux éteints,

Maudit le goût fatal qui surprit ses destins,
Déplore, en se voyant, sa mamelle amaigrie,
Que le lait de l'hymen n'aura jamais grossie,
Au lieu d'un tendre époux, une ode, une vapeur,
Que prend avec dédain un orgueilleux lecteur,
En place d'un enfant;.. (seul livre d'une mère !)
Le sort de Malfilâtre (1), et son lit et sa bière!!..
. . . .
. . . .
Morte,.. on l'entoure d'ifs, de tuyas!!. le cyprès,

L'élégie et les vers, et les pleurs... faits exprès,
Tout pleut sur le cercueil de la muse inhumée;
Sur elle l'encens brûle en épaisse fumée ;
Vivante, un peu de pain, quelque léger secours?
A ses accens plaintifs tous les cœurs étaient sourds;
Il fallait son trépas à la philantrophie,
Pour réveiller le luth de mainte poésie,
Et chacun grimaçant la sensibilité,
L'aumône de ses vers..., par pure vanité !!..

En ce moment paraissent, par livraisons, les œuvres posthumes de mademoiselle Elisa
Mercœur ; et certes, tout le beau-sexe, par esprit de corps, ne pourra manquer de sous-
crire à ces belles poésies encore brûlantes en quelque sorte des derniers soupirs de l'auteur, et pour surcroît d'émulation philantropique, appuyées de l'intérêt et de l'estime que
l'opinion a reversés sur la mère , pour indemniser la mémoire illustre de sa fille.

---

(1) « *Malfilâtre ignoré mourut à l'hôpital.* »

DÉMONSTRATION

SUR LE CADAVRE.

Le corps d'une odalisque jeté à la mer, et qui vogue comme un bloc d'albâtre, à travers l'écume et l'émeraude des vagues...,

MAGNIFIQUE !....

Le corps d'un guerrier, expirant sur un champ de bataille, et le front ceint d'un diadème de sang..,

SUBLIME !!..

Une tête, tranchée sur l'échafaud, et présentée par le bourreau au peuple, grimaçant sa dernière angoisse...,

Spectacle de la plus belle horreur !!!...

Eh bien! en fait d'horrible, une DÉMONSTRATION SUR LE CADAVRE vaut mieux que tout cela encore ; car, il y a du mouvement, de la chaleur, il y a de l'action sur la mer, sur le champ de bataille, sur l'échafaud, il y a même presque de la vie, au lieu que sous le scalpel de l'anatomiste, la mort est là toute entière, à quarante-cinq degrés de froid, au-dessous de zéro ; c'est le beau idéal du néant entièrement anéanti ; là, les membres du cadavre glacé ne résistent pas plus que les branches de l'arbre qui tombent une à une sous la coignée du bûcheron ; en contemplant ce cadavre, c'est une impassibilité, c'est un malaise qui, s'il ne fait pas frémir, comme le carnage d'un combat, vous pénètre de toutes parts, par l'odorat, par les yeux, par l'esprit, par le cœur, par l'âme, par les ongles, et se distribue lentement comme un fluide glacial, jusqu'à la pointe des cheveux qui se hérissent et semblent se changer en aiguilles aigües ; on se sent soudain venir la chair de poule et le poil se hérisse ; la peau, la bouche se sèchent, la pupille de l'œil se contracte, la plante des pieds est du marbre pour les jambes dolorisées ; les yeux se rappetissent, comme se refusant au théâtre hideux livré à leurs regards, et il semblerait enfin que deux fils secrets retireraient leurs prunelles au fond du cerveau.

J'ai vu tant de cadavres des deux sexes sous le scalpel de l'illustre professeur Richerand, aux Pavillons de l'école de Médecine, que je ne sais vraiment lequel choisir pour faire passer dans l'âme de mes lecteurs les sentimens étranges, douloureux, profonds, que j'ai éprouvés, en assistant à ces scènes cadavéreuses, où l'homme, quoique mort, sous l'œil attentif de plus de deux cents spectateurs, se revet à l'esprit, dans son silence, d'une éloquence toute magique, toute sépulcrale !...

— Eh bien! fixons-nous pour mettre un terme à mes incertitudes, *au cadavre d'une jeune fille*, d'une belle vierge, suicidée par asphixie, et qu'une passion malheureuse a portée à cette catastrophe.

Près de trois cents étudians étagés sur les gradins, des cahiers à la main, pour prendre des notes, observent le plus respectueux silence; les brancardiers, ou *Résurrectionnés*, apportent une civière, couverte d'une toile cirée, en dôme; ils lèvent le couvercle, et, dans ce cercueil à bras, paraît un corps blanc comme la neige, mais mis *hors la loi* par l'anatomiste!!...

Ainsi, carte blanche pour ses instrumens; l'acier implacable a le droit de violer *tout.... tout*!.... il le porte froidement, cet acier, où l'amour eut voulu porter ses lèvres; il le porte, cet acier, où l'hymen eut voulu conquérir ses droits, et cette peau de satin, qui semble un vêtement d'ivoire, est lentement arrachée des formes divines auxquelles elle servait d'enveloppe!!...

Ce qui frappera le plus vos esprits, c'est le sang-froid imperturbable du professeur. — Il entre, il salue, on le salue; les prosecteurs se placent à sa droite, à sa gauche, déploient leurs trousses d'instrumens, attentifs aux moindres ordres muets du savant Esculape, et font signe aussitôt aux *Résurrectionnés* de placer le cadavre blanc sur la table noire. C'est alors, pour le professeur, comme une machine électrique avec laquelle il se recueille, il se prépare,... il s'excite; la beauté du sujet, sa jeunesse, la cause tragique de sa fin, n'entrent pour rien dans ses rapides investigations; la science, la gloire, la gloire seules, ont

droit de s'asseoir sur le sein de la vierge et de l'explorer. — La pitié n'eût jamais de carte d'entrée dans un amphithéâtre; le monde intellectuel n'est plus dans cette froide dépouille, mais uniquement *le marc de la vie*!

« Messieurs, se met à dire le professeur, en tirant sa montre et la plaçant sur la poitrine de la vierge, entre ses deux seins, j'ai annoncé que je traiterais dans cette séance des PHÉNOMÈNES DE LA LACTATION, de *l'aréole*, de la *glande mammaire*, des *lactophores*....., de *l'opération du cancer au sein*,... je vais donc joindre la discussion de théorie au fait démonstratif même. »

En ce moment, le prosecteur, dont la fortune est entre les mains du savant qui règne sur l'auditoire, épie ses volontés, ses moindres désirs; comme un acteur habile à la réplique, devine, même au mouvement des lèvres, l'instrument qu'il faut donner, et remplit son rôle avec un talent vraiment admirable; car, éponges, linges, bandages, ligatures,... au moindre geste, je le répète, il fait tout ce que le professeur veut, et jamais roi ne saurait être mieux caressé par ses courtisans.

Au milieu de ce grave appareil, l'œil du cadavre, vitrifié, fixe, regarde le ciel; le prosecteur, tout dévoué à son cher maître, appuie parfois ses deux mains jointes sur le front de la vierge, et roule et déroule machinalement dans ses doigts une boucle de ses longs et beaux cheveux noirs; mais tous ces épisodes, qui tiennent à la région du sentiment, échappent à l'assemblée; il ne s'agit pas là de faire *du Balzac, de la couleur locale, du*

Sand,... non, on prétend s'instruire, devenir médecin, riche, se marier, avoir le cabriolet, le *groom*, voilà tout; ainsi, toutes ces sensibleries, là, sont hors de saison.

Tandis qu'un prosecteur est à la tête du *sujet*, un jeune étudiant s'est glissé, s'est faufilé jusqu'à ses pieds; auditeur respectueux, il semble, par son profond silence, demander pardon de la liberté qu'il a prise en se plaçant si près du professeur, et, quoique que les *Résurrectionnés* en murmurent, il y reste. Là, pour se faire un maintien, il a pris les petits pieds blancs de la vierge dans ses mains glacées, violacées; mais loin de s'y réchauffer, c'est de la glace contre de la glace; ces jolis pieds sont si petits, qu'ils se trouvent entièrement cachés dans ses mains....

La leçon continue; le professeur s'inspire, s'exalte; si c'est le savant SANSON, il est éloquent, mais serré, mais précis; sa mémoire est prodigieuse, et malgré les aspérités de maintes citations grecques et latines, il efface toutes ces ronces par les fleurs, par le charme d'une diction qui ne semble embarrassée que de l'opulence de ses pensées; si c'est le professeur HALMA-GRAND, on se plaît à le voir éclairer les points les plus abstraits dans ses dissertations faciles et brillantes; se dépouillant de la morgue de la toge, il est homme du monde, il est homme de salon dans l'amphithéâtre, et sans y prétendre, il montre autant d'esprit que d'érudition profonde.

Cependant, à travers les gestes, les mouvemens oratoires, la main du professeur vient parfois frapper sur le sein de la vierge, et la montre de glisser, ou sur le ventre, ou sur l'épaule; alors, le prosecteur la remet à sa place, comme s'il fallait absolument que ce sein fut, par arrêt d'Hippocrate, le cadran indispensable de la salle des démonstrations de chirurgie, faites en *répétitions habillées* !....

Si l'on se trouve placé près du corps de la vierge, on peut alors entendre le *tic-tac* de cette montre; mais hélas! n'est-ce pas encore une amère dérision pour cette infortunée; car, pourquoi poser cet organe du temps sur sa poitrine, elle pour qui le temps n'est plus rien??.. Pourquoi ce bijou fastueux sorti des mains savantes de Le Roy (1), sur ce cœur qui a cessé ses battemens??.. Pour ce cœur frappé de mort dans sa passion la plus chère, l'aiguille ne marquera plus l'heure des rendez-vous !.... Pour ce cœur trahi dans toutes ses espérances de félicité, l'aiguille ne dira plus la minute des plus doux sermens; elle, sans vie, sans voile, sans défense,... Et déjà, le scalpel a découvert *la glande mammaire*, texte curieux des leçons du professeur!... Déjà des lambeaux traînent sur la table noire, lambeaux que les *Résurrectionnés* ont soin de ramasser avec empressement, de même, par exemple, qu'un *bout de table*, dans une maison de jeu, recueillerait précieusement des pièces qui viendraient à tomber du tapis !!..

---

(1) Célèbre horloger du Roi, au Palais-Royal.

La montre qui voyage suivant l'exigence du scalpel qui la chasse, est quelquefois aussi sur la ceinture, et le jeune étudiant qui tient les pieds, l'y fixe, comme heureux, comme orgueilleux de devenir utile et de se trouver le gardien de la montre de l'illustre professeur !....

Une montre sur la ceinture d'une jeune vierge !... une montre qui bat, qui vit sur une pudeur morte, qui n'a plus de pulsations !... — Une pudeur insensible aux heures, à l'hiver, au printemps ; insensible à sa nudité,... une pudeur qui ne rougit plus !... Une montre est là; bientôt, elle indique *cinq heures*, l'heure du festin; *sept heures*, celle du vaudeville, et tandis que le cadavre retournera sous sa sombre civière, *remisé* pour la séance du lendemain, l'aiguille parcourra le cercle d'une vie de folie et de plaisirs !!...

Enfin, LA DÉMONSTRATION est à peu-près donnée; des morceaux de *tissu cellulaire* (graisse) sont épars comme dans l'atelier culinaire d'un chef d'office; le professeur, malgré tout l'intérêt de la matière qu'il traite, ne laisse pas de regarder de temps en temps l'aiguille de sa montre; une opération importante, un banquet, *une femme*, un ministre, l'attend; il lève donc la séance aux applaudissemens unanimes, il se lave les mains, tandis que des désservans lui tiennent humblement la serviette; et, sautant légèrement dans son tilbury, les mains encore glacées du contact du trépas, il vole au sein des ondes brûlantes de la vie artificielle; la gloire, l'orgueil, l'ambition, l'amour l'étreignent de toutes parts; il court briguer les honneurs et la fortune, et ce même homme qui, naguère, logeait dans un modeste asile, porte sur la poitrine la décoration du mérite, a des laquais à livrée, des appartemens somptueux, et devient l'époux d'une riche héritière !... voilà le triomphe du génie !

Ce sont pourtant des monceaux de cadavres qui ont jeté les fondemens de ce bel édifice !

BAL DE LA CHAUMIERE.

LE BAL DE LA CHAUMIÈRE est au PAYS-LATIN, que d'ailleurs je traiterai bientôt profondément en vers et en prose, ce qu'était, pour Annibal, Capoue; c'est là que la folie, l'amour, le punch, la trombone, l'ophyklëï le et le cornet-à-piston, jettent à pleines mains dans la même coupe, l'oubli du soucieux avenir; la grisette y règne d'un regard décidé: odalisque esprit-fort, qui considère la vie *comme une poule où l'on meurt en trois*, sa *première bille* est pour l'amant, *la seconde* pour la danse, *la troisième* pour le mépris du lendemain; aussi, ses trois billes roulent sans cesse sur le tapis du plaisir, et peu lui importe qu'au bout de la partie, le lit de l'hôpital se découvre; elle y endosse la bure grossière de l'hospice, avec autant de stoïcisme que, naguères, elle ceignait sur son front *blessé* la guirlande de bluets et de camélias!!...

Je ferais bien une description de ce bal, mais ces descriptions, sorte de pastiches sur porcelaine, étaient à peine à la mode, il y a deux ans, parmi *les plongeurs*, les fœtus littéraires qui venaient d'inventer le style pittoresque, et les cheveux à la *Périnet-Leclerc*. Alors, le roman descriptif voulait d'abord les bougies gazeuses du bal, puis, la splendide orgie, enjolivée d'incidens funèbres, tel qu'un cercueil sur un lit de roses. L'auteur avait soin d'émailler l'action de détails brillans, d'ironies profondes, et d'élégies sonores. Ici, entre dix lignes de blanc, comme sous un linceuil d'ivoire, un meurtre pêle-mêle avec une causerie d'amour; d'un côté, le crime sous la pourpre ou les haillons, de l'autre, quelque tête de jeune fille avec son enivrante folâtrerie et ses longues touffes de cheveux qui flottaient dans le bosquet parfumé sur des touffes de lilas. Vingt pages étaient consacrées à la walse tournoyante; l'un, partisan de l'antique, se passionnait pour les danses du moyen-âge, pour les sarabandes, la danse Macabre; l'autre Vestris espagnol, s'enthousiasmait pour *le Boléro*, les castagnettes, le lascif *Fandango*, *la Cachucha* et les attitudes voluptueuses de la brûlante andalouse; *la Mazourka*, cri de guerre, de plaisir et d'amour des Polonais, était encore une lyre féconde pour nos romanciers. En un mot, point de romans alors, point de poème, de satyres politiques, de dythirambe sans description de bal; et l'on n'a pas oublié, à cet égard, que les LES ORIENTALES, œuvre sublime de Victor Hugo, ont aussi un bal, où la volupté des rimes se mêle délicieusement à la volupté des pas!...

Maintenant, si l'on ne cesse de danser, soit à Tivoli, dans la belle saison, soit au salon, l'hiver, le romancier laisse nos Ptersychore modernes se descriptionner, se poser elles-mêmes sous leurs vêtemens, légers comme l'aile d'une abeille; car c'est à peine si Balzac daignerait tracer de son brillant burin ce bal de Sceaux, ces bocages cantharidés où conspirait autrefois la duchesse du Maine, où notre second J.-J., l'illustre Châteaubriant, écrivit son Atala !...

Cependant, si l'on me permet un trait léger de physiologie sur LE BAL DE LA CHAUMIERE, je dirais, sans que cela tire à conséquence, qu'on y voit accourir la jolie grissette des rues du Foin, Pierre-Sarrazin, de la Harpe, Saint-Jacques, la jambe légère comme sa tête; elle a descendu seule et lestement ses six étages (quand elle n'a pas son *oswald*, ce qui veut dire *amant*); sa collerette est humide et fume encore sur ses appas de dix-sept ans; le feu du plaisir l'aura bientôt séchée. En fredonnant une contredanse de Musard, elle demande la liqueur *intellectuelle*, la demi-tasse, et il ne lui faut qu'un sourire pour trouver son amphitrion.

L'étudiant règne là avec son érudition, sa gaîté folle et sa philosophie. La Chaumière est sa Chaussée-d'Antin, c'est son monopole exclusif; s'y parer de bon ton, montrer des gants glacés,

serait une anomalie; là, le cœur est sur les lèvres, un coup-d'œil signe un hymen; heureux éphéméride, en amour, le contrat ne durera quelquefois que le temps d'un *galop*, et il suffit de deux feuillets pour y voir un mariage et un divorce!...

Joie franche, s'il en fût, dédain du trépas, car on y danse sur *les Catacombes*, c'est-à-dire, sur quatre millions de squelettes humains qui, là, servent de parquet tumulaire à nos charmantes rieuses; bref, abnégation de tous les soucis de la vie sociale, une grisette serait du dernier ridicule, si, à la Chaumière, elle songeait un moment que sa nuit d'abandon et de délire doit céder la place au jour!!... Dans ce *clan* de nocturnes corybantes, clos à peine par des grilles de lilas, des charmilles de rosiers, c'est l'âge d'or des femmes entretenues, qui, là, jetant le masque importun de leurs galantes diplomaties, font leur *Trianon* de la Chaumière; non, plus de gêne, d'étiquette, de minauderies spéculatives; quoique parées du cachemire féodal, nos modernes Pompadour, ici, toutes Plébéïennes, fument le cigarre de la Havanne, agitent le punch enflammé et se livrent sans frein à toutes les saillies de leur galante imagination!

Chaumière bienfaisante, dont l'air, en quelque sorte semblable aux ondes de Siloë, rajeunit l'âme, dissipe les vapeurs, où, si les bourses sont un peu serrées, les femmes, en revanche, y sont on ne peut plus expansives!

VIe LUNE PARISIENNE.

❊❊

SOMMAIRE.

« Ad cælum tendens ardentia lumina frustra :
Lumina: nàm tenera arcebant vincula palmas. »

VIRGILE.

Vœux du Poète.

Je voudrais que mes vers, orgueilleux de leurs rimes,
Fissent naître à l'esprit des syncopes sublimes,
Qu'à leur éclat divin les lecteurs palpitans
De cent bravos de feu me brûlassent l'encens !

Qui n'a point, ici-bas, sa fée imaginaire,
Miroir prestigieux d'un triomphe éphémère ?..

Hélas ! pourquoi mes vers, à l'oreille enchanteurs,
N'ont-ils pas tout le faste et le parfum des fleurs ?
Pourquoi, dans leur structure, et leurs lignes brillantes,
N'auraient-ils pas l'émail de dents éblouissantes,
Comme deux rateliers, éclatants au regard,
Qu'on admire, ravi, dans leurs châsses de fard,
Comme un blanc chapelet de perles engrainées,
Sous deux lèvres d'amour, par l'amour dessinées,
Qu'un amant ne peut voir, sans geindre, tressaillir,
Qui font noyer le cœur dans des flots de plaisir !...

Hélas ! pourquoi mes vers , ainsi qu'un sein sans gaze,
N'allumeraient-ils pas les flammes de l'extase,
Sein d'ivoire, où le sang, de même qu'un fil bleu,
Sous la neige éparpille et l'azur et le feu,
Où même le dévot, sacrifiant son âme,
Préfère au paradis ces trésors d'une femme !

Hélas ! pourquoi mes vers , comme des cheveux blonds,
Qui d'un front de seize ans descendent vagabonds,
Déroulantsur des lis l'or en boucles mutines,
N'auraient-ils pas de l'or, pour décorer leurs rimes??...

Cependant je frémis , et mon cœur exalté,
Grand au sein d'un désert..., grandit en volupté ;
Cependant le Sommeil, sur son trône d'ébène,
M'offre le pouls du monde arrêté sous sa chaîne,
Sous des milliers de toits des millions de corps,
Dont l'amour ou le crime oxide les ressorts,
Sous l'arc bleu de la nuit , une lune sévère,
Qui semble entre deux tours un sanglant réverbère !..
Cependant le trépas aux chorus d'un banquet,
Côte à côte a mêlé son effrayant hoquet;
Rienne manque à mes vœux pour échauffer ma lyre;
A travers le velours, l'haleine du délire
De cent couches d'érable , en exhalant ses feux,
Unis à cent douleurs, m'emporte vers les cieux!...
Jusqu'à l'air qui se tait , jusqu'au fleuve qui glisse ,
Tout a changé mon âme en lugubre calice.. ,
Calice où le tourment vient se répandre à flots !...
. . . .
. . . .
Mais c'est assez sonder l'océan de nos maux ;
Des horreurs de la mort, et des abus du monde,
C'est assez explorer une mine féconde,
Scruter d'un vers perçant aux secrets de la nuit!..
. . . .
. . . .
Ah ! laissez-moi du moins prendre quelque répit ,
Divinités du Styx , Sylphides des ténèbres ;

Cessez de m'attrister de vos torches funèbres,
De me montrer Paris sous un crêpe effrayant,
Tout chamarré de lie, et de boue et de sang,
De m'étaler un spectre au flanc noir de la nue,
Le poison sous ce toit, le meurtre dans la rue,
Un forfait voyageur.., ambulant sur les flots!..
. . . .
Ah! laissez-moi, vous dis-je, aux douceurs du repos!
L'âme, sous tant d'horreurs, de leur poids affaiblie,
Invoque les bienfaits de la Mélancolie!...
. . . .
Déesse au front livide, au maintien langoureux,
Un cyprès à la main, des larmes dans les yeux,
Au moindre souvenir prêtes à se répandre,
Approche, aimable Nymphe, au regard doux et tendre,
Guide-moi vers ces lieux, où te plais toujours
A baiser un portrait.., débris de tes amours,
A pleurer sur un fils, un époux, une mère,
Sans cris tumultueux, sans éclat, sans colère,
Du bruyant désespoir n'éprouvant plus l'excès;
Doux spectacle d'une âme, heureuse en ses regrets,
Qui se plaît à compter une à une ses larmes,
Et trouve du plaisir à dire ses alarmes!...

Le Temple de la Mélancolie.

A peine de mon cœur était sorti ce vœu,
Qu'un nuage s'entr'ouvre, éclairé d'un doux feu,
Que le parvis d'un temple, où régnait le mystère,
Se présente à mes yeux, en funèbre chimère!...
J'y pénètre à travers d'imposans peupliers,
Sous un dôme d'œillets, de lilas, de rosiers,
En foulant sous mes pieds la tombe inéxorable
Des générations qui dormaient sous le sable,
L'épitaphe en traits d'or, toute empreinte d'orgueil,
Le cénotaphe obscur, image du vrai deuil,
Près la tombe en granit, le pompeux mausolée,
Monument de calcul,... non d'une ame affligée!.....
Le Regret me reçut au seuil de ce parvis,
La langueur dans les yeux et le front ceint de lis;
Sans prononcer un mot, d'un air doux mais sévère,
Le Regret me montra le divin sanctuaire,

Où la divinité, sur un lit de tuyas,
Mollement oubliait les rigueurs du trépas ;
De l'aimable douceur sa cour était formée ;
La colombe à sa voix était accoutumée ;
De suaves parfums, exhalés en vapeurs,
Dans un climat paisible inspiraient les langueurs ;
L'autel était paré de cent miniatures,
De bagues, de vélins, de blondes chevelures ;
Hochets idolâtrés par l'amitié, l'amour,
Et que la mort léguait à ce touchant séjour !...
Un luth mystérieux, calme en sa mélodie,
Semblait verser des pleurs dans ce lieu de magie ;
Invisible, masqué sous un nuage épais,
Ses sons harmonieux en redoublaient d'attraits ;
Telle, une nymphe errante, aux lèvres teintes rose,
D'un vol rapide accourt pour une apothéose,
Semble une neige en l'air, d'où s'échappent des sons,
Que les échos plaintifs font tomber en flocons !...
. . . .
La déesse, vêtue en longs voiles de gaze,
Fit glisser dans mon cœur une timide extase ;
J'étais déjà charmé..., j'oubliai mes tableaux,
Tant LA MÉLANCOLIE a d'effet sur nos maux !
. . . .
« — Tu voulais me parler ; me voilà, me dit-elle ;
« Aux arrêts du destin tu te montres rebelle,
« Ton cœur se décourage, et déjà tu frémis
« Des crimes des mortels, des horreurs de Paris !...
« C'est l'ordre de Minos : — Va, poursuis ta carrière ;
« L'astre que tu chéris, te prête sa lumière ;
« Parmi tant de forfaits, il est quelques vertus ;
« Imite-moi... ; déjà je ne m'en souviens plus ! »

Je passai quelques jours dans ce temple champêtre ;
Un amant y gravait un chiffre sur un hêtre,...
Souvenir douloureux d'un objet adoré !...
La mère, en souriant, sur un cercueil sacré,
L'entourait de lilas, de roses, d'anémones ;
C'était un fils !... jugez s'il fallait des couronnes !.....
La fille pour sa mère en apportant des fleurs,

Quelques vers délicats, les inondait de pleurs,
Et plus tranquille après, par ce pèlerinage,
Refaisait, sans pleurer, le filial voyage;
Quelques ambitieux, amans de l'or, du rang,
Accusaient la Fortune et son char inconstant,
Mais la Mélancolie, à leurs vœux accourue,
Faisait rentrer le calme en leur âme déçue,
Leur montrait leurs trésors sous un prisme nouveau,
Et de leurs yeux tombait un dangereux bandeau !

LE TEMPLE DE
L'OUBLI.

De la Mélancolie,... imposant sanctuaire,
Au temple de l'OUBLI ;... ce n'est qu'un pas à faire !
Ah ! j'y vis bien des gens, naguère dans les pleurs,
Rire entre eux fort gaiement de leurs cruels malheurs,
Resaisir l'énergie à travers l'infortune,
Et, remplis de vigueur, à la coupe commune,
Dans les illusions se lancer à plein flot,
Laissant le désespoir pour le lâche ou le sot !

LE TEMPLE DU
PLAISIR.

Du temple de l'oubli, très courte est la distance
Au temple du PLAISIR ;... une faible nuance !...
Fatigué de tristesse, oui, je voulus le voir;
D'un accueil enchanteur il combla mon espoir;
Léger, spirituel, il parlait avec grâce,
Sans laisser d'un seul mot ou l'empreinte ou la trace,
Dérobait un baiser, qu'il oubliait soudain,
Riant de l'avenir, même du lendemain !
J'admirais son foyer, allumé dès l'aurore;
Mais si j'en approchais, ce n'était que phosphore,
Un vain bruit pour les sens,... de fausses voluptés,
Qui, de tout près, ne sont que des spectres fardés !
. . . .
La vie hélas! n'est donc qu'un fatigant prestige;
Le moindre vent abat la rose sur sa tige ;
Qu'importe !...—le bonheur noué sur deux cheveux,
Comme un feu d'artifice éclatant à nos yeux,
A droit à notre culte, à l'encens d'Idalie;
Sur le premier cheveu vient danser la Folie,
Et quand il est brisé, le second, pour un jour,

En équilibre y tient les sermens de l'Amour?...

. . . , ... , ...

MOEURS DE LA GRISETTE.

Rempli de ce système, en joyeux Asmodée,
Je veux aux ris, aux jeux éclaircir mon idée,
Optimiste un moment, sur l'aîle des zéphirs,
De LA LUTÈCE-MONSTRE effleurer les plaisirs,
Et, pendant quelques nuits, véritable Panglose,
Dire que tout est bien, quoiqu'Héraclite en glose!
Déjà du tambourin le *tam-tam* enivrant,
M'annonce, au clair de lune, un quadrille fringuant,
Sur les monts faubouriens *le bal de la Chaumière*,
Trône de la grisette, et folâtre et légère,
Papillon diapré, qui vit dans le hazard,
Paraphe son hymen d'un souris, d'un regard,
A sa porte en carton n'a jamais de serrure,
Passe l'hiver au bal, l'été sur la verdure,
Partage en trois son cœur à six étudians : —
A leurs dissections, à leurs banquets brillans
Assiste en philosophe, et si n'était les querelles,
Les dettes, les propos....., comme les sauterelles,
Coulerait en mansarde un temps délicieux,
Tout près de l'hôpital..., et la voûte des cieux!!...

. . . .

. . . .

LE BAL DE LA CHAUMIÈRE.

— Entendez-vous l'archet, ronflant de colophane,
La trombone qui hurle, existe nos Diane,
Le cornet-à-piston, qui de tons veloutés,
Solfie en un *solo* les molles voluptés,
Et le *Raout* fougueux, tout barbouillé de lie,
Défiant dans ses bonds, les bonds de la Folie!!
Là, tout est prodigué d'un délire absolu;
De la pudeur, ici?... — C'est un bien superflu;
Le Champagne, et le punch aux flammes phosphoriques,
En verres de couleurs berceaux pour deux..., pudiques,
La walse, et le *Galop*, qui se roule en ses bonds,
Noyant mille pudeurs dans ses flots vagabonds,
Les regards, les baisers de la folle cohue,
Qui vogue dans l'ivresse, et dans le bruit se rue,
Dévore les instans, avide de jouir,

Liée en fanatique au câble du plaisir,
Prête à sacrifier, dans sa courte chimère,
Contre une seule nuit une existence entière,
Dans le feu du délire, à braver le trépas ;.....
Le trépas qui se mêle à chacun de ses pas,
Se déclare soudain en sombre pleurésie,
Et de ce bal de mort fait la péripétie !
— Mais qu'importe la mort !... — La cynique Aglaé
Dort auprès d'un squelette, à son chevet cloué ;
Pour être un jour docteur, Hypolite étudie
Dans un taudis chiffré : — Toute l'anatomie
Dispersée, étalée en ossemens épars,
Du front le plus stoïque effraîrait les regards !...
—Mais que leur font ces os ?...—L'Odéon rompt sa chaine ;
Son front est tout brûlant d'audace et d'hydrogène ;
Le carnaval ceignant les grelots de Momus,
Ouvre mille boudoirs à nos mille Vénus ;
Il arbore l'oubli de toute retenue ;
Que veut, ici, l'Amour ??... — *La première venue !!*
— Allons, il faut céder au cri des voluptés !...
Notre Aglaé soudain offre des nudités,
Un sein de dix-sept ans,... vieilli dans les tendresses,
Plastron de vingt amours, qu'ont subis ses faiblesses :
Il lui faut d'un costume endosser les hochets,
Chausser le vêtement, qui presse ses attraits,
D'un *galbe* harmonieux étaler l'élégance,
Et se livrer sans frein au bonheur qui commence !...

. . . .
. . . .

**INVENTAIRE
PHILOSOPHIQUE DES
MEUBLES D'UN
ÉTUDIANT EN
MEDECINE.**

Confusion sublime !... — En ce dortoir pompeux,
Une cornette en tulle, avec de faux cheveux ;
Des bistouris mêlés avec une blonde,
Des forceps, *Picherand*, une thèse, une gourde,
Un masque, un domino, des restes de pâté,
Deux *tibia* de femme, un dolman pailleté ;
Le meuble indispensable au milieu de la chambre ;
La nymphe qui s'imbibe et de nitrate et d'ambre ;
Sur le front du squelette, un chapeau gris, brisé,
Jadis, *casque d'élénite*, au poil long, hérissé,
Témoignant des combats, dont il chercha la gloire,
Encor poudreux d'exploits, s'il n'eut pas la victoire ;

Un poignard innocent, qui ne sert qu'aux repas,
De la sultane en pied le portrait, deux cabats,
Un fleuret sans bouton, un *tartan* de Julie,
La canne métallique, et le vieux parapluie,
Captif dans son fourreau, *grotesque*, trivial,
D'un oncle trépassé le legs provincial ;
Pour égayer enfin cette folâtre esquisse,
De la salsepareille, avec de la réglisse,
Et le sermon du père, édifiant morceau,
Dont Alfred a bouché les fentes d'un carreau ! !...

. . . .
. . . . ? . . . .

LA TÊTE QUI CUIT DANS UNE MARMITE.

—Qu'est-ce?...—Un caléfacteur près de la cheminée!..
Il contient *une tête*, au scalpel destinée !...
Lentement elle cuit ; — Par fois son œil mourant
S'élève sur l'écume, et regarde un moment
La batte d'arlequin, qui pend sur une chaise,
De *Pierrot* les boutons, et la quadruple fraise ;
Soudain un flot de l'onde emportant ce regard,
Fait retourner cet œil cadavéreux, hagard,
L'entraîne jusqu'au fond, puis le rend à l'écume,
Et semble se jouer de son rôle posthume,
Tandis que notre couple, enivré de son plan,
Vole vers l'Odéon escorté d'un *Sultan*,
Eparpille sa joie et sa nocturne extase,
Et laisse pour trois jours et *Bichat* et ce vase ! !...

. . . .
. . . .

Ce vase de trépas !... — La lampe ;.. sa lueur,
Confiée au hazard, expire avec lenteur ;
Tout s'éteint dans ces lieux remplis d'objets funèbres ;
Le squelette seul règne au sein de ces ténèbres,
Et de ses os blanchis le reflet effrayant,
Semble dire à la nuit : « *Je suis roi maintenant!* »
Des Sylphes du Trépas les neigeuses volées,
Pour la ronde des morts, quittent leurs mausolées ;
Autour de notre tête, un essaim d'esprits bleus,
Vole, et figure un punch embrasé de ses feux,
Un punch sur cette face, où la mort assouvie
Rebondit et se meut, comme une face en vie,
Où l'onde à gros bouillons, d'un reflux *clapoteux*,

Fait voir un œil opaque, et tantôt des cheveux,
Une bouche crispée;.. une prunelle éteinte,
Humide encor des pleurs de sa dernière plainte!!

. . . .
. . . . . , ... ; . . . .

« *Cadavre et volupté* ! » — Pêle-mêle étonnant!...
Gloire, étude, *Plaisir*!... des lauriers,.. du néant!...
Sérail d'amour, de mort, où se roule l'élève,
Pour la fortune;.. un rang, l'honneur,.. de l'or;.. un rêve!!.

. . . .
. . . .

APOLOGIE DE MM. LES ÉTUDIANS EN MÉDECINE.

Etudians-héros, vous montrez un grand cœur!...
— J'ai vu votre héroïsme aux PAVILLONS D'HONNEUR;
Chaque hiver je l'admire à travers le vitrage:
Je compte, chaque hiver, hélas!.. plus d'un ravage,
Typhus éolien, que de noirs aquilons
Sur l'aile du miasme a lancé sur vos fronts :
Ce fléau vous moissonne au gré de ses faucilles;
Il vous dérobe encore aux pleurs de vos familles;
Elite de la France,..... élite du trépas,
Chaque jour vous mourez dans de sanglans combats,
Toujours privés des soins de la plus tendre mère,
Qui n'a plus de son fils qu'un billet funéraire;..
La lettre de décès, où figure un cercueil,
Au lieu de tout ce fils, qui faisait son orgueil!!...
Le cadavre muet chaque jour vous décime,
Semble dire tout bas : « *Tu seras ma victime!* »
Tandis que l'opulent, inutile au pays,
Lègue un dais lumineux à ses obscurs débris,
Tandis que le bazar, où l'or est marchandise,

LE TEMPLE DE LA BOURSE.

La BOURSE..., offre aux courtiers les pompes d'une église,
D'une mosquée, un temple, un palais des beaux-arts,
Dépit de l'indigent, hideux à ses regards,
Autre de l'intérêt, qu'on a réduit en code,
Du dieu de l'égoïsme affligeante pagode,
Où la statue est d'or:... où les cœurs sont d'airain;
Où la vertu se compte, en chiffres, à la main;
Peuple-papier-monnaie, amant de sa chimère,
Idolâtre de sacs, de métaux sur la terre,
Barème au cœur de cuivre, et qui met les vertus
Dans des *bons du trésor*, ou des lingots fondus!....

. . . .

. . . .

Dans ce marché d'argent, quel glossaire comique!..
Chaque cri n'est-il pas comme hyérogliphique?...
Là, ce gros *Turcaret*, sur un vélin brillant,
Sous son binocle inscrit *la prime ou le comptant*;
Ici, d'un hollandais c'est la carrure immense;
Son visage toujours paraît en somnolence;
Sur *Haïti* son jeu vient tripler son coupon,
Il l'apprend;... et s'endort sur son triple menton;
Celui-là, partisan de toute tyrannie,
Se sent charmé soudain par un succès *torie*;
Celui-ci de *Carlos* clandestin fournisseur,
Fait circuler le bruit que ce *moine* est vainqueur;
Si Wellington triomphe, et nous jette ses chaînes,
Ce banquier-éléphant élargit ses domaines;
Plus les fers sont rivés, plus on a de cachots,
Plus la rente a monté sur ses grossiers pivots,
Et ce capitaliste, amer jusqu'à la lie,
Arrose ses banquets des pleurs de Varsovie!....

. . . .

. . . .

Pour eux le télégraphe est le soleil mouvant,
Qui guide ces Incas au pôle de l'argent,
En un chiffre réduit ou la hausse ou la baisse,
Traite le cœur humain à *l'instar* d'une caisse;
L'ennemi paraît-il?... souille-t-il nos sillons?...
Pour la Bourse un *boni* jusques dans ces affronts;
Sur le sang répandu son calcul se joue,
Et l'or encore humide est trié dans la boue;
Lorsque l'honneur français se lamente et gémit,
Le carnet de l'avare et se gonfle et grossit;
Arithmétique étrange, et bascule odieuse,
Où la cupidité de nos pleurs est heureuse,
Dans la France aux abois, en son sang submergée,
Ramasse une opulence au sénat protégée!
Derviches diligents, leurs chevaux écumeux,
De maint piéton timide épouvantent les yeux;
Ce sacerdoce ambré ne va qu'en équipage;
Il écoule ses jours dans un brillant voyage,
Lorsque l'étudiant, sous le joug des leçons,

D'un virus typhoïde abreuve ses poumons,
Vient et retourne à pied vers son manoir modeste,
Et voiture en son sang et le spleen et la peste ;
En revanche, un banquier, bachelier-Phaëton,
Voltige en tilbury solder une Ninon,
Auprès d'une Phryné..., (l'un et l'autre sans âme !..)
Lui compte en bons ducats les soupirs de sa flamme,
La dupe d'un roué, près du divan bloti...
Et dîne en Lucullus aux tables de *Hardi !*...
Mais vous, étudiants, que des vœux héroïques
Destinent à guérir les misères publiques,
Qui, dans l'âge d'amour, au lieu de ses bouquets,
Respirez le danger, le trépas à longs traits,
Qui, soldats valeureux dans ces mornes batailles,
Avez souvent creusé vos propres funérailles,
Permettez qu'entre vous j'effeuille un beau laurier,
Que d'avance j'y voie un *Bichat*, un *Chaussier*,
Et que, me prosternant devant vos sacrifices,
J'admire votre zèle à parcourir ces lices !
Qu'importe qu'en riant vous formiez des amours,
Chrysalide éphémère,..., embryons de huit jours !....
Votre tâche est sublime, enfans pleins de courage ;
Ne combattez-vous pas dans ce docte carnage,
Ne hasardez-vous point, par vos lames blessés,
Votre santé, vos jours..., chaque jour exposés ?...
Que mes Lunes d'argent, les témoins de vos veilles,
De douze étoiles d'or, bandelettes vermeilles,
Couronnent à jamais vos fronts adolescens ;
Portez avec orgueil ces diplômes brillans,
Titres plus glorieux, que de vaines bravades,
Que l'écusson conquis dans le sang des Croisades !!

. . . .
. . . .

Que d'audace, en effet, pour regarder de près
Ces fronts violacés, ces yeux ternes, muets,
Sur cent tables de fonte.., *édredon* du cadavre,
Cent corps de naufragés, lancés nus sur ce hâvre,
De voir multiplié sur ces billots d'airain,
De nos mille trépas le muséum humain,
De porter un couteau sur le sein d'une femme,
En place d'un baiser, d'y plonger une lame,

De détacher ce sein.., de le couper en deux...,
De fouiller *sa pudeur.*,.., livre mystérieux,
Dont les feuillets d'amour!.. (ténébreuses coulisses!)
De maint délit muet sont autant de complices,
Où l'adroit adultère, à l'abri d'un jaloux,
Ne laisse aucune trace aux soupçons d'un époux !
— Que de courage encor d'anatomiser celle
Qu'on a vue au salon, naguère riche et belle,
De chute en chute offrir un squirre purulent,
Au lieu *de cette rose..:*, idole d'un amant,
De voir sur ses appas, au lieu de ces soieries,
Que le luxe étalait sur ses formes chéries,
Une scie..., un scalpel..., un billot graveleux,

. . . .

. . . .

D'éparpiller un homme en cent débris fangeux,
Ou d'arracher les yeux d'une pauvre orpheline,
Qui n'eut de beaux yeux noirs, que pour la médecine,
Dont la virginité n'eut d'autre époux jamais,
Qu'un scalpel comme un lynx..., aveugle à ses attraits,
Qui, morte à l'hôpital, morte dans l'indigence,
N'eut des yeux.. tout d'amour! que pour l'expérience !

. . . .

. . . .

L'étudiant doit donc tout étouffer en soi ?...
Un âge de vingt ans s'impose donc la loi
De braver le trépas... sur le trépas lui-même?...
Tant d'abnégation voudrait un diadème :
On prodigue des croix au soldat valeureux ;
Le combat du scalpel est-il moins glorieux?...
Exposé, plein d'audace, un intrépide élève
A ses travaux sait-il un répit, quelque trève??.
Le miasme le suit même au sein du sommeil,
Et la mort trop souvent le surprend au réveil ;
Le typhus en sa veine à son insu se glisse,
Et creuse pour sa vie un profond précipice !
« On donne un noble émail à de plats intrigans,
» Et pour l'élève encore on n'a point de rubans,
» Pour l'élève qui meurt, de son zèle victime,
» Ne voyant que la mort décorer sa poitrine !...
» Allons, allons, PROGRÈS, répare ces erreurs ;

» Pour ces héros décrète une **croix**, **des honneurs**,
» Et qu'à nos yeux charmés cette croix du courage
» Fasse ôter les chapeaux sur leur noble passage!»(1)

---

(1) Voir la gravure intulée : 4ᵉ Luns Parisiennx, où l'on représente l'Etudiant en Médecine couronné par la déesse Hygie, ainsi que le tableau enjoné de ses amours au bas de cette même gravure.

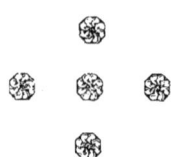

. . . .
. . . . , ...
Papillon dans le jour, le soir, sous un ciel gris,
Des ténèbres aux fleurs je vole en mes écrits;
Des boudoirs meurtriers, je passe à la finance,
Des guet-à-p.. s d'amour, aux Colbert de la France;
Abeille d'un butin, formé de cent nectars,
Je guette le forfait dans d'amoureux bazars;
Du vice je peindrai ces tombelles celtiques,
Jadis cercueils dressés en pilastres coniques,
Holocauste infernal, fait à des dieux de sang,
Que nos phalènes ont renouvelé souvent;
La tombelle sous terre, et de têtes dressée,
Composait une morgue, une idole entassée,
Un pieux échafaud, où l'homme des vieux ans,
De meurtres pour ses dieux composait ses encens!...
    Ainsi de la Phryné la passion cupide,
Cache dans ses caveaux son galant homicide!
. . . .
. . . .

Mais j'entends nos Barrot, au Corps-Législatif,
Sur l'arc de Foy lancer le dilemme incisif !.....
. . . .
. . . .

UN HÉROS DE L'HUMA-
NITÉ.....

JACQUES LAFFITTE.

Timide, j'y saisis un grand nom;... C'EST LAFFITTE !!
Ainsi qu'un peintre aurait un modèle d'élite,
Un chef-d'œuvre des cieux sous ses pinceaux tremblans,
Je cherche dans mon cœur des vers et de l'encens;....
J'admire, confondu, ce monument sublime ;
Je n'ai que du respect, mais je n'ai point de rime !

« Qu'importe la source, la rivière, le fleuve, la mer, où je trouve une perle, pourvu que ce soit une perle qui soit digne de mon admiration, par sa forme, sa pureté, sa blancheur et son éclat ! »

SAADI, *Poète Persan.*

Serait-ce le banquier, ses bienfaits immortels?...
Ma pensée est trop tiède à parer ses autels ;
Pour un sujet si beau, pour un héros si rare,
Il faut des diamans, du marbre de Carare,
Que l'hémistiche orné d'un émail opulent,
Encadre de rubis l'orateur éloquent,
Le ministre-Aristide, et sa grande ruine,
Croix qui, bien mieux que l'or, décore sa poitrine !

Parmi un grand nombre d'artistes qui furent comblés de bienfaits de M. Laffitte, un peintre célèbre, SIGALON, lui devait la plus vive reconnaissance; M. Laffitte lui acheta, dans le temps son fameux tableau de *Locuste*, pour la somme de 6,000 fr., et replaça le copiste immortel du tableau du *Déluge*, alors plongé dans la plus grande gêne, dans une position plus digne de son génie.

Il fut mon bienfaiteur!...—Quelle faible raison !
Chez moi le sentiment éteint mon Apollon :
Ah! si chaque obligé devenait un poète,
LAFFITTE aurait des vers pour en perdre la tête;
Tout le commerce, alors, secouru par son or,
Prendrait, en dithyrambe, un poétique essor!
Ah! combien de faillis près ce nouvel Alphée,
Ont trouvé dans son urne une puissante fée !
Que de spéculateurs sur le bord du bilan,
Ont recouvré la vie à son seul talisman,
Au moyen de cet or,...... ce fer inexorable,
Cet étau péruvien, aux mortels implacable,
Ce pollen de forfaits, cette cangue d'airain,
Que les enfers ont mise au cou du genre humain !
C'était comme un Pactole en ses ondes dorées,
Prodiguant son nectar aux lèvres altérées !
L'honnête homme, indécis, d'un chiffre frauduleux,
Sur le point de ternir son front à tous les yeux,
Sur notre MONTHYON, prêt à faire naufrage,

Jetait son espérance , et revoyait la plage ;
C'était le tronc de tous ,..... la Mecque du malheur ;
UN SAC TOUJOURS BÉANT S'OUVRAIT A LA DOULEUR ;
Le héros des grands jours , de nos gloires complice,
Eût dans son Épidaure une main protectrice,
Qui mit de la charpie à son orgueil en sang ,
Sur ses chevrons froissés un baume consolant ,
Et de la France en deuil devenant une charte ,
Pour les larmes du brave était une sœur Marthe !

D'un obélisque, au Nil , on traîne le fardeau ,
Le mien , sans Osiris , serait cent fois plus beau ;
Ah ! je voudrais qu'un bronze, en spirale sculptée,
Des bienfaits de LAFFITTE eût sa tige incrustée,
Que chaque nom en or des Français secourus ,
Comme un ruban céleste en ses replis tordus ,
S'élevât vers les cieux en magnifique offrande,
Et de ses dons nombreux présentât la guirlande !

Soixante millions , jetés à l'avenir,
De même qu'une vierge aux fureurs du baskir !
Soixante millions perdus sur le pavé ,
Que Juillet de son sang a trois jours abreuvé !
Et qu'importe cet or !... ignoré dans son faste ,
Il manquait à LAFFITTE encore ce contraste
Du Crésus dépouillé par ses propres vertus,
Devant un monde ingrat , qui ne s'en souvient plus !

A nos yeux maintenant son Panthéon commence ,
Il peut de MANUEL balancer la vaillance,
Sourire entr'eux du sort , qui , d'un coup singulier,
Décore leurs deux fronts d'un semblable laurier,
De deux Cincinnatus rend jumelle la gloire ,
Et les jette tout nus au burin de l'histoire !

Enfoule des banquiers dorment dans leurs cercueils,
Obscurs ainsi que l'or qui para leurs linceuls ;

L'opulence aux humains est de l'oubli l'emblème ;
Le trône est au tonneau qu'habita Diogène ;
Garni de cercles d'or, enrichi de brocards,
Le parterre athénien détournait ses regards ;
Rien n'est aussi commun qu'un luxe asiatique,
C'est le tombeau banal d'une âme apoplectique ;
Mais un pauvre honorable, et de gloire doté,
Voilà l'homme qui marche à la postérité ;
De ce noble trésor l'historien s'empare,
Palpitant, il l'enlève aux rives du Ténare,
Le cloue à son rocher, le cœur saignant encor,
Ainsi que RIÉGO sur sa potence d'or !...

Bélisaire à ton tour, il faut tendre ton casque,
Sans avoir à briser les cordons d'aucun masque ;
Aussi pur que Sully, tu revois tes foyers,
Des millions de moins,.. mais bien plus de lauriers !...
Ta gloire de trois jours, ta trinité-martyre,
Crois que c'était un rêve, un nuage, un délire ;
Ne te reste-t-il pas, pour exercer ton cœur,
De l'exil polonais la sanglante rigueur,
L'ostracisme immortel de ces grands Thémistocle,
Succombant sans vengeurs, moins heureux que Patrocle ?
En place de ton or, un souris leur suffit,
Un regard ; *des lueurs* aux brumes de Tœplitz !...
Au clinquant de la banque, au bruit de l'opulence,
Préfère ton jardin, ami de l'indigence ;
Des roses, des lilas, valent bien ce vernis,
Dont tant de fronts de stuc sont constamment enduits :
Pour un roi philosophe, un prince Alcibiade,
Ah ! combien de Narcisse, et peu d'Euribiade ! !...

**LOUIS-PHILIPPE,
Ier ROI DES FRANÇAIS.**

Ce monarque architecte, actif rénovateur,
Par les lois, l'union voulant notre bonheur,
De Paris épuré faisant une autre Athène,
Périclès, par les arts, dont il est le Mécène,
Ne peut qu'amnistier, à ton cœur généreux,
Les mécomptes amers d'un sort capricieux !
Sur son trône géant planant ainsi qu'un astre,
Ce qu'on croirait bonheur, il le voit en désastre ;
Il voit mille rescifs sur de perfides flots,

Que cachent sous la gloire un volcan de tombeaux ;
Fabius, il attend pour de grandes vengeances,
Que le peuple Français ne fasse pas deux Frances,
Et mathématicien, pour sceptre,... son compas,
Il s'est fortifié..., Vauban pour les combats !
— Ah ! qu'importe le gant du prince de Modène !...
Près du ROI DES FRANÇAIS, c'est un nain dans l'arène,
Un caillou qui se rue au flanc de l'Apennin,
C'est un flot impuissant dans son défi mutin :
— Un roi jeune, exalté, n'écoutant que la gloire,
Eût roulé dans le sang le char de la victoire,
Et de Napoléon ouvrant le grand cercueil,
Pour un succès fatal, nous eût couvert de deuil ;
De LA CONSCRIPTION la plaie encor béante,
Se fut r'ouverte alors, plus vive et plus sanglante ;
Du sang !.. toujours du sang !.. au lieu de ces palais,
Dont chaque jour Lutèce enrichit ses attraits ;
Le bonheur de la France écartait ces trophées,
Ces palmes de l'orgueil, dans les larmes trempées ;
La conquête pour nous n'a plus tant de joyaux ;
La force d'un état, c'est dans d'étroits faisceaux,
Sa population !..... hydre toujours active,
S'il nous fallait du Rhin border encor la rive ! !....

Hélas !... en politique, on vise au merveilleux ;
Le bonheur?... est-on bien,... est ennemi du mieux ;

— Les projets de bonheur se tracent sur le sable ;
Nous tenons dans ce monde aux tourmens par un cable ;
Le pouvoir dans nos mains,... damas à deux tranchans,
S'il brûle nos esprits,... glace nos sentimens ! —
Le bonheur? C'est un bois, le gazon,... un vieux chêne,
Qui courbe sur nos fronts sa branche en diadème,
Diadème léger, qui n'a pas d'envieux,
Et ne sied bien qu'au front du philosophe heureux !
— Le bonheur?...—C'est le pré, le vallon, la montagne,
Qu'on gravit, en riant, avec une compagne !... —
Le bonheur??—C'est l'étude, un jardin,... le ruisseau,
Qui coule, et comme nous, va chercher son tombeau ;

— Dans l'épaisse forêt, c'est une tourterelle ,
Qui sur nous fait tomber des plumes de son aile ,
Quelque duvet du nid de ses tendres amours ,
Nid où la feuille sert de rideau de velours;
C'est la branche flexible et mollement courbée
Par le fardeau brillant de quelque scarabée,
C'est le vanneau qui geint près la rive d'un lac ,
Et des branches d'un saule a construit son hamac;
C'est le condor immense , aux ailes clapoteuses ,
Qui s'élance en monarque aux plaines nébuleuses;
C'est l'insecte aux longs pieds , qui , magique réseau,
De ses ailes de gaze effleure à peine l'eau ;
Que te dirais-je enfin?— C'est sur le bord d'un fleuve,
De contempler le flot,.... sombre comme une veuve ;
Au crépuscule encor, d'admirer des troupeaux,
Qui, dorés du couchant , ont de l'or sur le dos,
Une vaste prairie , ardente de lumière ,
De fleurs tigrée ainsi qu'une peau de panthère ,
Pressée aux flancs d'un roc , qui , soupçonneux tyran ,
La veille sous son ombre , et la garde en sultan ;....
C'est l'abeille qui rode , aux ardeurs du solstice ,
Et pompe à quelque fleur le miel de son calice ,...
— La rosée en rubis, qui se colore au jour,
Comme une larme pend à l'œil ému d'amour;
A travers des lilas , c'est la robe de celle
Qui fait bondir le cœur,... lui fait crier : « *C'est elle!* »..
— Le bonheur??— C'est sa voix, doux et cruel tocsin ,
Qui fait rire et pleurer, en vibrant dans le sein !...

Pour peindre le bonheur , ma palette est stérile;
Mais tu peux le saisir à mon astre fertile !
Que cet astre électrique en ses sombres beautés,

Te verse en flots d'éther toutes ses voluptés ;
Comprends son éloquence et son muet langage,
Le Parnasse d'Young, l'évangile du sage,
Foyer d'anagogie et du plus doux transport,
Qu'un banquier n'eût jamais au fond d'un coffre-fort;
Et puisses-tu, trente ans, nouvel Epiménide,
Dormir pour oublier ton noble suicide ! !

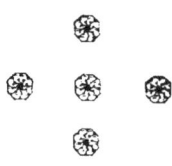

Contemplation Nocturne.

La rêverie au sein de l'obscurité n'at-elle pas tous les charmes d'une barque légère, qu'on laisserait aller, la nuit, sans voile et sans avirons, au gré des flots?

L'astre des nuits masqué d'un nuage en frimas,
Porte écrit sur son front le règne du trépas ;
L'automne, préféré par la mélancolie,
De sa dernière feuille a vu faner la vie,
L'arbre, comme un vieillard aux membres froids, terreux,
N'étend plus que les bras d'un squelette hideux ;
Le laboureur reprend sa charrue et sa blouse,
L'orchestre villageois déserte la pelouse ;
La nature est sinistre, et les châteaux déserts
N'ont plus qu'un sable aride, au lieu de tapis verts ;
Le regard affligé traverse les charmilles ;
Plus de jasmins ;—la branche a la couleur des grilles,
De funèbres verroux, d'un guichet de prison ;
Le regret est pensif au bord de l'horizon ;
Cent corbeaux sur la neige, à la plume d'ébène,
Jaspent d'un demi-deuil le manteau de la plaine ;
Ainsi qu'un lustre éteint, sans roses le rosier
N'a plus que son épine, et son dard meurtrier ;
L'illusion des fleurs a passé comme un rêve ;
Plus d'épis pour sophas, plus de pampres, de sève ;

Ces nymphes de seize ans, dont le cœur irrité,
Se gonfle d'espérance et de nubilité,
Qui pour la violette accouraient éperdues,
Ont fui les froids vallons et les campagnes nues;
Plus de mystère au bois, de rendez-vous secrets,
Plus de baisers brûlans sous des ombrages frais;
L'aîle du papillon, au printemps si jolie,
Aux haleines du Nord se cache et se replie;
Le tilbury léger qui, semblable au chevreuil,
Etalait dans les champs sa joie et son orgueil,
Le landau de famille, ainsi qu'une corbeille
De fleurs toute jonchée, et brillante et vermeille,
Qui, contenant un siècle, à peine sur six fronts,
De ses parfums semés laissait de longs sillons....;
De son char élastique a remisé la roue;
Paris est retombé dans son luxe et sa boue;
Paris s'est étendu dans son vaste tombeau;
La place de Justice arbore son pôteau :
Les soucis dévorans, le faste et son orgie,
Perfide pourvoyeur de Sainte-Pélagie,
Ces œufs éclos du mal, couvés par des vautours,
Comme par un cheveu suspendus sur nos jours,
Cette épée historique, ingénieux emblème,
Et qu'un grec, Damoclès, reçut pour diadème...,
Nous en subissons cent, en un an..., en un mois,
Qui n'ont pas même un crin, pour retenir leur poids!
Dans ce cloaque immense, où l'homme a fait la rue,
Où l'homme, pour jouir, s'assassine et se tue,
La Mort a son comptoir, ainsi que le bourreau !...
Paris a pris le deuil du printemps au tombeau !!....

. . . . . . , ...
. . . .

Aux brumes du matin, que la rue est hideuse !
Paris secoue alors sa toilette fangeuse;
Le cadavre à la borne, entre mille haillons,
Est brouetté soudain au Styx des *Pavillons*;
La civière banale, ensanglantée encore,
Fait cligner le rayon de la timide aurore;
Le malheur matinal, le cheveu sale et gris,
Traine le long des murs sa faim et ses soucis;
L'air est rayé de boue, et la boue amassée

Afflige l'odorat d'une infecte nausée !
. . . .
. . . .
Au milieu des douleurs qui poussent dans Paris,
De ces chardons aigus dont nos pieds sont meurtris,
Sur un grès homicide, et tout jonché d'épines,
Où la graine du mal a de longues racines,
Il est des voluptés pour l'heureux opulent,
Voluptés que je dis : *Les filles de l'argent*,
De ce métal sorcier, qui même de la glace
Ferait naître une rose avec toute sa grâce !

ENCORE DES CONTRAS-   . . . .
TES PÉNIBLES !   . . . .
A travers ce carreau, ce store ingénieux,
Gouache d'un village, un bois délicieux,
Voyez-vous ce *ventru*, ce Lucullus moderne
Sabler du Malvoisie, du Xérès, du Soterne,
Au café de *Véron*, *Lemblin*, ou *Corazza*,
Humer en connaisseur l'encens de son moka,
Les pieds chauds, l'œil brillant, servi par une fée,
Ouvrir les flancs fumeux d'une dinde truffée,
Egrainer *le Corsaire*, et ses grelots brillans,
Quand la neige à flocons tombe sur les passans,
Quand le malheur furtif, au regard famélique,
Projète sur ce store une ombre fantastique,
Le profil d'une mère, en son pas incertain,
Qui pour ses quatre enfans ne voudrait que du pain,
Succombant à ses maux une vierge éperdue,
Qui cherche un hyménée aux autels de la rue,
L'ombre encor d'un poète ou de quelque avocat,
Qui, pour prix du talent, couche sur un grabat,
Porte au mois du Verseau sur ses membres étiques,
Un lin-*anachronisme*, ourdi pour les Tropiques,
Tache parfois de sang le caillou meurtrier
Dont son orteil à nu heurte en saignant l'acier !...
Alors notre opulent, l'œil fixé sur la glace,
De ces ombres saisit la comique grimace,
Comique...., pour lui seul, qui, devant ce miroir,
S'improvise un théâtre aux frais du désespoir,

PREMIÈRE PARTIE.
                                              31

Digère , en s'amusant des noires silhouettes ,
Que, pour le divertir, son *Séraphin* a faites,
Rit tout bas de ces gueux , qui , faisant le gros dos ,
Les genoux en dedans , chamarrés de lambeaux ,
Réfléchis sur son store , à trois ou quatre toises,
Sans bourse délier , font *les ombres chinoises* ,
Voit le malheur public au chapeau rabattu ,
Pour ses menus plaisirs de neige revêtu ,
Refuse au ramoneur dont les mains sont gelées ,
Des fleurs de son gruau les miettes gaspillées,
Le menace de l'œil.., de son doigt, cet enfant ,
Qui, pour délit *prévu* , crie en pleurs son tourment,
Et lorsque cent poumons exhalent la phtysie,
Comparses du scalpel , *posent* pour l'autopsie,
De leurs membres glacés gorgent *les Pavillons* ,
Enrichis de leurs os , rangés en échelons ,
Notre *Rothschild* repu de punch et de vanille,
Tend ses socques fourrés sur un feu qui pétille,
Part dans son vis-à-vis , lambrissé d'édredon ,
se montre à l'Opéra , dans sa loge , au balcon ,
Et soldant en bon or une amante vénale ,
Promène sur nos pleurs son impudent scandale !!...

EPOQUE ANNIVERSAIRE   . . . .
DES DISSECTIONS.   . . . .

Mais je crois voir du sang encadrer un tableau !...
Quel est ce Mahomet, ou cet affreux fléau ,
Qui d'un timbre annuel rappelant ses seïdes ,
N'offre dans ses banquets que des têtes livides ,
Mille cadavres nus, en lambeaux émiettés ,
Sous un scalpel d'essai , taillés , déchiquetés !...
Quel est ce monstre enfin , qui , dans sa docte rage ,
Pour le bien des mortels, semble être anthropophage ?
Ouvrez ces *Pavillons* , où des fragmens humains ,
Paraissent composer l'horreur de ces festins ,
Vous la reconnaîtrez , épiant l'agonie ,
Assise sur des os , l'austère ANATOMIE ,
Aux DUPUYTREN futurs révèlant ses secrets,
Sur le Viscère infect savourant mille attraits,
Et cherchant, mais en vain, au sein de la cervelle,

Où se cachait cette âme, enflammée, immortelle !...

L'AUTOMNE NE FAIT ROULER QUE DES FEUILLES SOUS SES HALEINES GLACÉES, MAIS NOVEMBRE..., CE SONT DES MEMBRES SANGLANS QUI TOMBENT SOUS DES ACIERS AIGUS !!

NOVEMBRE (1) est de retour, son scalpel à la main,
Ardent à se baigner au sang du genre humain,
Et vingt morgues déjà ;... que dis-je !... académies !...
Ont vu couler le sang aux doigts des MAGENDIES !...

Une tête de Vierge; et des mains de vieillards ;
Des intestins visqueux sont sur la dalle épars;
Et la lymphe et la graisse en flots jaunis s'écoulent ;
Des entrailles les plis lentement se déroulent;
Et le mètre à la main, on aune *ces rubans*,
Ces tubes digestifs, énigme des savans ;
On entr'ouvre le foie, où naît l'hypocondrie,
On demande au cerveau vainement la folie ;
La folie est muette, et le cerveau se tait ;
Le mort dans son cercueil emporte son secret,
Et la tête d'un fou, près la tête d'un sage,
Aux yeux du praticien n'en dit pss davantage

La terre officieuse à plus d'un contre-sens,
De sa cendre a voilé des morts,... encor vivans ;
Hélas ! que de scalpels sur une âme assoupie,
Ignorans, trop pressés, sur une léthargie
Se sont rougis d'un sang qui palpitait tout bas,
Ont cassé le seul fil qu'épargnait le trépas,
De ce crime innocens, ont caché l'épouvante,
Et jeté dans la fosse une chair palpitante !
. . . .
. . . .
Je retourne au granit, qui porte des lambeaux,
Que le scalpel distingue et gruge jusqu'aux os ;
Qu'importe que mon pied sur des débris chancelle,
L'âme doit se plier, lorsque l'âme est rebelle !
. . . .
. . . .

(1) Epoque annuelle des dissections autorisées.

Voyez ce torse affreux, sur le mur adossé,
Qui regarde sans voir, sur son buste entassé ;
Tout près le sein d'*Irma*, sous une lame fine,
De ses canaux de lait découvre l'étamine,
Et sa virginité, de son hymen le prix,
Sent briser sa cloison sous d'âpres bistouris :
Des crânes sont sciés par l'instrument qui gronde,
La pulpe encéphalique en rejaillit féconde !...
Sous la paille raidis, douze cadavres verts,
A défaut du scalpel, sont rongés par les vers !...
Plus de liens du sang !... et la fille et le père,
Et le frère et la sœur ;... inceste involontaire,
Simulent des hymens par la pudeur honnis ;
Un nègre d'Angora sur un corps d'Adonis,
Un prêtre tonsuré parmi deux courtisanes,
Un Puritain d'Ecosse avec trois Musulmanes !...
Égalité terrible, équerre désolant,
Où l'homme mort nous dit ce qu'est l'homme vivant !

SUICIDE.

Ici, c'est un enfant !... sa mère suicide,
Cumule un second crime ;... elle est infanticide !...
Sa main touche son fils ,... son fils, sans le sentir !...
Et son regard funeste exprime un repentir !...
Une tombe, du moins, pour elle et lui creusée,
Leur serait, dans la mort, un touchant Élysée,
Mais l'aveugle Minos, de son burin sanglant,
A tracé sur leurs fronts ce cruel jugement :
« Il faut, sur un granit, que leurs chairs disséquées
« Tombent en cent lambeaux, sous les pas dispersées,
« Et qu'un double squelette, et la mère et le fils,
« Dans quelque cabinet fixent les yeux surpris ! »
. . . .
. . . .
Mais d'où viennent ces cris, cette lutte soudaine !...
Et pourquoi ces clameurs et ces regards de haine ?
Tout cet amphithéâtre a quitté ses couteaux ;
Le cadavre respire et prend quelque repos ;
Cette femme amputée aux deux bras, aux deux cuisses,
Goûte un répit du moins à ses quatre supplices,

Et son tronc, ses poumons, son cœur et son cerveau,
N'ont pas encore senti la pointe du couteau !...

LE GUILLOTINÉ !!!

Le tumulte redouble !... on s'agite, on s'élance ;
Ce peuple de vingt ans, l'avenir de la France,
Se déploie, irrité, comme à ces jours sanglans,
Où Paris demandait l'exil de ses tyrans ;
Un caisson sépulchral rebondit et se roule,
Et par chaque cahot un sang noir en découle ;...

C'EST LE GUILLOTINÉ !... Héros de la douleur,
Que l'œil le plus hardi ne voit qu'avec horreur !...
La tête est mise à part, et c'est pour cette tête,
Que tout l'amphithéâtre ;... à ce beau jour de fête,
Se soulevait en masse, avide, ardent de voir
Les crises de la mort ;... le dernier désespoir ;
Si l'homme existerait, quoique son œil soit terne,
Si la douleur survit dans ce trépas moderne,
Si le cœur gémit, souffre, et surtout le cerveau,
Finirait une idée, à l'orteil du bourreau ;
Si dans ce Cauchemar, où l'immortel commence,
On tient encore au sol par la réminiscence,
Si de plusieurs cerveaux, divisés dans le corps,
Rien ne meurt à la fois, ou romprait les ressorts ?...

. . . .
. . . .

Eh bien ! c'est un acier qui verra ces prodiges ;
Des nerfs électrisés en prouvent les vestiges ;
Le linge *maculé* marque une émotion,
Épouvantable,... effet d'une sécrétion ;
Les muscles contractés, la prunelle encor vive,
Témoignent que la mort ne fut pas décisive :
Les savans assemblés devant le criminel,
Poursuivent le trépas de scalpel en scalpel ;
Autour de cette ruche, ainsi que des abeilles,
De ce semi-cadavre ils sondent les merveilles,
Et tout ce qu'Épidaure a d'illustre aujourd'hui,
Comme un nouveau soleil sur la victime a lui !

. . . .
. . . .

Le Guillotiné, quand on l'envisage en philosophe,... n'est-il pas comme une sorte de Mazeppa, qui, après avoir passé par les baguettes sanglantes, les épreuves sociales, tombe meurtri, mutilé et semble dire aux fictions de la civilisation, dans son râle effrayant : « Que vous faut-il maintenant, faible créature humaine, que je suis, tirée par mille fils à la fois, j'ai fait une chute, je l'expie par ma mort... Je lègue mon corps au scalpel; mais pourquoi la Phrénologie supposerait-elle dans ma tête les semences du mal qui m'a perdu; car alors ce serait m'absoudre en prouvant le fatalisme?... »

Dans ce brillant concours , digne de notre hommage ,
Je ne pourrais nommer tout cet aréopage ;
Mais j'aperçois CONTÉ , LEROUX, LARREY, LISFRANC,
CLOQUET, SANSON , VELPAUX, ORFILA, HALMAGRAND ;
Au sein de nos splendeurs, c'est la plus belle gloire !...
Que ne puis-je,en mes vers,temple heureux de mémoire,
Tracer en diamans leurs talens précieux,
Et moi-même briller sous leurs fronts radieux !

. . . .

. . . .

PHÉNOMÈNES DU GAL-
VANISME.

Ce serdeau de Thémis ,... le cadavre aux chairs tièdes,
Ce tronçon poétique, aux membres encor raides !...
L'HOMME DE L'ÉCHAFAUD?. Toujours là !. rouge,affreux !
Son épaule écarlate épouvante mes yeux,
Et son orteil raidi , sa jambe épileptique
Ne révèlent que trop que sa mort fut tragique !

Que vois-je !... il se remue !... il est ressuscité !...
Quelque Christ secret , par sa divinité ,
Le remet dans la vie... — Oui, l'effet est magique !...
Non, tout est naturel ; la pile voltaïque
A glissé son fluide à ces nerfs palpitans ,
Et les morts , dans ces jeux , reparaissent vivans !

C'est ainsi que l'Egypte, en son charlatanisme,
Pour son culte employa souvent le galvanisme ,
Fit mouvoir le grand-prêtre, au temps des Chaldéens,
Et d'un ton d'inspiré , lui fit tendre les mains !

PÉRORAISON PHILOSOPHIQUE.

LES LUNES POÉTIQUES
SONT FILLES DU
TEMPS, ET ATTENDENT
TOUT DE LEUR
PÈRE.

J'ai vu quelquefois, après
une exécution, l'équipage
brillant d'une petite maitresse arrêté derrière la
charrette découverte du
bourreau :..... Ce brillant
équipage forcé d'aller au
pas, pendant plus d'une
grande et mortelle heure,
et cette petite maitresse
condamnée ainsi à respirer
les exhalaisons de l'opprobre et de la mort, impa-
tiente peut-être de se rendre à quelque intrigue d'a-
mour !.....

Mais Lutèce déjà, secouant sa crécelle,
Réveille la Folie, à son réveil fidèle !
En *véhicule*, un fat, heurtant un corbillard,
Rit d'un hymen à pied, qui dîne au boulevard !...
La Morgue offre son marbre aux meurtres de la veille ;
Sur un lit d'ambre et d'or Hortense encor sommeille ;
Tandis que le cadavre est réduit en lambeaux,
Un couple, au Luxembourg, sourit sous des berceaux ;
Le rocher de Cancal,.... Panthéon culinaire,
Prodigue à nos heureux les baumes de la terre ;
Le juge en jupon noir, l'actrice en mantelet,
De leur rôle, chacun, vont essayer l'effet !...
—Des lilas ;... de la fange!...—Un bruit insupportable.
Près du malheur sans pain, le luxe de la table ;
Une charrette rouge,... *omnibus* du bourreau,
Dans une rue étroite embarrasse un landeau,
Dont les coursiers couverts d'une écume irritée,
Révèlent quelque chair,... *humaine*,... *ensanglantée !*
Une voiture-monstre, effroi du Parisien,
Roulant une famille enfermée en son sein,
Verse aux départemens, de nos travers complices,
Nos modes, nos erreurs, nos tourmens et nos vices !!
Ici, c'est l'opulent, hydropique d'orgueil,
Dans sa robe-de-chambre, ainsi qu'en son linceuil,
Bâillant comme un Pacha sur sa couche de rose,
Epuisant les langueurs aux ondes du Potose,
Tandis qu'Adélina, son corset à la main,
L'œil à demi-baissé, prend congé de Firmin,

Et promet, pour le soir, au bal de la Chaumière,
D'être fidèle au moins une nuit toute entière!

On rit;... on rit toujours!... — Les cafés fastueux
D'un torrent de journaux hallucinent les yeux,
Apprennent que *Carlos*, Stuart de l'Ibérie,
Verse le sang à flots pour LA VIERGE MARIE;
Qu'il croit plaire au SEIGNEUR, en tuant, massacrant
Un peuple mutilé sous son rêve ambulant,
Et que d'un plomb pieux, traversant les familles,
On fait à coups d'épée un bonheur aux Castilles!. .
— Là, JULLIEN et MUSARD, virtuoses rivaux,
D'un cuivre harmonieux font vibrer les échos;
ELSSLER sur les orteils nous charme et nous étonne;
AURIOL, aux Zéphirs dérobe la couronne;
Le Plaisir-papillon ne sait point de frimas,
Semble, près d'un cercueil, le cocher du trépas,
Et du ciel andalou *la cachucha* cynique,
Importe parmi nous son délire érotique!...

PARIS. — IMPRIMERIE DE P. BAUDOUIN,
Rue Mignon, 2, Quart. de l'École de Médecine.

www.ingramcontent.com/pod-product-compliance
Lightning Source LLC
Chambersburg PA
CBHW061443030726

47503CB00005B/1548